ウィリアム・ゴールディング
―痛みの問題―

愛知大学助教授
安藤　聡 著

成 美 堂
2001

序　章

　ウィリアム・ゴールディング（William Golding）の長編小説全12作品（うち3作品は連作）はそれぞれが全く異なった世界に設定されている．熱帯の孤島，最後のネアンデルタール人の集団社会，大西洋上の岩礁，ケントを舞台にした同時代の芸術家の内面，中世イングランドの大聖堂，ウィルトシャーの因襲的な田舎町，戦中戦後のロンドン及びその近郊，摂政時代の英国から豪州に向かう老朽客船の船内，同時代の小説家の内面を描いたメタフィクション，古代ギリシアのデルフィの神託というように，作品が設定される世界の時間的空間的範囲が極めて広い．このことについてゴールディングは，一作毎にできる限り他と異なった虚構世界を目指して書いていると対談の中で述べている[1]．一見したところ互いに無関係なこれらの作品にはしかしながら，それぞれに他の作品への伏線が散りばめられているばかりでなく，すべての作品に通底する統一的な主題がある．多くの批評家が既に指摘しているように，その主題は原罪としての「人間の本質」「心の闇」であり，また合理的世界と非合理的世界，物質的世界と神秘的世界など「二つの世界の対立」である．V. S. プリチェットは最初の3作品に共有される主題を人間が自己の本質を知覚しそれと格闘する「痛み」であると論じている[2]．プリチェットのこの指摘はその後のゴールディングのすべての小説にもそのまま当てはまるということが本書においての基本的な主張のひとつである．また本書ではプリチェットの考える「痛み」の意味だけでなく，ゴールディングに少なからぬ影響を与えていると思われるC. S. ルイスが1940年に発表した宗教書『痛みの問題』をも参考にして，処女作『蠅の王』 Lord of the Flies から遺作 The Double Tongue までの12編の長編小説に共通する主題としての「痛み」の意味を考えたい．

　ゴールディングは1911年9月19日にブリテン島の南西端コーンウォールのニ

ゴールディングの生地 セント・コラム・マイナー

ューキーに近いセント・コラム・マイナーで生まれ，その後すぐに父親がウィルトシャーのモールバラ・グラマー・スクールに理科教師として着任したことから両親，兄とともにモールバラに移住している．この地で過ごした幼年時代については エッセイ 'Billy the Kid', 'The Ladder and the Tree' (いずれも *The Hot Gates* 所収) に綴られている．父アレック・ゴールディングは T. H. ハクスリー，H. G. ウェルズらを信奉する科学的合理主義者であり，『自由落下』 *Free Fall* に登場する科学教師ニック・シェイルズのモデルとも言われている．この父親は科学の教科書を中心に多くの著作があり，労働党員として広報活動に参加する傍ら余暇にはヴァイオリン，チェロ，ピアノなど5種類の楽器を演奏し，絵画や彫刻も得意であったという．母ミルドレッドも婦人運動に参加していた．

　母親に連れられて訪れた大英博物館でゴールディングは古代エジプトに興味を持ち，7歳にしてエジプトを舞台にした劇を書くためにヒエログリフを独習した．また父親の影響で音楽にも関心を持ち，ヴァイオリン，チェロ，ヴィオラ，オーボエ，ピアノなどを演奏する．同じく父親の影響で1930年にはオクスフォード大学ブレイズノウズ・コレッジに入学し科学を専攻するが，二年後に英文学に転向する．1934年にマクミランから29編の詩が出版された．この詩集

序　章　iii

幼年時代を過ごしたモールバラ

は既に絶版となって久しいが，主な内容はパトリック・ライリーによれば合理主義の確信に対する風刺，愛と理性の和解の不可能性，それにアレグザンダー・ポウプを揶揄したものもあるという[3]．

　オクスフォードでは英文学と並行して英語教授法をも専攻し，1935年に卒業した後は小規模な非営利劇団で脚本，俳優，演出などを手がけ，'39年にアン・ブルックフィールドと結婚したのと前後して生活のために教職に就く．初めにケント州のメイドストン・グラマー・スクールに短期間在職し，夜間にはメイドストン刑務所でも受刑者のための成人クラスを教えた．しかしながら程なくソールズベリーのビショップ・ワーズワース・スクールに着任を要請されたため幼少年時代を過ごしたウィルトシャーに戻る．ここで英語，ギリシア古典を教える傍らメイドストン刑務所や各地の陸軍野営地などでの成人教育の講師も兼任した．

　1940年に教職を辞して英国海軍に入隊し，第二次世界大戦に参戦する．教職と戦争体験が後に『蠅の王』執筆の動因になったことはよく知られている．終戦後はビショップ・ワーズワース・スクールに復帰して英語と哲学を担当する．当時の教え子の一人でのちの下院議員アンソニー・バレットによれば教師ゴールディングは教室では決して熱心ではなかったものの音楽や演劇の指導には比

較的熱心で，学校の礼拝堂の合唱団でもテノールとして活躍していたという[4]．

教職の傍ら書き上げた *Strangers from Within* は20以上の出版社で「最初の10数頁のみ読まれて」採用されずたらい回しにされた後[5]，1954年にフェイバー＆フェイバーから『蝿の王』と表題を改めて出版される．また『後継者たち』*The Inheritors*，『ピンチャー・マーティン』*Pincher Martin*，それに中編「特命公使」'Envoy Extraordinary' などをこの頃教職の合間に執筆し，順次出版される．「特命公使」は『あかがねの蝶』*The Brass Butterfly* のタイトルでゴールディング自身によって戯曲に書き改められ，1958年にオクスフォードとロンドンで上演された．翌年には初めて同時代のイングランドを舞台とした『自由落下』が出版される．

『蝿の王』が英米両国でベストセラーとなり，専業作家として生活できる見通しが立ったため1961年にビショップ・ワーズワース・スクールを退職し，執筆活動に専念する．この年から一年間，米国ヴァージニア州のホリンズ・カレッジにレジデント・ライターとして滞在．'64年には最高傑作のひとつと評される *The Spire* を出版した．翌'65年には個別に発表されていたエッセイを集めた *The Hot Gates and Other Occasional Pieces* が出版され，その後は'67年の『ピラミッド』*The Pyramid* を最後に'79年の『可視の闇』*Darkness Visible* まで小説家としては長い空白期間に入り，この間「特命公使」を含む中編3編を『蠍の神』*The Scorpion God* として'71年に出版しているものの長編はひとつも発表されていない．

1980年に発表された『通過儀礼』*Rites of Passage* はこの年のブッカー賞を受賞し，'87年の *Close Quarters*，'89年の *Fire Down Below* とともに *To the Ends of the Earth: A Sea Trilogy* という連作を形成する．この間1982年にエッセイ集 *A Moving Target* 出版，'83年にノーベル文学賞受賞，'84年には *The Paper Men* が，'85年には紀行文 *An Egyptian Journal* が出版された．また'88年にはナイト爵位が授与されている．

サー・ウィリアム・ゴールディングは1993年6月19日早朝にコーンウォール

晩年を過ごしたペラナウォーザル

の州都トゥルーロウから6マイルほど離れた小村ペラナウォーザルの自宅で81歳で逝去した．その前夜にはジョン・ファウルズらを招いて自宅でパーティを開いていたほどで，誰も予期せぬ急逝であった．1995年には遺された長編小説の原稿がそれまでの作品のすべてを出版してきたフェイバー&フェイバーの編集者によって整理され，*The Double Tongue* として同社より出版される．

　原罪やそれを知覚する「痛み」といった主題を一貫して扱ってはいたが，ゴールディングは必ずしも宗教的，形而上的な問題ばかりに関わっていたわけではない．この作家は社会的な問題には関心が薄かったと一般に考えられている[6]が，彼の作品が扱っている問題は人種問題に代表されるさまざまな偏見や紛争，凶悪犯罪から日常的なコミュニケイションの断絶，人間関係の崩壊まで通常の世界に生活する普通の人間が避けることのできない諸々の問題に通底する．本書ではこのことを常に念頭に置きつつ各々の作品を考察したい．ゴールディングはノーベル賞受賞後の来日講演において，文学に関する話題にはあまり触れずに専ら環境問題，特に熱帯雨林に関する話題に終始していたという．このことはこの作家の問題意識が必ずしも社会問題と遊離していなかったという本書の基本姿勢を裏付けることにもなろう．

註
1) James R. Baker, 'An Interview with William Golding', p. 145.
2) V. S. Pritchett, 'Pain and William Golding', in Norman Page ed., *William Golding: Novels, 1954-67* (London: Macmillan, 1985), p. 48.
3) Patrick Reilly, *Lord of the Flies: Father and Sons*, p. x.
4) Anthony Barrett, 'Memories of Golding as a Schoolmaster', in John Carey ed., *William Golding: The Man and his Books*, p. 28. なお，2001年3月19日に筆者がセント・コラム・メイジャーの喫茶店で偶然出逢った，ビショップ・ワーズワース・スクールの卒業生でゴールディングの教え子という人物が，これと同様のことを証言していた．
5) Charles Monteith, 'Strangers from Within', in Carey, op. cit., p. 57.
6) 例えば Norman Page, 'Introduction', in Page, op. cit., p. 14; James Gindin, *William Golding*, p. 14; Malcolm Bradbury, *The Modern English Novel*, p. 327 など．

＊文中で日本語の表題を付記していないものは2001年10月の時点で邦訳が出版されていない作品を表わす．また *Free Fall* と *The Pyramid* の邦題については原題の意図を重視して既存の翻訳のタイトルには従っていない．
＊以下本文中では英語圏の人名，作品名及び登場人物名に限り原語表記で統一する．
＊本書は2001年度愛知大学学術図書出版助成金による刊行図書である．

目　　次

序　章 …………………………………………………………………… i
第1章　*Lord of the Flies* ── エルサレムへの道 ………………… 1
第2章　*The Inheritors* ── 継承された痛み …………………… 29
第3章　*Pincher Martin* ── 自己譲渡の痛み ………………… 44
第4章　*Free Fall* ── 合理主義と信仰 ………………………… 60
第5章　*The Spire* ── 痛みと重さ，或いは高所恐怖症 ……… 75
第6章　*The Pyramid* ── 成長の痛み ………………………… 94
第7章　*Darkness Visible* ── 聖と俗の和解 ………………… 113
第8章　*Rites of Passage* ── Pope と Coleridge の象徴的和解 …… 134
第9章　*The Paper Men* ── 作者の死と再生 ………………… 147
第10章　*Close Quarters* ── 痛みをめぐる悲喜劇 …………… 164
第11章　*Fire Down Below* ── 痛みをめぐる喜劇 …………… 180
第12章　*The Double Tongue* ── 知られざる神 ……………… 194

参考文献（Golding 関係） ……………………………………… 209
初出一覧 ………………………………………………………… 213
索　引 …………………………………………………………… 214

第1章　*Lord of the Flies*
──エルサレムへの道

　処女作 *Lord of the Flies* (1954)[1] が Golding の代表作であることは間違いない．熱帯の孤島での少年たちの生存のための格闘を綴ったこの小説は出版後30年あまりのうちに26カ国語に翻訳され，その頃までに Faber 版だけで300万部を売り尽くしている[2]．「成長の痛ましい過程を生き抜く者たちにとっての必読書」[3] であるこの作品は既に1963年と1990年の二度に亘って映画化され，今もって J. D. Salinger の *The Catcher in the Rye* (1951) と並んで第二次大戦後全世界で最も読まれた小説の一つである．

　極めて多くの批評家がこの作品と R. M. Ballantyne の冒険小説 *The Coral Island* (1858)[4] との関係に言及しており[5]，実際 *Lord of the Flies* の中心的人物の内の二人 Ralph と Jack の名前が *The Coral Island* から借用されていることからも明らかなとおり，*Lord of the Flies* は Ballantyne に対する反論として書かれている．このことについての Golding 自身の説明[6] と批評家たちの見解を総合すれば，*The Coral Island* で Ballantyne は文明人としての英国人の理性，民族的優秀さと，逆に未開人たちの愚かさ，残虐性を対照的に描いていて，この冒険小説の背景にある，あたかも英国人には人間に元来潜在する内面的悪が存在しないかの如く考えるヴィクトリア時代的な民族意識や楽観主義に対する問題提起が *Lord of the Flies* であるという．Golding の Ballantyne 解釈には若干図式的すぎる側面があることは否めないが，それでも *The Coral Island* に見られるような民族的優越感がヴィクトリア時代の英国では当然と考えられていたことは否定できない．また Golding は戦前には人間の完全性を信じていたが，第二次大戦を通して文明人たちが「冷静に」大量虐殺を行なっていたことを知るに至って「蜜蜂が蜜を作り出す如く人間は悪を作り出す」という認識に至った[7]．このことを思考，言語によってではなく感

[1]

覚によって作品化したのが Lord of the Flies だと彼は言う[8]．

V. S. Pritchett は Golding の初期三作品に共通する主題として「痛み」を挙げている[9]．Pritchett の言葉を借りれば痛みとは「人間が自分の本質について理解し，それと戦っている兆候」である[10]．C. S. Lewis は痛みを「神のメガフォン」と称し，自分が置かれた状況を肯定されるべきものと考え神の声に耳を傾けない人間の傲慢を克服する動因と考えている[11]．Lewis のこの「神が人間に痛みを与えることをめぐる議論」を「説得力のないもの」として批判する批評家もある[12]が，ここで Lewis が言っているのは神が痛みという手段を拡声器として用いて人間の目を自分に向けさせようとするということではなく，人間がその弱さ，不完全性に起因する痛みを経験することによって神に目を向けるようになるという，痛みの結果的な機能を「神のメガフォン」に喩えているに過ぎない．Lord of the Flies の少年たち，特に主人公 Ralph を始めとする Golding の主人公たちもまた，何らかの痛みの経験を通して自らの内面の悪を認識するに至っている．本章では少年たちの孤島における痛みの経験と主題として提示される「蝿の王」が意味するものとの関係を，特に小説の結末をいかに解釈するかという問題と関連づけて論じたい．

1．小説的寓話か寓話的小説か？

Golding の初期の批評には「寓話」（fable）という鍵語が頻繁に用いられた．この鍵語を最初に使用した John Peter は，Lord of the Flies における少年たちの社会は大人の社会を表し，物語全体は人間の本質に対するアイロニカルな見解を示すと論じている[13]．Peter は結論として，寓話は作家を（作品執筆の）元来の目的に拘束し作家を抑制するのに対して小説（fiction）の自由さは作家の能力以上のものを引き出すと述べて，寓話である Lord of the Flies の限界を強調している[14]．一方 C. B. Cox は Golding が「20世紀の寓話（allegory）を書く技術を身につけている」と評した上で，読者の側が中世の寓話の聴衆とは異なって最早物質的世界と精神的世界の対応関係を信じていない故そのような中世的な意味でのアレゴリーの慣習はこの作品にはないと述べてい

る[15]．また Peter Green は Golding 作品を寓話として論じる Peter の主張を「真実を含むが全面的に正しいというわけではない」と考え，寓話は人物を描くことよりもアイデアを重視する故に個人としての人間のリアリティがないが Golding の作品はそこに陥っていないと反論する[16]．Samuel Hynes は Golding の小説を「象徴的（symbolic）であるが寓話（allegory）ではない」と評し[17]，また Arnold Johnston は Lord of the Flies を「単なる寓話（fable）というよりは神話（myth）に近い」としている[18]．これらいずれの批評家も寓話（fable にしても allegory にしても）を小説よりも限定されたものと考え，Golding の作品にも寓話的であるが故の限界を見ているという印象が否定できない．一方で L. L. Dickson はこの作家の作品を「リアリズムと寓話（fable）の混合」と定義し，アレゴリーを作為的で底の浅いものと考えた Coleridge に反論した上でアレゴリーをより複雑で多重の意味を持つ高度な物語の形式として，Golding の諸作品の寓話的側面を積極的に評価している[19]．

　Lord of the Flies が小説的寓話か寓話的小説かという問題は突き詰めて行けばこの作品に描かれる少年たちの集団社会が大人の世界の縮図であるか子供の真実の姿を描いたものであるかということになろう．結論を先に述べればその両方であるに違いない．そもそもこの作品は純粋なリアリズム小説というには設定に無理がある．おそらくは子供たちを第三次大戦の空襲から疎開させる目的でチャーターされたと思われる飛行機が太平洋上のどこかの島に不時着し，その際に操縦士や引率者などの大人は全員死亡し，子供たちばかり（それも男児のみ）が生存していることからして不自然である．またしばしば指摘されるように，強度の近視であるはずの Piggy の眼鏡（即ち凹レンズ）を用いて火を起こしていることも科学的に矛盾している[20]．このようなリアリズム小説的でない要素が物語の枠組に存在する一方で，少年たちの描かれ方にはグロテスクなまでのリアリティがあることも事実である．Cox は預言者的少年 Simon をこの作品の弱点の一つとして，この人物の行動はシンボル的含意によって動かされていることを指摘している[21]が，他方 Piggy，Roger 或いは Percival といった少年たちには不気味なほどの現実味があることも否定でき

ない．また集団社会には多くの場合何らかの形で特異な人物が混在するという意味においては，社会における人間の在り方の多様性，不規則性の表現としてSimonの存在もまた現実味を持つとも言えよう．

　小説的レヴェルではこの作品はイングランド，或いは連合王国についての小説でもある．第2章でそこが無人島であることを知った少年たちは集会を開き規則を作り，さらに救出されるための烽火を交代制で管理するといった秩序を築き上げる．その際にJackは「俺たちは野蛮人ではなく，イングランド人なのだ．イングランド人はすべてのことに最も優れているのだから，皆で正しいことをやって行かねばならない」と発言する（47）．Ralphもまた父親が海軍軍人であることに触れて，その父親によれば女王が世界中すべての島の地図を持っているのだから英国海軍がすぐに自分たちを救出に来るだろうと語る（41）．彼らのこのような民族意識や根拠のない楽観主義がこの小説が提起する問題の一つである．実際彼らが当分の間子供たちだけで島で生活しなければならないと判ったときにも，冒険小説の世界を夢見ていた彼らはR. L. Stevensonの *Treasure Island*，Arthur Ransomの *Swallows and Amazons* と並んで *Coral Island* のタイトルに言及する（38）．少年たちは幾度かその島が自分たちのものであると発言するが（31, 32, 38），イングランドの「飼い慣らされた穏和な自然」[22]の中で育った彼らはこの時点でまだ熱帯の自然が人間に対して示す「敵意」[23]に気づいていない．また自然を人間が征服できるものと考える文明人の傲慢がここで問題提起されている．このように *Lord of the Flies* はイングランドについての小説であると同時に，そこで提起されている問題はあらゆる先進国，文明国にそれぞれの形で共有されるものである．同様にこの小説は，子供を人間の理想的状態と考えるルソー以来の児童観に対するアンティテーゼとして子供の真実の姿を描いている一方で，結末に現れる海軍将校がこの物語の経験を経る以前のJackと同じ程度の認識にしか至っていないことが如実に表しているとおり，ここで提起されている問題は年齢を問わずすべての人間に共有されるということをも同時に示している．また子供社会における理性的陣営であるRalph一派と本能的陣営であるJack一派の対立が背景とな

る大人の世界での核戦争とパラレルに描かれた寓話であることは言うまでもない．この作品が寓話か小説か，或いは小説的寓話か寓話的小説かという問題は決して二者択一ではなく，Lord of the Flies は寓話的レヴェルと小説的レヴェルという多重な読みが可能だということである．

2．聖域としての孤島，或いは自然の敵意

　島は当初楽園的なイメージを持って描写される．山の斜面を谷に向かって埋め尽くす青い花とそこを飛び交う無数の蝶（30），巨人が島の外周を途中までなぞったかのような珊瑚礁とその手前の孔雀色の海（31）など，少なくとも第1章におけるこの島の風景の描写はその美しさが繰り返し強調される．島は四方を海に「囲われて」いるため外部からの侵入者をある程度制限し，それ故にある種の「楽園」「聖域」としての意味を持ちうる[24]．More の Utopia においてユートピアは外周500マイル，最大幅200マイルの弓月形の島である[25]．Shakespeare の The Tempest, Defoe の Robinson Crusoe, 或いは Swift の Gulliver's Travels といった作品の世界の「特殊性」はその舞台が「島であること」によって支えられている．Lord of the Flies においても大人や女子の不在といった特殊で不自然な設定は舞台が島であることによって補強される．John S. Whitley は Golding の小説の舞台として「孤立した環境」が頻繁に使われることを指摘していて[26]，William Boyd もこの作家の名作は必ず「閉ざされた世界」に設定されていると述べている[27]．さらに Don Crompton は Golding が「固定され限定されたロケイションを人間が置かれた状態の暗喩として使う」ことに言及している[28]．Lewis は Lord of the Flies の孤島を，あらゆるフィクションの島の中で最も巧みに描かれていると評している[29]．

　Aldous Huxley は Wordsworth 的自然崇拝が熱帯では通用しないものであると主張している[30]．赤道直下を一人旅するときに感じるのは孤独ではなく自分に対して敵意を持ったものたちに囲まれているという実感だと彼は言う[31]．美的なイメージで語られる Lord of the Flies の島もまた灼熱の太陽，高温多湿，下痢を引き起こす果実[32]，突然の雨や風，夜の闇といった「敵意」

を少年たちに突きつける．こういった敵意は即ち人間の知識，理解を超えた自然の多様性，不可知性である．イングランドの「自然」は人間によって「征服された」自然であり，即ち言い換えれば元来人間が征服できる程度の穏やかな「自然」だったということになる．William Cowper の詩 The Task 第 1 巻の「神が田園を作り，人間が都市を作った」[33] という有名な一行を Huxley は「あまりにも中身のない無韻詩」(too blank verse) と酷評している[34] が，確かに Cowper の時代でさえ最早イングランドの田園は「神が作ったままの状態」即ち「自然」ではない．Lord of the Flies の少年たちが置かれている自然環境は人間と利害が対立するものであり，無人島であることもあって人間の手が触れていないむき出しの「敵意」を持った自然である．

　第 2 章の途中から少年たちの内特に年少の者たち (littluns と総称される) が「正体不明の獣」を恐れるようになる．のちに行方不明となる「顔に痣のある子」が「森で蛇のような獣を見た」と証言し，しかもそれが「闇に紛れて現れた」と言う (39)．Ralph や Piggy はこの子供の訴えを一笑に付し，島にそのような種類の獣はいないと請け負うが年少者たちの恐怖心は癒やされない．文明国で育った彼らにはこの島で夜になると訪れるような完全な闇は経験したことのないものであった．幼い少年たちは年長の少年たちと比べてより高度に無垢であるが故に，このような闇の恐怖に対しても対処する術を持たない．のちの作品で扱われるが Golding の小説において「無垢」とは「罪の欠如」ではなく「罪に対する無自覚」であり，しかも高度に無垢な者たちは理論，合理性を超えた不可解な存在に対して知識，論理性が介在しない本能的な洞察力を持つ．この小説において「獣」というイメージで示されている恐怖の対象は，物語が進むにつれて明らかになるように人間の内面に潜む獣性，残虐性といった要素である．高度に無垢な年少者たちは合理性という先入観を持つ年長の少年たちよりも早くこのことに対する恐怖を知覚しているのである．

　文明からの隔絶は次第に少年たちにとって不快なものとなって行く．第 4 章に至って生まれつき髪の薄い Piggy を除く少年たちの髪が伸び放題になり (69-70)，第 7 章では汚れた衣服，さらに伸びた髪と爪，全身の垢，歯垢など

不快さが極限に達する（120）．こういった問題は文明国で普通に生活していれば顕在化しないものであるが，彼らの不快さはすべて彼ら自身の身体から生じたものであることを見落としてはならない．文明からの隔離は彼らに，人間は本来の状態のまま放置すれば内面から汚れを生じさせ，自らを不快な状況に導いて行くものだということを教えている．勿論この教えはこの時点で彼らに理解されてはいないが．Whitley もまたこのことについて，身体的不快さは精神的醜悪さの現れであると述べている[35]．

　一方で年少者たちの獣に対する恐怖は続き，Phil は「悪夢から目覚めると樹の間に何か大きくて恐ろしいものがいた」と証言する（92-93）．また Percival は「獣は海から来る」と泣きながら訴えて気を失う（96）．このことについて話し合っている集会で Simon が「獣は僕たち自身に過ぎないのかも知れない」と重要な発言をしているが，彼の言葉は真剣に取り上げられることがない（97）．少年たちは無垢であるが故に恐怖の対象としての獣の正体を理解することができないが，一人 Simon だけが恐れるべきものは外部ではなく人間の内面にあるのではないかという認識に至っているのである．年少者たちが目撃証言をしているさまざまな獣は勿論，彼らの恐怖という心理作用が生み出した幻覚に過ぎない．むしろ Simon の言うように人間の内面に見出すべき恐怖の対象を獣という形で外在化していることの方が問題である．Johnston は彼らの言う獣を「子供たちの本性に内在する内的な闇の外在化」と説明している[36]．

　熱帯の環境はまた文明によって隠匿されていた彼らの内面の獣性を顕在化させるのに加担する．Jack 率いる元聖歌隊は次第に豚を狩ることにしか関心を示さなくなり，烽火の管理を怠り，また Ralph らが海岸に小屋を建てるのにも協力しない．Jack も初めのうちは豚の喉にナイフでとどめを刺すことを躊躇っていたが（34），やがて何かに追われるように狩猟それ自体に夢中になり（57），ついには血を流して狂ったように逃げまどう雌豚と「情欲で結ばれて」その豚を追う（149）．第4章以降彼ら「狩猟隊」は顔に泥を塗って迷彩色の化粧を施すようになるが，これは彼らの「蛮人への退行」ではなく「匿名性，集

団心理による理性の放棄」と解読するべきであろう．彼らは自分の顔を隠匿することによって，最後の砦である理性を捨て獣性を露わにしているのである．もしこれを「退行」と解釈すれば，Lord of the Flies が結局のところ The Coral Island の二の轍を踏んでいることになる．閉鎖的世界における集団的狂気はのちの作品でも扱われる重要なテーマである．

　寓話的レヴェルにおいて島の子供社会は一つの国家の縮図でもある．この意味において Ralph は議会，Jack は軍部を表し，法螺貝は憲法を象徴する．同時にこの両者の対立は国家間の対立，即ち物語中で進行している核戦争をも暗示する．さらにこの両者は，一人の人間の内面の理性的側面と本能的側面の対立とも解釈できよう．V. V. Subbarao はこの二人の対立を「人間の内面の合理的なるものと非合理的なるものの対立のシンボル」と説明している[37]．個人の内面における理性と本能，合理性と非合理性は，国家における議会と軍部，国際関係における一つの国家と別な国家と同様に相互依存関係にあるものであり，この関係の破壊という個人の人間性の崩壊が集団としての国家の内部分裂や国家間の対立とアナロジーをなしているのである．

3．不浄なるもの――「獣」の正体

　子供たちが恐れる「獣」はある時は森に潜み，ある時は海から現れる．次に彼らが恐れたのは第6章のタイトルにもなっている「空から来る獣」であった．島の上空10マイルでは空中戦が続いていて，そこで戦死した兵士がパラシュートを背負ったまま少年たちが烽火を焚いている山の頂上に降りてくる．火の番をしていた双子 Sam と Eric はこの兵士の遺体を獣だと思い Ralph に報告する（108）．のちに Ralph, Jack, Roger の三名が恐れながらも見に行き，「大きな猿のようなもの」とだけ認識して逃げ帰ってくる（136）．さらにのちになって Simon が一人で山頂に向かい，腐敗して異臭を放つこの遺体の正体を見極めることになる（161-62）．

　このパラシュートの遺体が暗示する意味については既に多くの批評家が論じている．Peter はこれを「人間の名もなき実体．少年たちとすべての人間が共

有する本質」と説明し[38]，Pritchett は「人間の敗北，格闘の無意味さのシンボル」と解読している[39]．一方で Johnston は「人間の姿をした獣の象徴的肖像」と呼び[40]，S. J. Boyd は「少年たちを救うべき文明が核戦争によって破壊していることを暗示する」と述べている[41]．Kevin McCarron はこの遺体が少年たちに悪への恐れを外在化する機会を与えていると指摘し[42]，Dickson はこれを人間の自己破壊の歴史を思い起こさせるものとして，文字通りにも象徴的にも「堕ちた人間」であると言う[43]．さらに John F. Fitzgerald と John R. Kayser は共著論文の中でこの遺体が二つのメッセージを伝えていると述べ，その一つは戦争が行なわれているということ，もう一つは少年たちの崩壊の前兆，それに対する警告であると言う[44]．そして Lawrence S. Friedman はこれが「少年たちを孤島に置き去りにした大人の野蛮さを呼び起こす」と論じている[45]．このパラシュートの遺体には極めて多義的な解釈の余地があるという前提で，しかも本章ではその最も重要な意味を Peter，Johnston らの見解を参考として「人間が自然のままに放置された場合の最終的な姿を示すもの」と結論づけたい．熱帯の灼熱の炎天下という人工的に手を加えていない自然の下に放置されたとき，この遺体は程なく腐敗して異臭を発するようになる．文明社会においては何らかの方法で「衛生的に」処理される故にこのような腐敗は起こり得ないが，本来の自然の中では腐敗するのが人間の本質なのである．この意味に気づいているのは Simon だけである．McCarron が言うように，他の少年たちにとってこの遺体は単に恐怖の対象を外在化させる機能を持っているに過ぎない．

　既に言及したとおり文明から遠去かった生活をしていると人間の身体は自ら不浄さを作り出し自らを不快にさせる．文明には人間のこのような性質を隠匿する機能がある．第5章で小屋の周辺が彼らの排泄物で汚され悪臭が蔓延していることを Ralph が指摘する場面がある（87）が，これもまた彼らが自ら生み出した不浄さ，不快さである．Dickson はこのような排泄物のイメージを闇，落下，獣性といったイメージと同一視して，それが人間の在り方に対する否定的見解と結びつく機能を持っていること[46]，またより具体的に人間の本性の

不浄さを強調する機能を持っていることを指摘している[47]. 悪臭と内面的悪のイメージ的つながりは *The Spire*, *The Pyramid*, *Darkness Visible*, *Rites of Passage* 或いは *The Paper Men* といった作品でも繰り返される.

　表題となっている「蝿の王」というイメージもこのような意味で腐敗した遺体, 排泄物と同一線上に置かれるものである. 新約聖書において悪の長ベルゼブルはマタイによる福音書（12：24-27）, マルコによる福音書（3：22-26）或いはルカによる福音書（11：15-19）などで言及されるが, このベルゼブルもしくはベルゼバブ（ヘブライ語 'Ba'alzevuv', ギリシア語 'Beelzebub'）を逐語訳したのが 'lord of the flies' 即ち「蝿の王」である. この悪のかしらというイメージを *Lord of the Flies* では「豚の頭」という具体的なイメージで提示しているのである. 少年たちの多くはパラシュートの遺体を山頂を徘徊する獣だと思い恐れているため, Jack ら狩猟隊は捕獲した豚の頭部を棒に刺して森の空き地に立て, 獣への貢ぎ物とする（151）. その傍らには豚の内蔵が積み上げられ, 無数の蝿がそこに集まってくる. Simon はそこに一人で行き, 豚の頭即ち「蝿の王」と「対話」を行なう（152 ff）. この時 Simon の右の蟀谷には脳を脈打つような痛みが走る. 蝿の王は彼に「私は君たちの一部なのだ……君たちに用はない. 私はこの島で楽しく暮らしたいのだ」と言う（158-9）. この対話は言うまでもなく Simon の内面的洞察であるが, ここに至って初めて彼の中で獣と自己の内面が明確に結びついたのである. 第6章で既にこの少年は「いくら獣のことを考えても, 心に浮かぶのは英雄的で同時に病んでいる人間の姿ばかり」という経験をしている（113）. またそれ以前にも彼は「獣は僕たち自身かも知れない……存在するものの中で一番汚いものは何か？」という重要な発言をしているが, 他の少年たちから一笑に付され彼の言いたかったことは伝わっていない（97）. この時点では漠然とした認識に過ぎなかった獣の正体を Simon は, 蝿の王との対話とパラシュートの遺体との対峙を通して確信するに至る. 先に引用した Cox や Kenneth Woodroofe はこの人物の描かれ方をリアリティのないものとして批判している[48]が, 一方で Patrick Reilly は Piggy, Roger と並べて Simon を「*Lord of the Flies* の *The Coral*

第1章 *Lord of the Flies*──エルサレムへの道　11

Island に対する勝因」と考えている[49]．Johnston はこの少年を聖職者，芸術家即ち生の謎の解読者，さらには人類の潜在的救済者と解釈し，彼の少年集団の中での孤立は社会における芸術家の運命を示していると言う[50]．*The Inheritors* の Tuami, *Free Fall* の Samuel など Golding の小説における芸術家は「生の謎」言い換えれば「人間の本質」即ち「蝿の王をめぐる真実」を洞察し解読し，それを表現して伝達する者たちである．Simon は自分が理解した真実を伝達することに失敗し，少年たちに獣と間違われて殺害される（168-9）．結果として彼は他の少年たちが恐怖の対象を外在化していた故に殺されたとも言えるのであり，この意味において彼は皆の罪を背負わされた贖罪山羊（scapegoat）であると言えよう．

　この作品で Simon の対極に位置するのが Piggy である．Ralph, Jack ら物語の中心にいる少年たちが皆中流階級であるのに対してこの Piggy だけが労働者階級であること，また喘息持ちで運動能力が劣ること，それに冗談が通じないことなどから彼は他の少年たちから常に仲間外れ，或いは笑い者にされている．しかしながら自分たちが島にいることを本国の大人たちに知らせる手段がないことを最初に指摘したのは彼であったし，また集会において法螺貝を手にしている者に発言権があるという規則を最も遵守しているのも彼である．この少年はまた中途半端な「科学的」知識で獣の存在を否定している一方で，「人間を恐れるというのでなければ（恐怖の対象はあり得ない）」と重要な発言をしている（92）．但し彼の認識は Simon のそれと違って人間の内面的な部分を洞察しているのではなく，単に Jack らの暴力，権力を恐れているに過ぎないのだが，それでも獣化して行く Jack らを恐れる彼の恐怖は基本的には間違っていない．S. J. Boyd はこの人物を合理主義，科学主義のシンボルと解読し，その実際的知性の限界が Simon との対比によって示されていると指摘する[51]．James Gindin は Piggy の知識が不正確ではあるが恐れるべきものが人間の中にあることを彼が知っている点に注目している[52]．Reilly はこの少年の自由民主主義的世界観，フェアプレイのセンスなどを評価する一方でその知性には限界があると論じ[53]，また Subbarao は Simon がキリストなら Piggy はソク

ラテスであるという J. P. Starn の見解を引用した上で，この人物が大人の知性を表すと述べている[54]．Green もまた彼が「人格化された聖人の声」であり，プロメテウス的シンボルであると言う[55]．Piggy が知恵のシンボルであるという解釈は E. M. Forster が *Lord of the Flies* の米国版の序文において提唱したものであった[56]．Forster はこの箇所で作者が「Piggy の味方」であると指摘しているが，この序文は米国でのこの作品の出版以来常に誤解を招いてきたと James R. Baker は批判している[57]．この序文によって読者は，Piggy の知性の限界，また彼自身が象徴する合理主義の限界という問題を見落とすことになりかねない．例えば Simon が殺害された後でそれに加担したことの罪悪感に苦しむ Ralph に対して Piggy は「仕方がなかった」「今そのことについて話しても何もいいことはない」などと「合理的に」罪悪感を回避しようとする（172-3）．Piggy の極めて限定された知性は岩崎宗治が指摘しているように「現実の悪をありのままに受け入れることを拒む」[58]故，理性の可能性を楽観視して人間の限界を重視せず，内面的悪の認識を回避するための方便となりうる種類の合理主義を象徴する．この問題はのちに *Free Fall* で Nick Shales という科学教師を通して再び扱われる[59]．

　Piggy の死は Simon の死以上に物語の重要な転換点となる．圧倒的に優勢となった Jack 派に盗まれた眼鏡を取り返しに行った彼は，崖の上から Roger が投下した岩によって殺される（200）．彼が手にしていた理性，秩序或いは憲法を象徴するはずの法螺貝は「千もの白い破片となって砕け散り」，Piggy 自身も「豚のような鳴き声を上げる暇もなく」40フィート下の海に転落し，その刹那「頭が割れて中身が飛び出し，赤く染まり」「屠殺された豚の如く手足がひきつった」というように，語り手はあたかも彼が渾名の通り豚であるかのようにそのグロテスクな死を語る．この描写は，満天の星の下を波に運ばれ海に帰って行く Simon の遺体の描写（169-70）と極端な対照をなす．Johnston はこの対照について，Simon の死を聖者の死，Piggy の死を動物の死として描いている点に Golding の反合理主義的偏見を読み取っている[60]．また Whitley は Piggy の死を「合理主義の崩壊と同時に合理主義の限界のシンボル」と

説明している[61]。彼の死の描写におけるグロテスクさは合理主義という方便を用いて自己の本質を認識することを「合理的に」回避する人間の歪んだ知性の醜さを表していると同時に，そのような種類の合理主義が赤道直下の厳しい自然の中で顕在化した獣性を前にしていかに無力であるかということをも示している．

　文明によって隠匿され，合理主義によって回避されてきた人間の潜在的な悪即ち「蝿の王」が意味するものを次に考えたい．「蝿の王」は宗教的な言葉を用いれば「原罪」と言い換えることができるが，そうなると *Lord of the Flies* を解読するに際して「原罪」をいかに定義するかということが問題となる．Golding 自身が John Carey との対談の中で「原罪」を「我執」(selfishness) と定義しているが，ここで彼は母親の乳房を奪い合う双子の乳児を例に，子供は自分の本質を知らない故に最も残虐なことを行ない得ると述べている[62]．この意味において *Lord of the Flies* は，無垢な子供であるが故の残虐性，いわば最も原型に近い「原罪」を扱った物語だと言えよう．Mark Kinkead-Weekes と Ian Gregor は最年少の Johnny が「ただ一人無垢な者として描かれている」と述べている[63]が，既に言及したように Golding が描く「無垢なる者」とは「自らの罪に対して無自覚な者」であり，従って *Lord of the Flies* に登場するすべての少年は，唯一罪の認識に到達した Simon を除いて当初は全員が「無垢」であったと言えよう．Golding において無垢なる者たちは即ち悪魔であると Johnston は指摘する[64]．

　作者自身が上に引用した発言をしているにもかかわらず，Golding の作品における原罪は「我執」と定義するだけでは十分とは言えない．Fitzgerald と Kayser は *Lord of the Flies* における原罪を「傲慢」(pride) と定義して，傲慢が帝国主義，世界的規模の残虐行為を作り出したという図式をこの作品が示していると結論している[65]．原罪としての傲慢は旧約聖書続編「集会の書」にも言及があり（10：13），アウグスティヌスもまたこのことに触れていること[66]から判る通り，極めて伝統的なテーマである．Chaucer は *The Canterbury Tales* の最後を飾る 'The Parson's Tale' で「七大罪」のうち他のすべ

ての罪の根源となる「傲慢」について牧師に語らせている[67]．William Dumbar もまた七大罪を扱った寓話詩 'The Dance of the Seven Deadly Sins' で「傲慢」（Pryd）を筆頭に登場させている[68]．Spenser は *The Faerie Queene* 第1巻第4編において「傲慢の館」(house of Pride) に住む傲慢の女王 Lucifera と女王の馬車を引く6頭の獣「怠惰」「暴食」「好色」「強欲」「嫉妬」「怒り」という形でこれらの大罪を寓話的に描いている[69]．一方で More は「傲慢という，すべての悪の獣的根源」がなければ世界中にユートピア的社会が実現していただろうと語り手 Raphael に語らせている[70]．また Milton は *Paradise Lost* 第4巻で Satan の堕罪を地位が高かった故の傲慢に起因すると説いている[71]．*Lord of the Flies* でも子供社会を崩壊に導く動因の一つは Jack のプライドであり，島の秩序を創り上げた Ralph（勿論そこには Piggy の多大な協力があったが）よりも自分がリーダーであるべきだと信じて疑わない彼の傲慢が対立の原因となっているのである．また彼が狩猟を通して次第に残虐性，獣性を顕在化させて行く過程にも，「狩猟隊長」としての彼のプライドが多分に関与している．

既に指摘した年長の少年たちの多くが島のすべてを自分たちの所有物と考えていること，また英国人はすべてにおいて優れているという確信など，物語の冒頭で示される彼らの楽観主義や民族意識もまた原罪としての傲慢の一つの形である．Golding はある民族が別な民族に対して持つ偏見などの「学校では教えられない」「人間が無意識に持つ」感情の歴史を「非学術的歴史」(off-campus history) と呼んでいる[72]．*The Coral Island* に対して Golding が持つ危機意識も，この冒険小説がこのような種類の「歴史」を「無意識に」再生産していることに起因する．Stefan Hawlin は「イングランド人はすべてにおいて優れている」という Jack の科白を「単に Golding 自身の見解を反映するだけのもの」と称し，この作品をヒエラルキーの最上位である英国から「未開の領域」を見下して書かれているものと決めつけている[73]．しかしながら Hawlin のこの見解はあまりに表層的なものと判断せざるを得ない．この批評家は Jack らのボディ・ペインティングと化粧を「文明から未開への転落」と

称している[74]が，このような解釈自体が The Coral Island と全く同じ種類の誤りを犯していることに Hawlin 自身は気づいていないのであろうか．既に言及したように狩猟隊の「変化」は蛮人，未開性への「回帰」ではなく人間の本質への「回帰」に他ならない．Hawlin は Golding がイングランドの少年たち「でさえ」リトル・ナチになる可能性があると「確信して」いると主張するが[75]，この作品が扱っている人間の本質は文明人であれ未開人であれすべての人類に共有されるものであることは言うまでもない．むしろ文明国の人間たちが文明によってその本質を隠匿することの方が問題にされているのである．この問題はまさに「非学術的歴史」の一部であり，民族的優越感という「傲慢」と密接に関係する．

このように「蝿の王」には二つのレヴェルがあることが明確になろう．一つは Leighton Hodson の言葉を借りれば「他者を利用しようとすること」即ち「我執」「強欲」[76]という本能的なレヴェルであり，これは Golding が Carey との対談の中で述べている種類の「原罪」であり，自己防衛本能と言い換えてもよい．これは T. H. Huxley が言う「原罪」の意味[77]に近い．次のレヴェルとしてその本能的レヴェルの蝿の王を合理主義によって回避したり文明によって隠匿したり，或いは「非学術的歴史」という傲慢によって他者に投影したりする知的な，確信犯的な「蝿の王」というレヴェルがある．Lord of the Flies では少年たちが本来自分らの内面に認めるべき「獣」即ち恐れるべき対象を正体不明の獣という形で外在化し第三者に投影していた．このような人間の弱さが知的確信犯的レヴェルの蝿の王であり，この点でも彼らは略奪や食人主義に代表されるあらゆる野蛮さを原住民に投影していた The Coral Island の少年たちと同類であったと言えよう．この第二のレヴェルの蝿の王は勿論，本能的レヴェルの蝿の王が文明によって隠匿されたことによって歪んだ形に他ならない．

4．自己覚知の痛み

Lord of the Flies は主人公 Ralph の内面的な痛みの経験の物語であると

言える．彼は Jack 一派との対立が深まるにつれてリーダーとしての自分の無力さを痛感し，また Jack の獣化或いは本質への回帰を止められないことに対して責任感に苦しむ．Ralph はあまりに無垢である故に Jack が自分に対して抱いている憎しみを理解することができず，それを Piggy に指摘されても実感することができない（102）．Simon が死んだのちにはその殺害に加担したことで罪悪感に苦しみ，さらに Piggy をも失った後では孤独，不安，良心の呵責，死の恐怖などが極限にまで達する．

　この主人公の楽観主義から痛みの経験を通してのある種の自己覚知に至る過程は，Lewis の言う「神のメガフォンとしての痛み」から「神への自己譲渡に伴う痛み」[78]を経て悔悛，罪の克服に至るという過程[79]に似ている．このテーマもまた中世の昔から繰り返されている古いテーマであり，例えば道徳劇 *Everyman* では「贖罪の痛み」(penance) という名の宝石を「告白」(Confession) から与えられた主人公「万人」(Everyman) がそれを身につけて自らを鞭で打ってその痛みに耐え，痛ましい巡礼に耐えることで神からの許しを与えられる[80]．また *The Faerie Queene* 第1巻第10編ではこの巻の主人公「赤十字の騎士」(the Red Cross Knight) が「神聖の館」(the house of Holinesse) で医師「忍耐」(Patience)，「改心」(Amendment)，「贖罪の痛み」(Penance)，「自責」(Remorse) らによって，痛みの経験から罪の克服に至るという「治療」を受ける[81]．このように痛みの経験から贖罪に至るという過程はキリスト教世界の文学では極めて伝統的な主題であり，Ralph もまたこれと同じ過程を歩んでいると言える．

　Ralph の贖罪への過程をいかに評価するかという問題は，この小説の結末をどのように解釈するかという問題と密接に関わってくる．Golding 自身は1976年5月にルーアンで行なわれた講演の中で，*Lord of the Flies* の中心にあるのは「世界が幼年時代を喪失したことに対する嘆き」であり，それ故にこの作品の主題は単に「悲しみ」であると述べている[82]．一方で彼は Carey との対談では「子供であること」を「成長して脱却すべき病気」と称している[83]．しかしながらそうなると世界の幼年時代喪失も「悲しみ」というよりはむしろ

正常な状態への「移行」或いは「回復」ではないのか．また Golding は1980年4月のハンブルクでの講演において自分は「世界的（普遍的）悲観主義者」(universal pessimist) であるが同時に「宇宙的楽観主義者」(cosmic optimist) でもあると発言している[84]．ここで彼が 'universe' と 'cosmos' を区別して使っているのは，前者が現象として観察される「宇宙」，後者が神，人間などすべてのものが存在する全体性としての「宇宙」を意味するということである．彼はまた John Haffenden との対談でこの二つの語の意味は同じだが自分としては区別していると断った上で，これと同様の定義を語っている[85]．米国の神学者 Paul Tillich は「宇宙的悲観主義」(cosmic pessimism) を，「万物は人間の利益のために調和するよう神によって創造された」と考える啓蒙主義時代の神学者たちの態度「目的論的楽観主義」(teleological optimism) と対比して，「神が創造した世界の有限性とそれに伴うあらゆる種類の悪を受け入れなければならないと考える態度」と定義した[86]．これを合わせて考えれば，Golding の宇宙的楽観主義とは人間の限界としてのすべての悪を受け入れた上で，さらに高次元の善性を見出しうる楽観主義と解釈できよう．彼は観察できる現象としての宇宙全体，或いはもう少し限定して言えば人間の社会に対しては極めて悲観主義的な見解を持っている．彼は先に引用したとおり第二次大戦前には人間の善性，完全性を信じていたが戦時中に行なわれたことを知るに至ってそのようなものを信じられなくなったという．Lord of the Flies の結末は少年たちの集団社会と人間性双方の崩壊と，「非学術的歴史」を体現する英国海軍将校による「救済」とはほど遠い「救出」によって幕を閉じている．この場面で Ralph は「無垢の終焉，人間の心の闇，Piggy という賢明な親友の転落死 (the fall) を悲しんで泣いている」(223)．ここで読者に喚起されるのはただ悲しみというイメージばかりであり，そうなると Golding 的楽観主義はこの作品の中でどのような形で示されているかということが問題になろう．

　Anthony Storr は「自称楽観主義者の Golding を裏付ける要素が小説中にはほとんど見られない」と述べ，この作家が人間を「贖いきれないほどの欠陥

を持った，自己の破壊しかもたらさない種であると見なしている」こと，また特に *Lord of the Flies* にそれが顕著であると指摘している[87]．Hynes は Golding が悪については多くを語るが救済については沈黙していると述べ[88]，S. J. Boyd はこの結末が Conrad の *Heart of Darkness* と同様人間の在り方についての厳格な見解，即ち出口のない，救済があり得ない状況を示しているのみであり[89]，罪を認識することやそれを克服することが不可能であれば他者のための自己犠牲という Simon の存在が僅かな希望の余地ではあるが，作品の後に残る印象はやはり *King Lear* のそれと同様単に悲しみであると主張している[90]．また Hodson はこの作品で Golding が示したのは「人間の内面に悪が眠っているということ」に過ぎないと論じている[91]．一方でこの結末に何らかの希望，救済の可能性を読み取っている批評家も少なくない．Whitley はこの結末の向こうに主人公が「よりまっとうな，より賢い個人として社会復帰し得る」可能性を読み取っていて[92]，一方で Eric Smith は「結末で泣く Ralph に希望はないが，人間の内面に価値ある認識を作り出すという意味で読者にはそれを幸運な転落（fortunate fall）と考える余地がある」と述べている[93]．Johnston は最終場面での主人公の悲しみを「Golding の最後の言葉ではない」と考え，「人間が罪の意識に苦しむ破壊的な生物だとすれば潜在的創造性をも持つものであり，そこに贖罪の可能性もあるということを暗示している」と指摘する[94]．ここで Johnston が言っているのは罪の意識に苦しむことが創造性，贖罪につながるということであり，この意味で痛みの経験を通しての悔悛という伝統的なテーマと同一視できよう．Gindin もまたこの「無垢の喪失」という結末を贖罪の可能性の理解という点で「幸運な転落」と呼んでいる[95]．Reilly はこの結末を「悲観的」と見なしつつも Golding の関心が「社会の欠陥ではなく人間の欠陥にあり，Simon の孤立が示すように救済も都市文明にではなく個人の内部にある」として，この作品は「闇の中に光の可能性を示している」と結論づけている[96]．Subbarao もまたこの結末を「悲劇的だが絶望的な（depressing）作品ではない」と評している[97]．この結末に暗示されている贖罪への道は「人間の心の闇」即ち「蝿の王」というイメージで提示

された人間の本性，内面の「不浄なるもの」を「悲しむこと」から始まると言ってよかろう．主人公は少なくともそこに到達している．再びSubbaraoの言葉を借りれば，「Simonが直観的に理解していた……闇の力を認識するためにRalphは痛ましい経験を必要とした」[98]ということである．

　ここでもう一度Ralphが泣いている理由を考えてみたい．彼は「無垢の終焉，人間の心の闇，Piggyという親友の死」を悲しんで泣いている．「無垢の終焉」は即ち「罪悪感」という「痛み」の始まりである．これまでに経験した痛みはいわば彼にとって「神のメガフォン」として，それまでの傲慢，楽観主義を捨て去り自己の弱さ，不完全さを認識する動因となった．一方最終場面で彼が抱えている痛みは自分たちの内面の蝿の王という不浄さ，残虐性，獣性，破壊力を自覚している永続的な痛みである．この痛みは例えるなら Everyman で「万人」が「告白」からもらった宝石である．これを常に身につけることによって，Ralphもまた救済への「巡礼の旅」を続けるのである．「無垢の終焉」と「人間の心の闇（の自覚）」は従って同じことを意味していると言えよう．村上春樹は地下鉄サリン事件を扱ったルポルタージュ『アンダーグラウンド』の中で，この事件の加害者である宗教団体が鏡像として我々に示す「自分自身の内なる影の部分」を「アンダーグラウンド」と呼んでいる[99]．Goldingの「人間の心の闇」と村上の「アンダーグラウンド」は偶然にも人間に内在する本能としての獣性，破壊力を「闇」という共通するイメージで捉えている．無垢とはこのような「闇」に対する無自覚であり，その意味でGindinやJohnstonが言うように無垢喪失は「幸運な転落」なのである．Ralphにとってこの痛みは救済への最初の段階に他ならない．

　この主人公はまたSimonではなくPiggyの死を悲しんで泣いている．この事実もまた，彼の無垢喪失と密接に関係している．Piggyが体現していたのは知性と同時に蝿の王，闇を合理的に回避する手段としての合理主義であった．彼の死は合理主義の限界を暗示し，合理主義が厳格な自然環境の下で顕在化した人間の獣性を抑制することにも解明することにも全く無力であるということを物語るものである．Barbara Everettはここでのの Ralphの悲しみを「Piggy

の死それ自体をではなく，自分とPiggyとが信じていた夢，幻想の喪失を泣いている」と解読している[100]．彼らが信じていた夢，幻想とは理性，善性によって成立する集団社会であると同時に，内面の闇と対峙しないままに過ごしていた無垢の時代，或いはその対峙を合理的に回避してきた合理主義であろう．これらのものを失った主人公は自己の中に蝿の王，闇の存在を認め，自己覚知の痛みに耐え続ける以外にないのである．ここで彼がSimonの死をPiggyの死ほどには悲しんでいない理由はおそらく，彼にはまだSimonという人間の本当の意味，即ち果たされなかったものの真実を洞察して表現し，伝達するという「芸術家」としての意味が理解できていないからであろう．先にSubbaraoから引用したとおり，Ralphは痛みの経験を通して初めてSimonが直観的に理解している認識に到達したのである．

5．結論——善と悪の相互依存

　*Lord of the Flies*の結末における「機械仕掛けの神」(*deus ex machina*)[101]としての海軍将校の出現，*The Inheritors*第11章での唐突な視点の転換，或いは*Pincher Martin*最終章で明らかにされる主人公の小説冒頭での死など，Goldingの初期作品では結末に'surprise ending'となるような「仕掛け」(gimmick)[102]が特徴的に存在する．Gindinはこれをそれまでの小説の展開の反作用となると論じている[103]．David LodgeもまたGoldingは最後の数頁でそれまでの物語をすべて投げ出すと述べている[104]．一方でCoxのようにこの特徴をGoldingの「高度にオリジナルな仕掛け」と評する批評家もいる[105]．しかしながらこの海軍将校の登場は必ずしもそれまでの物語の展開の中で暗示してきた主題を「切断したり弱めたりする」[106]ものではない．将校の「君たちは皆英国人だろう．英国の少年たちならもっとうまくできたのではないか」(222)という科白は第2章におけるJackの「俺たちはイングランド人だ」という科白(47)とアイロニカルに共鳴し合うが，この将校が文明国の大人の代表として，「非学術的歴史」を体現していることは間違いない．そうなるとこのような人物に救助され，再び人間の本質を隠匿する体系の中に

少年たちが戻って行くという図式は，これまでの物語を反対方向に揺り戻すものと考えて当然かも知れない．

　しかしながらこの結末は，むしろ主人公の学習，成長を強調するためのものではなかろうか．Simon よりも遙かに遠回りをしたが，Simon が認識していた真理を Ralph もまた認識するに至った．彼の中では既に，冒頭で彼らが示していた *The Coral Island* 的楽観主義，民族意識及びそれを支える合理主義が完全に崩壊している．そこに冒頭の彼らと同じ認識を持ち続ける者として，或いは彼らをそのような認識へと導いた大人の代表として，この将校を登場させて彼らと対比させているのであろう．先に Reilly から引用したとおり，救済は文明にではなく個人の内面にある．Ralph は人間の本質を隠匿する体系の中に帰っても，彼の内面には既にその本質に対する認識が痛みとして存在する．Golding の背中合わせの悲観主義と楽観主義は，このように文明や社会という体系に対しては悲観主義的な見解を示している一方で，個人が痛みの経験から人間の本質を認識し，「天のエルサレムへの道」[107] 即ち贖罪に至る可能性については楽観的であるということである．従ってこの海軍将校でさえ，残りの生涯の何処かで何らかの痛みを経験し，そこから自己の内面に潜在する蝿の王を認識し，それによってさらなる自己覚知の痛みという「宝石」を持ち続け，エルサレムへの行程を踏み出す可能性が全くないとは言えないのである．

　先に蝿の王を二つのレヴェルに分けて考えた．このうちの本能的レヴェルの蝿の王はいわば生存のための本能と言い換えてもいいもので，少なくとも否定されるべきものではない．先に引用したとおり T. H. Huxley はこの意味での本能を「原罪」と考えている．ここでいう原罪は文明人にも原始的民族にも共有されるものである．蝿の王は自然な状態で放置されれば腐敗する人間の本来の性質であるが，人間は（或いは動物的本能を持つすべての生物は）腐敗するが故に土に帰ることができるのである．一方で合理主義という知的レヴェルにおける蝿の王は，本能的レヴェルの蝿の王を隠匿し合理的に回避する．さらに帝国主義，民族意識という社会的に応用された原罪としての傲慢は，自己の内面に認めたくないそのような闇を他者に投影し贖罪山羊として他者を断罪する．

ヴィクトリア時代的楽観主義，民族意識が他の民族，特に「未開人」に対して行なっていたのがこのようなことであり，またおそらくGoldingは第二次大戦にもこの図式を見ていたのであろう．*Lord of the Flies*の少年たちが正体不明の「獣」を恐れていたこともこれと同じ図式であり，彼らは自己の内面に認識するべき闇を獣という形で外在化していたのである．人間の本質を表わす腐敗した遺体や「蝿の王」即ち豚の頭や臓物が放つ異臭は本能的レヴェルの蝿の王を象徴するものであるが，人間がそれを不快に感じるのは意識的にであれ無意識的にであれその異臭が象徴する自己の闇との対峙を嫌うためである．神のメガフォンとしての痛みの経験を通して，自分が肯定されるべき存在であると考える傲慢を克服したときに初めて，この蝿の王を自身の内面にあるものとして認識することができる．

　*Lord of the Flies*における楽観主義はこのように個人が痛みの経験を通して「エルサレムへの道」の第一歩を踏み出すことができる可能性を確信しているということに留まらない．この作品は「非学術的歴史」や合理主義，或いは他者の贖罪山羊化といった知的確信犯的レヴェルの蝿の王を内面的「悪」として描く一方で，そのような「悪」が内在する故に人間は成長する可能性を秘めているという楽観的人間観をも示していると解釈できよう．バタイユ（Georges Bataille）は文学が表現するべきものは至高の価値としての「悪」であり，文学とは人間が「自分の正体を暴露せざるを得ないものである」と述べている[108]．*Lord of the Flies*もまた悪を描いて人間の正体を暴露している小説であるが，ここにも悪を通して善に至るという過程が示されている．Miltonは*Paradise Lost*第9巻冒頭で語り手に堕罪したAdamを「英雄」と呼ばせていて[109]，また第10巻末尾には堕罪に対する罰として自分らに与えられた労働の苦しみの中に喜びを見出そうとするAdamの言葉がある[110]．さらに第12巻に至るとAdamは「自分が行なった罪を悔いるべきか，その罪から生じるさらなる善を喜ぶべきか」と天使Michaelに語り[111]，最終的にMichaelはAdamが楽園を喪失したのちに「遙かに幸福な，内なる楽園」（A paradise within thee, happier far）を持つに至ると説いている[112]．これらの箇所で明らかな

とおりMiltonにおいて重要なのは楽園を喪失した悲しみではなく楽園を喪失したのちのAdamとEveの前向きな生である. Lord of the Fliesについてもまた, 読者は作品の結末に同様な楽観主義を読み取ることができよう. Friedmanはこの結末について, 自己の本質を知ることはそれを正すことではなく, この作品が示す悲劇は人間が明らかに自己を再創造できないということであると主張している[113]. しかしながら本章では, この小説の主人公が痛みの経験を通して悪を認識し, その悪の認識というさらなる痛みを知覚し続けることによって, エルサレムへの巡礼の道を歩み始めていることの方を重視したい. この「蠅の王」という悪は確かに, 善を生み出す原動力ともなっているのである.

註

1) William Golding, *Lord of the Flies* (London: Faber and Faber, 1958). 作品からの引用はこの版の頁数を本文中に ( ) で示す.
2) Charles Monteith, 'Strangers from Within', in John Carey ed., *William Golding: The Man and his Books*, p. 63.
3) S. J. Boyd, *The Novels of William Golding*, p. 1.
4) R. M. Ballantyne, *The Coral Island* (London: J. M. Dent and Sons, 1907).
5) John Peter, 'The Fables of William Golding' (1957), in Norman Page ed., *William Golding: Novels 1954-67*, p. 37; V. S. Pritchett, 'Pain and William Golding' (1958), Ibid., p. 48; C. B. Cox, 'On *Lord of the Flies*' (1960), Ibid., p. 115; Frank Kermode, 'Golding's Intellectual Economy' (1962), Ibid., p. 55; Peter Green, 'The World of William Golding' (1963), Ibid., pp. 80-81; Samuel Hynes, *William Golding*, p. 7; Eric Smith, *Some Versions of the Fall*, p. 167; Arnold Johnston, *Of Earth and Darkness: The Novels of William Golding*, p. 9; V. V. Subbarao, *William Golding: A Study*, p. 6; S. J. Boyd, *The Novels of William Golding*, p. 5; James Gindin, *William Golding*, p. 21; Patrick Reilly, *The Literature of Guilt*, p. 141; L. L. Dickson, *The Modern Allegories of William Golding*, p. 17; Kevin McCarron, *William Golding*, p. 5 etc.

6) Golding, 'Fable', in *The Hot Gates* (London: Faber and Faber, 1970), pp. 88-89.
7) Ibid., pp. 86-87.
8) Golding, 'A Moving Target', in *A Moving Target* (London: Faber and Faber, 1984), p. 163.
9) Pritchett, op. cit., p. 47.
10) Ibid., p. 48.
11) C. S. Lewis, *The Problem of Pain* (London: HarperCollins, 1977), p. 76.
12) Chad Walsh, *The Literary Legacy of C. S. Lewis* (New York and London: Harcourt Brace Jovanovich, 1979), p. 219.
13) Peter, op. cit., p. 37.
14) Ibid., p. 45.
15) Cox, op. cit., p. 115.
16) Green, op. cit., p. 96.
17) Hynes, op. cit., p. 14.
18) Johnston, op. cit., pp. 19-20.
19) Dickson, op. cit., pp. 3-4.
20) ジョン・サザーランド「ピギーの集光（？）眼鏡」『現代小説38の謎—『ユリシーズ』から『ロリータ』まで』川口喬一訳（東京：みすず書房，1999），pp. 93-96. Julian Barnes も小説 *Flaubert's Parrot* の中でこのことに言及している。Barnes, *Flaubert's Parrot* (London and Basingstoke: Picador, 1985), pp. 76-78. この箇所で語り手は，Golding のこの誤りは作品全体を損ねるほどのものではないと語っている．
21) Cox, op. cit., p. 120.
22) Aldous Huxley, 'Wordsworth in the Tropics', in *Do What You Will: Essays* (London: Chatto and Windus, 1929), p. 129.
23) Ibid., p. 115.
24) 川崎寿彦『楽園のイングランド』（東京：河出書房，1999），pp. 10-12.
25) Thomas More, *Utopia*, trans. Paul Turner (Harmondsworth: Penguin, 1965), p. 69.
26) John S. Whitley, *Golding: Lord of the Flies*, p. 11.
27) William Boyd, 'Mariner and Albatross', p. 92.

28) Don Crompton, *View from the Spire*, p. 141.
29) Lewis, 'Unreal Estate', in *On Stories and Other Essays on Literature*, Walter Hooper ed. (New York: Harcourt Brace Jovanovich, 1982), p. 148. この箇所で Lewis は，Golding の描写が細部にわたってあまりに技巧的すぎて「木の葉の表面の光が美しすぎて，そこで何が起こっているかに読者が気づかない」ことがあると（このことは特に *The Inheritors* について）指摘している．
30) Huxley, op. cit., p. 113.
31) Ibid., p. 115.
32) Mark Kinkead-Weekes と Ian Gregor はこのことを，「人間の身体がもはやエデンに適さなくなっていることを示している」と解読している．Kinkead-Weeks and Gregor, *William Golding : A Critical Study*, p. 25.
33) William Cowper, *The Task*, Book I, 'The Sofa', in *The Task and Other Poems*, James Sambrook ed. (London: Longman, 1994), p. 81.
34) Huxley, op. cit., p. 116.
35) Whitley, op. cit., p. 43.
36) Johnston, op. cit., p. 10.
37) Subbarao, op. cit., p. 13.
38) Peter, op. cit., p. 38.
39) Pritchett, op. cit., p. 48.
40) Johnston, op. cit., p. 13.
41) S. J. Boyd, op. cit., pp. 22-23.
42) McCarron, op. cit., p. 6.
43) Dickson, op. cit., p. 13.
44) John F. Fitzgerald and John R. Kayser, 'Golding's *Lord of the Flies*: Pride as Original Sin', p. 80.
45) Lawrence S. Friedman, *William Golding*, p. 24.
46) Dickson, op. cit., p. 10.
47) Ibid., p. 20.
48) Kenneth Woodroofe, '*Lord of the Flies*: Trust the Tale' in B. L. Chakoo ed., *William Golding Revisited : A Collection of Original Essays*, p. 47.
49) Reilly, op. cit., p. 142.
50) Johnston, op. cit., p. 15.

51) S. J. Boyd, op. cit., pp. 15-16.
52) Gindin, op. cit., p. 23.
53) Reilly, op. cit., pp. 146-48.
54) Subbarao, op. cit., p. 9.
55) Green, op. cit., p. 83.
56) E. M. Forster, 'Introduction', pp. vi-vii.
57) James R. Baker, 'Golding and Huxley: The Fables of Demonic Possession', p. 318.
58) 岩崎宗治『イギリスの小説と詩――ゴールディングからヒーニーまで』p. 16.
59) このことについては本書第4章第3節を参照のこと．
60) Johnston, op. cit., p. 16.
61) Whitley, op. cit., p. 27.
62) John Carey, 'William Golding talks to John Carey', in Carey, op. cit., p. 174.
63) Kinkead-Weekes and Gregor, op. cit., p. 31.
64) Johnston, op. cit., p. 34.
65) Fitzgerald and Kayser, op. cit., p. 85.
66) アウグスティヌス『神の国（三）』服部英次郎訳（東京：岩波書店，1983），pp. 105, 315.
67) Geoffrey Chaucer, 'The Parson's Tale', in Larry D. Benson ed., *The Riverside Chaucer* (Oxford: Oxford University Press, 1988), pp. 299-300.
68) William Dumbar, 'The Dance of the Seven Deadly Sins', in M. L. Rosenthal ed., *Poetry in English: An Anthology* (New York: Oxford University Press, 1987), pp. 121-24.
69) Edmund Spenser, *The Faerie Queene*, Book I, Canto IV, Stanzas 12-35 (Harmondsworth: Penguin, 1978), pp. 82-87.
70) More, op. cit., p. 131.
71) John Milton, *Paradise Lost*, Book IV, in Douglas Bush ed., *Milton: Poetical Works* (Oxford: Oxford University Press, 1969), p. 276.
72) Golding, 'Fable', p. 92.
73) Stefan Hawlin, 'The Savages in the Forest: Decolonising William Golding', pp. 126-28.

74) Ibid., p. 129.
75) Ibid., p. 126.
76) Leighton Hodson, *William Golding*, p. 20.
77) T. H. ハクスリー「進化と倫理―ロマネス講演」(1893), J. パラディス, G. C. ウィリアムズ『進化と倫理―トマス・ハクスリーの進化思想』小林傳司, 小川眞理子, 吉岡英二訳（東京：産業図書, 1995）, p. 140.
78) Lewis, op. cit., p. 79.
79) Ibid., p. 93.
80) *Everyman*, in A. C. Cawley ed., *Everyman and Medieval Miracle Plays* (London: J. M. Dent, 1993), pp. 215-16.
81) Spenser, op. cit., Book I, Canto X, Stanzas 23-27, pp. 165-66.
82) Golding, 'A Moving Target', p. 163.
83) Carey, 'William Golding talks to John Carey', p. 173.
84) Golding, 'Belief and Creativity', in A *Moving Target*, p. 201.
85) John Haffenden, *Novelists in Interview*, p. 111.
86) Paul Tillich, *A History of Christian Thought: From Its Judiac and Hellenistic Origins to Existentialism*, Carl E. Braaten ed. (New York: Simon and Schuster, 1967), pp. 350-51.
87) Anthony Storr, 'Intimations of Mystery', in Carey, op. cit., p. 138.
88) Hynes, op. cit., p. 16.
89) S. J. Boyd, op. cit., p. 14.
90) Ibid., p. 23.
91) Hodson, op. cit., p. 22.
92) Whitley, op. cit., p. 56.
93) Smith, op. cit., p. 202.
94) Johnston, op. cit., p. 33.
95) Gindin, op. cit., p. 36.
96) Reilly, op. cit., p. 161.
97) Subbarao, op. cit., p. 17.
98) Ibid., p. 8.
99) 村上春樹『アンダーグラウンド』（東京：講談社, 1999）, pp. 743-44. 村上はまた小説『世界の終りとハードボイルド・ワンダーランド』（東京： 新潮社,

1988）及び『ねじまき鳥クロニクル』（東京：新潮社，1997）でも「地下世界への下降」というイメージを用いて「自己の内なる影との対峙」を描いている．
100) Barbara Everett, 'Golding's Pity', in Carey, op. cit., p. 123.
101) このことについては Friedman がギリシア劇における結末の問題解決と比較して詳しく論じている．Friedman, op. cit., pp. 29-31.
102) この 'gimmick' という語は Golding 自身が1959年に Frank Kermode との対談の中で用いたのが最初とされている．Kinkead-Weekes and Gregor, op. cit., p. 62 参照．
103) Gindin, '"Gimmick" and Metaphor in the Novels of William Golding', in *Postwar British Fiction*, p. 196.
104) David Lodge, *The Art of Fiction*, p. 224.
105) Cox, op. cit., p. 121.
106) Gindin, '"Gimmick" and Metaphor in the Novels of William Golding', p. 198.
107) Chaucer, op. cit., p. 288.
108) ジョルジュ・バタイユ『文学と悪』山本功訳（東京：筑摩書房，1998），pp. 14-15.
109) Milton, op. cit., pp. 371-72.
110) Ibid., p. 422.
111) Ibid., p. 455.
112) Ibid., p. 458.
113) Friedman, op. cit., p. 32.

第2章　*The Inheritors*
――継承された痛み

　The Inheritors (1955)[1]はネアンデルタール人最後の部族がクロマニョン人によって淘汰される過程を綴る寓話的小説であり，当時「生活のために，仕方なく」英語・哲学教師としてソールズベリーのビショップ・ワーズワース・スクールに勤務していた Golding が，教職の合間に四週間で書き上げた作品である[2]．作者自身がこれを自作中最も気に入っていると公言していて[3]，1993年6月21日の *The Times* 紙上の Golding の急逝を報じその業績を要約する記事の中でもこの作品は「すべての国籍の戦後小説中最高傑作の一つ」と紹介されている．Samuel Hynes も1968年即ち *The Pyramid* までが発表されていた時点でこの小説を Golding の最高傑作と認め[4]，S. J. Boyd はこの作品の成功によって Golding が，「小説家の中の詩人」として今日のその地位を確立したと述べている[5]．

　熱帯の孤島での少年たちを描いた前作と余りにも異なった世界を描いてはいるものの，多くの批評家がこの *The Inheritors* と前作 *Lord of the Flies* との主題の共通性を指摘している．Boyd はこの両作品が共に人間の悲劇的な本質との対峙を読者に強いるものであると言い[6]，James Gindin もこの両者が人間の内面的本質を探究していると述べている[7]．Arnold Johnston はこれらの何れもが「自己発見」を主題としていると考え[8]，また Kevin McCarron はこの二作品が等しく「悪の発見」の物語であると論じている[9]．本章でもこの小説と前作との主題の共通性に注目し，Golding が様々な形で影響を受けた H. G. Wells の諸作品，特に短編小説 'The Grisly Folk' と歴史書 *A Short History of the World* との比較を通して，ネアンデルタール人から現代人の直接の祖先であるとされるクロマニョン人に「継承されたもの」の意味を考えたい．

1．Wellsの限界

　The Inheritors の巻頭には Wells の *Outline of History* の一節がエピグラフとして引用されている．この箇所で Wells は，現代人と比べてのネアンデルタール人の外見的「異形性」を強調し，彼らが伝承文学における食人鬼の原型になっているという見解を紹介している．*The Inheritors* の試みは，現代人を「標準」としてネアンデルタール人を醜悪な類人猿と見なす Wells の見解を相対化することであろう．全12章のうち，冒頭から第11章の前半3分の2まではネアンデルタール人の視点で彼らの世界を描き，途中で現れたクロマニョン人（テクストでは 'the new people'）は「長すぎる」「骨のような顔」(138)を持つなど，彼らの目には極めて奇妙なものと映っている様子が語られる．第11章における視点の転換の後，それまでの主人公 Lok は猿のような歩き方をする「赤い生物」(216-7) として言及されることになる．

　短編 'The Grisly Folk' (1921)[10] の中で Wells は，それと同様なネアンデルタール人と現代人の対照を描いている．この短編の前半はこの両者の相違を「科学的に」叙述し，後半は現代人の祖先と称されるクロマニョン人の兄弟 Waugh と Clink と，彼らの娘を連れ去った「原人」との戦いを綴る．この短編の中で Wells がネアンデルタール人に言及する際に用いる語句は，表題にある 'the grisly folk' の他に 'pre-man', 'this beast-man', 'a fearsome creature', 'the beasts', 'hunched grey figure', 'this animal', 'grisly beasts', 'this eerie thing that was like and not yet like mankind' 等であり，常に「醜さ」「野蛮さ」「獣性」が強調されている．僅かに 'the grisly man' と 'these grisly men' という，彼らが「人間であること」を前提とする表現が一度ずつ用いられるが，いずれも表現に変化を付けるためにいささかの皮肉を込めて使われているに過ぎない．いずれにせよ，ここでも Wells はネアンデルタール人がホモ・サピエンスの祖先であることを言葉を換え繰り返し否定する．

　この短編小説におけるネアンデルタール人とクロマニョン人の対立は，前者によって後者の子供，食糧（となる動物），住居となる場所が奪われるため，

第2章　*The Inheritors*──継承された痛み　31

後者が前者を身の安全を守るという「正統な」理由のために殺すという図式になっている．絶滅に近づくにつれてネアンデルタール人はより狡猾に，より危険になって来たとここでは言われるが，これはクロマニョン人との戦いに勝ち残った者たちだけが子孫を残した結果であり，つまりDarwinによる「進化論」の考えに一致する．それに対してクロマニョン人たちは，「正義」のために戦い，「愛」によって子供たちを守っていることになっている．こうして彼らはネアンデルタール人たちの知らない「親子，兄弟の協力関係」を学び，近親婚をタブーとするモラルを確立し，平和を保ち子孫を残したという．このような彼らが我々現代人の直接の先祖であることを強調して，この短編は幕を閉じる．

　Wellsは人間（現代人）の内面の「鬼」「悪魔」を完全に否定している[11]という印象が否定できない．Wellsの作品はむしろ，*Lord of the Flies*の少年たちが自分たちの内面に認めるべき「蠅の王」を「獣」という形で外在化したのと同様，また*Lord of the Flies*が批判している冒険小説*The Coral Island*において作者R. M. Ballantyneが，英国人である主人公たちの内面には如何なる「悪」をも描かず，内面的な悪をすべて原住民たちに押しつけたのと同様，現代人に内在する原罪をすべてネアンデルタール人に投影し，現代人を神聖化しようとしているという側面が否定できないのである．

　*The Inheritors*はそのようなわけで，Wellsの短編小説や歴史書に対する反論，或いはより正確に言えばその短編，歴史書に繰り返される見解を相対化する試みであるが，GindinによればGoldingはWellsを単純化しすぎているという[12]．確かにそのような印象は禁じ得ない．しかしながらWellsの見解は，当時の科学の限界を考慮に入れれば仕方のないことではあるが，現代の読者の目から見ればいささか単純すぎるのではなかろうか．Golding自身1980年にJames R. Bakerとの対談の中で，小説家としてのWellsは高く評価するものの彼のプロパガンダは無意味に楽観的すぎるとして批判している[13]．Goldingが批判しているのはWellsが人間の歴史を「人間の改良の過程」と考えている点であり，それ故終末的ヴィジョンを含む*The Time Machine*等の空想科

学小説はそれなりに評価していることを，同じ箇所で明言している．しかしながら The Time Machine に描かれる遠い未来における人類の退化，絶滅もまた，現代人を進化の過程の最頂点とする楽観主義に他ならないという見方もできよう．

2．無垢なる者たちとしてのネアンデルタール人

The Inheritors は第11章での「視点の転換」までは，ネアンデルタール人部族の「道化」的人物である Lok を主人公とする．この一族は長老 Mal とその妻で信仰を司る 'the old woman'（固有名詞なし），Lok よりも思慮深い男 Ha, Lok の妻と思われる Fa, Fa よりも母性的特徴を顕著に有する Nil, 幼女 Liku と乳児 'the new one'（固有名詞なし）の8名で構成される．物語は一同が冬の住居である海岸の洞窟から夏の住処である山に移動するところから始まり，途中川に転落した Mal の死，Ha の失踪，「老婆」の水死（或いは Nil と共にクロマニョン人達に惨殺され川に棄てられた），Liku と「新生児」のクロマニョン人による誘拐など，彼らは少しずつ淘汰されて行き，最終的には Lok だけが一人取り残されることになる．

彼らの集団には男女分業が確立されており，「絵を持つこと」即ち「思考」は男の，そして 'oa' なる「大地の女神」に対する「信仰」と火の管理は女の分担である．「絵を持つ」とはつまり，彼らの記憶，思考が一連の場面のように現れるということであり，それぞれの場面同士の因果関係は意識されないということである．Wells もまたこの特徴に言及しており，「原始的人間」は（即ちクロマニョン人に至ってもまだ），「子供のように」「一連の絵」によって思考していたと述べている[14]．ネアンデルタール人は一方で，意思伝達手段が貧弱であったことが指摘されており，芸術を持たなかったと考えられている[15]．The Inheritors において「老婆」が中心となって Mal を葬る場面があるが（90-91），死者を埋葬する習慣はネアンデルタール人から始まったとされている．このような習慣は社会的役割の複雑さを示すという指摘がある[16]．また Ted Hughs は Golding の描くこの部族が，実際のネアンデルタール人よ

第2章　*The Inheritors*——継承された痛み　33

りも原始的であると指摘している[17]．

　Hughs の言葉を借りれば，*The Inheritors* の中心的主題は「知性」と「本能」の確執という「極めて古い」問題である[18]．知性の点でネアンデルタール人よりも優れた新人類たちはその本能が破壊されており，自然界の森羅万象と利害関係が対立する．一方で知性が欠如した旧人類たちは，論理的思考ができない一方で，冬が終わると夏の住居に移動することに象徴されるとおり本能のままに自然界の状況に対応して生活している．彼らはあらゆる自然現象を意志を持った生物として「擬人化」して捉え (30, 39, 47 etc.)，食用のために獣を殺すことをせず既に死んだものだけを食すこと (53-4) に代表されるように，自然界から必要以上に搾取することをしない．彼らは如何に少なくなろうとも食糧の備蓄があるうちは決して食料調達には行かないのである (95)．

　旧人類たちのこのような自然界との調和はしかしながら，同時に彼ら最大の弱点でもある．Boyd の言葉を借りれば，彼らは入手できるもののみで生きる故，環境，偶然性に左右され易く，自然に対して優位性を持ち得ない[19]．また McCarron は彼らの，環境を制御する能力の欠如に言及している[20]．ネアンデルタール人の体格は年平均気温が約マイナス1度の環境に最もふさわしかったとされ，氷河期が終わると共に彼らも淘汰されたという[21]．T. H. Huxley は1893年の講演において，自然界の万物の生存と倫理とは相反するという事実に言及している[22]が，*The Inheritors* においても，また実際の歴史においても，自然界からの搾取が少なくそれ故に倫理的には「より優れた」旧人類が，環境を制御する能力に長けた，それ故倫理的には劣ると言える新人類に淘汰されている．Huxley は従って，自然界の生存競争においては自己主張の最も強い個体が生き残ることを指摘している[23]．

　この小説における旧人類と新人類の対照はまた，「無垢」と「経験」というこれも「非常に古い」図式に当てはめることができよう．McCarron によれば彼らの「無垢」な特質は，野蛮ではあるが部族としての結びつき，愛情に満ち，流血を嫌う女神への信仰があり，男神を崇拝する新人類たちと対照をなすという[24]．ここでいう無垢とは，罪の欠如ではなく罪に対する無自覚を意味する．

Golding は1985年に行われた対談の中で，人間の原罪とは「我執」であり，母親の乳房を奪い合う双子の乳児を例に，罪に対して無自覚な子供は「最も恐るべきことを行い得る」と述べている[25]．無垢なる者たちは罪を自覚しない故に，無意識に残虐な行為を行い得るということであり，この意味において旧人類たちの「無垢」と「野蛮」は通底する．前作における少年たちによる残虐行為もまた，このことと関係がある．Johnston は Golding の小説において，「無垢なる者たち」と「悪魔」が同一であることを指摘している[26]．Golding はまた1981年の対談において，完全に無垢な芸術家，作家は存在し得ないと発言している[27]が，それはつまり表現者，伝達者としての芸術家，作家は表現し伝達する主題としての何らかの真実を知覚していなければ成り立たない故に，自己の罪に完全に無自覚でいることはできないということであろう．無垢なる者たちの代表である Lok は，無垢であるが故に悪意という感情をも理解することができず，新人類の一人が自分に向かって放った矢を自分への「贈り物」と称する（111，116）．また彼ら旧人類の集団における「芸術家」の不在は，彼らの無垢を裏付けていると言えよう．

3．旧人類の無垢喪失と新人類の学習

Lok は旧人類の中にあってもとりわけ無垢であるが故に，新人類たちの敵意に気づくことなく，純粋な好奇心から彼らに関心を抱く．この主人公は無垢であり悪意を知らない故自分を攻撃してくる新人類に対して友好的な感情を持ち（111），彼らが鹿を殺す残虐な儀式（146），誘拐した Liku を殺して食う（Lok 自身はそのことに気づいていないが）野蛮な宴（170 ff），「互いを消費するような」性行為（175）等を夢中になって観察し心を躍らせる．

Lok と Fa は奪われた Liku と「新生児」を取り戻すべく新人類たちの様子を伺っているうち，結果的に彼らのこのような様子を観察することとなり，そのことを通してこの二人の関係も変化して行く．「絵を持つ」能力の弱い Lok を Fa は罵るようになり，彼に対して自分の優位性，主導権を主張するようになる（117）．このことによって，Lok の認識を通した語り手の言葉を使えば

第 2 章 *The Inheritors*——継承された痛み

彼女の中には「Oa が余り入っていなくなった」(118) のである．それまでの調和を保っていた彼らの集団社会においては，思考能力が劣った Lok にそれなりの地位が与えられていた．自然の変化をそのまま受け入れ，生存のために自然や他の種族，或いは同胞と「競争」しない彼らにとっては，必ずしも生存のための知恵に長けたものを敬うことがなかったのであろうか．この集団において Lok の「愚かさ」は，現代人には理解できない理由でこの人物の「価値」になっている．Fa の自己主張は，このような Lok の価値を認めなくなったことを意味するものであり，この集団社会の秩序の崩壊につながる．

一方新人類たちの観察を続けたこの主人公は，それを通じて成長，学習を遂げる．彼は次第に自分が 'Mal' になったことを自覚し，同時に彼の持つ「絵」は整理され一貫性を持ち始める (191)．これは Lok の中で，一つの絵（場面，事件）と別な絵との因果関係が理解され始めたということであろう．彼は自分が Mal であることを誇らしく，また同時に重荷に思う (194)．この頃 Lok は，それまで好奇心，憧憬の対象としていた新人類たちを恐れるようになるが，これは彼が悪意，敵意を理解したことを示している．彼らを恐れると同時にLok の認識は，彼らに対して「病気の女に対するような」哀れみを感じる (193) ところまで進んでいる．さらにこの主人公は，直喩という概念を理解するに至り，それはそれまでの人生の中でも無意識に使っていたものではあるが，彼の学習が進んだこの頃 (194) に明確に理解される．Lok は新人類について，「彼らは川のようだ．滝 (fall) のようだ．彼らは滝 (fall) の民族だ．何者も彼らに立ち向かうことはできない．」と認識する (195) が，ここでいう「滝」'fall' は当然「堕落」'fall' を連想させるものであり，「堕落」には「何者も逆らうことができない」という点でも一致しており，つまり Lok は自分が認識している以上のことを洞察しているということになろう．

旧人類の無垢喪失はこのように Lok の学習と Fa の増長という形で進行するが，それが決定的となるのは新人類たちの宴の残骸から蜜酒を拾って飲む場面 (200) である．Lok が壺に残った蜜酒を盗み飲む傍らで警戒していた Fa は，やがてその酒を試そうとするが既に Lok が最後の一滴を飲み終えた後で

あり，二人は尚もその壺を奪い合い，互いを罵り合う (201)．Lok は怒りにまかせて壺を叩き割り，二人はさらにその破片に付着した蜜酒を舐める (202)．この場面に至って二人は野蛮な宴を行っていた新人類たちとほぼ同化したことになり，これが Lok と Fa の「楽園喪失」の瞬間である．この時 Lok の頭の中には，「滝 (fall) の音が轟いていた」という (同頁)．これが彼らの「堕落」'fall' を同時に意味していることは指摘するまでもない．Lok はこの場面で，「俺も新人類の一員になった」と呟く (204)．これは即ち原罪の自覚であり，無垢の喪失である．

　他方で新人類たちは，他の部族から女を略奪することによって部族が成立すること (226) が示すとおり，彼らの社会はほぼ完全な男性中心社会であり，他者に対しては敵対関係を前提とする．彼らが旧人類たちに攻撃をしかけたのも，旧人類たちを恐れていたためであることが判る (228)．新人類たちは事物の因果関係を理解できるほどに，旧人類たちよりも「知的」であり，敵と戦う技術にも通じている．Huxley は「原罪」を，「すべての人間が生まれながらに持つ，我執という本能」と定義している[28]が，これは Golding の作品で扱われる「原罪」という概念と一致する．旧人類と新人類は等しく，原罪としての「本能」を持つものであるが，前者は自然，環境から搾取する程度が少なく，他者を排除して生存するという水準まで競争が激化していなかった故，生物を食用にするために殺したり，同胞と争って相手を殺すということがあり得なかったのである．よって彼らは自分たちに内在する「本能」を「我執」というレヴェルにまで至らしめることがなく，ましてやその「原罪」を顕在化させる機会を持つこともなく，無垢の状態のまま存在することが可能であった．先に言及したようにこのことがまた彼らの宿命的な弱さでもあり，新人類と比べて明らかに自己主張が弱い故彼らは淘汰されることになる．それとは対照的に新人類たちは，長老 Marlan を中心とする部族の中にあって，若い Tuami が長老の座と Marlan が略奪してきた妻 Vivani を狙って，Marlan を殺すべく機を伺っている (226)．このような，旧人類たちとは対照的な状況にあって彼らの多くは，自己に内在する本能としての「我執」即ち「原罪」を認識していない．

新人類たちの殆どもまた極めて「無垢」な状態にあると言えるが，旧人類たちの「無垢」とは意味が異なることは明白であろう．

　新人類の部族の中で，Tuami 一人が異質の存在であることは明らかである．彼は彩色を施した土で鹿の形を作っていて，Tuami は現代の言葉を使えば「芸術家」のような存在であり，つまり何らかの真理を発見し，表現し，伝達する者である．この意味においてこの人物は前作 Lord of the Flies における Simon に対応すると言えよう．Boyd は彼が，一族の中にあっても孤独であり，人間であることの痛みから逃避するために酒に溺れているという事実を指摘している[29]．ここでいう Tuami の「痛み」とは，そのような「原罪」に対する罪悪感に他ならない．Gindin はこの人物が，「罪悪感」「悲しみ」を知覚することができ，従って「愛」「光」を認識する可能性をも秘めていると述べている[30]．旧人類たちよりも遙かに「知的」であるが故にねじ曲げられ破壊された新人類たちの本能は，我執という形で彼らの行動を支配し，野蛮な宴，殺戮，強奪といった現象によって顕在化しているが，それに対して「痛み」を感じているのは Tuami 唯一人なのである．

4．結論——継承されたもの

　Golding は本作品や The Scorpion God に収録された中編小説[31]などにおいて，人類の歴史における何らかの転換点を描いているが，そのような人類の歴史の物語について「進化」という言葉を使うことを嫌っている．彼は先に引用した Baker との対談の中で，これらの作品が「進化」ではなく「変化」の物語であると断った上で，Darwin の「進化論」については「何かが，どこかで間違っているという感覚」を「本能」で感じる故，Darwinism を受け入れないという立場を表明している[32]．The Inheritors を人類の進化の歴史の物語と考えると，新人類は旧人類よりも「進化」した，より優れた人類であることを前提とすることになろう．表題の「継承者たち」はつまり，旧人類から新人類に何かが「継承」されたことを明確に示している．

　この物語は単純化して言えば，最後のネアンデルタール人と最初のクロマニ

ョン人が出会うことを通しての，互いに与えた影響についての物語である．勿論実際の歴史上は前者と後者が同時に存在した時代が三千年ほどあり，両者間の混血の記録も一部に発見されている[33]が，ここではこの両者を「最後」と「最初」と仮定して，LokからTuamiに「継承」されたものの意味を考えることによって，この作品の主題を明確にしたい．重要なのは旧人類が新人類によって淘汰されたという事実ではなく，旧人類と新人類，より限定して言えばLokとTuamiの関係，両者の互いにとっての意味である．

Lokが新人類，特にTuamiから受けた影響のうち最大のものは，先にも触れたとおり「無垢喪失」である．Goldingの小説の世界において無垢とは，ある種の詩人たちが賞賛したような人間の理想的状態では決してなく，むしろできるだけ早く学習によって脱却すべき状態である．彼は「子供である状態」を，成長して脱却すべき「病気」と考えている[34]．ここでいう「子供である状態」を「無垢」と置き換えても，ほぼ同じことが言えよう．Lord of the Fliesは子供たちが自分たちの内面の「蝿の王」を認識するまでの過程を扱った物語であった．子供である状態は多くの場合無垢な状態であり，そこからある種の経験，学習によって内在する原罪を認識し，無垢という状態を脱却するのである．新人類たちが自分に向けた敵意を経験することによってLokは，次第に「悪意」という概念を理解するようになり，自分の「本能」がそれに発展する可能性を知るに至る．前作のモティーフ「蝿の王」とは，このような原罪としての我執，悪意，或いは傲慢の根源となる，人間に内在する本能，或いは「獣性」であった．Lord of the Fliesは少年たちが，或いは少なくとも主人公Ralphが，人間の原罪としての「蝿の王」を認識する物語であった．続くThe Inheritorsは，その「蝿の王」を最初に認識した人類を描いているのである．

一方でTuamiが旧人類との関係の中で学んだのは，自分達が彼らの大部分を殺し，Lokを孤独な状態に一人取り残し，また「新生児」を誘拐したこと等，一連の行為に対する「罪悪感」である．精神的「痛み」としての罪悪感は，つまり「蝿の王」を自己のものとして受け入れることに伴う苦しみ，またそれを常に認識することに伴う苦しみである．旧人類との出逢いはTuamiに，自

第2章　*The Inheritors*——継承された痛み　　39

己を相対化する機会を与えた．最終章でこの「主人公」の脳裏には「砂が渦巻き」，混乱した思考の中で彼は「奴ら（旧人類たち）は変わり果てたTuamiを俺に返してきた．俺はこれからどうすればいいのか？」と考える（229）．この箇所で彼はまた，Marlanだけが少しも変わっていないと述べている．このことはこの長老以外の部族全員に，旧人類たちとの出逢いを通して何らかの変化があったことを意味している．その中にあってTuamiは，「芸術家」としての感受性で「蝿の王」をめぐる真実を他の者たちよりも敏感に知覚し，本人はまだ気づいていないもののその知覚した真実を表現し伝達する役割が課されているのである．McCarronはこの人物が，生存の代償が「罪悪感」であることを理解でき，また善は悪の存在を通してのみ訪れ得ることを理解していると述べている[35]．彼ら新人類たちが旧人類たちに影響を与え，彼らの無垢を破壊したことによって，今度は罪の意識という痛みに苦しむLokの姿が，Tuamiをはじめとする新人類たちに影響を与えたという関係がここでは重要である．ここで描かれているのは善と悪の相互依存という関係であり，それは悪の存在がなければ善の存在もあり得ないということである．結末の場面で舟の上から「終わりのない一連の闇」を見据える彼（233）は，すべての人間に「継承」され現在に至る，「人間の心の闇」[36]としての「蝿の王」を見つめているということになろう．

　このように考えれば旧人類から新人類への人類史の「継承」は，「進化」でも「退化」でもなく単なる「変化」であると言えよう．両者の相互依存の関係を考えれば，いずれがより優れているかは決して決められない．Goldingはマルクス，フロイトと並べてDarwinを，「西洋で最もくだらない退屈な奴」と称している[37]．しかしながらこの小説の第11章末尾には氷河期の終焉を示す描写があり（222），それが旧人類の時代の終わりを象徴的に示している．先に触れたとおり，ネアンデルタール人の身体は氷河期の環境に適応するようになっていた．そうなると氷河期の終わりと共にネアンデルタール人が淘汰され，より温暖な環境に適応したクロマニョン人が世界を「継承」したことになり，それはより環境に適した者が他者を淘汰して生存するという他ならぬDarwin

の自然淘汰説が正しいことを証明する優れた実例ということになろう．Darwin はむしろ，「進化」という言葉を使いつつも，環境に対する適応という意味において「より優れた者」が生存するという事実を言っているに過ぎない[38]．実際先に引用したとおり，Darwinism を世に広めることに大いに貢献した Huxley が，進化の過程と倫理的価値は相反するという事実を指摘している．*The Inheritors* に描かれる世界観は従って，必ずしも Darwinism と対立するものではない．Golding 自身は Darwin を読んでいないらしいが，Darwin の進化論，自然淘汰説を正しく理解できていないことは事実であろう．一方で彼は C. S. Lewis のことを「ポスト・ダーウィン時代の子」と称している[39]が，彼自身もまた，その著作を読んでいようといなかろうと，そしてそれを正しく理解していないにもかかわらず，20世紀の人間の宿命として Darwinism の何らかの影響から完全に自由であることはできない．Gillian Beer は *Darwin's Plot* の中で，Darwin 以降の時代は誰もが何らかの形で Darwin 的な考えに影響を受けるものであり，ある作家やその読者が Darwin を読んだか否かは作品を考える上で大した問題にならないと述べている[40]．また Wells との関係についても，たとえば David Lodge はこの小説のエピグラフとして Wells をアイロニカルに引用しているにもかかわらず，Golding は Wells の「文学的後継者」であると評している[41]．

　新人類達の影響は旧人類の集団社会を破壊に導き，彼らの無垢を喪失させるに至ったが，そのことによって Lok は悪意を理解するところまで成長し，動物的本能が原罪というレヴェルにまで顕在化しうるという事実を知り，その罪を自覚して悲しむほどに「知的に」なった．一方で新人類の中の「真理を知覚する者」である Tuami は，自分らが旧人類たちに行った残虐行為や，その結果としての Lok の「痛み」を目の当たりにして，やはり罪悪感という痛みに苦しんでいる．この認識こそが，旧人類の代表 Lok から新人類 Tuami に「継承」されたものなのであろう．最後の場面で Tuami は舟の上から「ひとすじの闇」を見つめているが，「水面に反射する光が眩しすぎて，その闇に終わりがあるのかどうかが判らない」(233)．ここで彼が見ている風景は勿論，彼の

内面の象徴であり，Tuami は今自分が抱いている「人間の心の闇」としての原罪の実感に，終わりがないことに気づいているのかも知れない．

　結局のところ，新人類たち（特に Tuami）の影響で無垢を喪失し，罪の自覚という「痛み」を知覚するようになった Lok が，反対に Tuami に影響を与え，この「芸術家」を同じ「痛み」の認識へと導いたことになる．この両者の相互関係こそが重要なのであって，旧人類から新人類へと「継承」されたものとは，最終的にはこのような罪の自覚であると言えよう．前作 Lord of the Flies で暗示されているとおり，この認識は贖罪への第一段階に他ならない．この意味において The Inheritors の結末は，多くの批評家が言及しているように，Golding 的楽観主義と解釈することができる．Gindin はこの結末を「幸運な転落」と称し，ここに贖罪の可能性を積極的に見出している[42]．Boyd もまたここに暗示されている「新人類に潜在する偉大で悲劇的な芸術を創造する可能性が，The Inheritors の全体を覆う陰鬱さの僅かな隙間から漏れる一筋の光であろう」と述べ，同時に旧人類の「新生児」が新人類の中で生き延びていることが，旧人類の血を絶やさず，彼らの「善性，優しさが（新）人類に導入される」可能性を暗示していることに注目している[43]．これらの可能性をこの批評家は，「注意深い楽観主義」と称している[44]．さらに Johnston は，芸術家としての Tuami が到達した認識に救済の可能性があるとして，この結末に「覆い隠された楽観主義」を見ている[45]．芸術家 Tuami がこの認識を表現し，伝達できるかということを考えると，前作における Simon の声が少年たちの集団には理解されなかったように，その可能性は極めて低いと認めざるを得ない．しかし個人としての Tuami がある程度成長していることは事実であり，また前作の結末において Ralph が罪の自覚に至っているように，きわめて少数の個人をこの認識に至らしめる程度の影響力は，おそらく今後の Tuami にもあり得るであろう．このような意味で，The Inheritors の結末は楽観主義的と言えるのである．

註

1) William Golding, *The Inheritors* (London: Faber and Faber, 1961). 作品からの引用はこの版の頁数を本文中に（　）で示す．
2) Patrick Reilly, *Lord of the Flies: Fathers and Sons*, p. xi.
3) James R. Baker, 'An Interview with William Golding', p. 139.
4) Samuel Hynes, *William Golding*, p. 16.
5) S. J. Boyd, *The Novels of William Golding*, p. 28.
6) Ibid., p. 42.
7) James Gindin, *William Golding*, p. 30.
8) Arnold Johnston, *Of Earth and Darkness*, p. 24.
9) Kevin McCarron, *William Golding*, p. 11.
10) H. G. Wells, 'The Grisly Folk', in *Selected Short Stories* (London: Penguin, 1958), pp. 285-298.
11) Boyd, op. cit., p. 25.
12) Gindin, op. cit., p. 31.
13) James R. Baker, 'An Interview with William Golding', p. 138.
14) Wells, *A Short History of the World* (London: The Labour Publishing, 1924), p. 39.
15) 河合信和『ネアンデルタールと現代人』（東京：文藝春秋，1999），pp. 125-6.
16) エリック・トリンカウス，パット・シップマン『ネアンデルタール人』中島健訳（東京：青土社，1998），p. 528.
17) Ted Hughs, 'Baboons and Neanderthals: A Rereading of *The Inheritors*', in John Carey ed., *William Golding: The Man and his Books*, p. 162.
18) Ibid., pp. 162-3.
19) Boyd, op. cit., p. 38.
20) McCarron, op. cit., p. 13.
21) 河合, op. cit., p. 27.
22) T. H. ハクスリー「進化と倫理―ロマネス講演」，J. パラディス，G. C. ウィリアムズ『進化と倫理―トマス・ハクスリーの進化思想』小林傳司，小川真里子，吉岡英二訳（東京：産業図書，1995），p. 137.
23) Ibid., p. 157.
24) McCarron, op. cit., p. 11.

25) John Carey, 'William Golding talks to John Carey', in Carey, op. cit., p. 174.
26) Johnston, op. cit., p. 34.
27) Baker, op. cit., p. 151.
28) ハクスリー「進化と倫理――プロレゴメナ」, パラディス, op. cit., p. 119.
29) Boyd, op. cit., pp. 36-7.
30) Gindin, op. cit., p. 35.
31) Golding, *The Scorpion God* (London: Faber and Faber, 1973). ここに収録されているのは古代エジプトに外の世界の価値観が入り込む物語'The Scorpion God', 類人猿の世界において有限性が初めて認識される過程を描いた'Clonk, Clonk', 古代ローマに東洋の科学技術が持ち込まれ受け入れられなかった物語'Envoy Extraordinary'の3編であり, いずれも人類の歴史における「ある転換点」を扱っている.
32) Baker, op. cit., p. 141.
33) 河合, op. cit., p. 132.
34) Carey, op. cit., p. 173.
35) McCarron, op. cit., p. 14.
36) Golding, *Lord of the Flies* (London: Faber and Faber, 1958), p. 223.
37) Golding, 'Belief and Creativity', in *A Moving Target* (London: Faber and Faber, 1984), pp. 186-7.
38) Charles Darwin, *The Origin of Species*, Gillian Beer ed. (Oxford: Oxford University Press, 1998), pp. 51-107.
39) Golding, 'Utopias and Antiutopias', in *A Moving Target*, p. 176.
40) Gillian Beer, *Darwin's Plot* (Cambridge: Cambridge University Press, 2000), p. 3.
41) David Lodge, *The Novelist at the Crossroads and Other Essays on Fiction and Criticism*, p. 212.
42) Gindin, op. cit., p. 36.
43) Boyd, op. cit., pp. 44-5.
44) Ibid., p. 45.
45) Johnston, op. cit., pp. 33-5.

第3章　*Pincher Martin*
——自己譲渡の痛み

　Pincher Martin[1]は教職の冬休みを利用して3週間で書き上げられた作品であるが，Goldingの小説の中では比較的評価に幅のある作品と言えよう．例えばFrank Kermode[2]やJohn Peter[3]が比較的高い評価を与え，またSamuel Hynesが作品としての限界を認めつつもGoldingの小説中最も印象的と評価している[4]一方で，Don Cromptonはその結末を不要な「場当たり的結末」(*coup de theatre*) と酷評している[5]．第二次大戦を時代背景として，大西洋上で溺死しつつあった主人公の海軍士官Christopher Martinの岩礁の上での生存のための痛ましい格闘を綴ったこの小説は，やがて冒頭の場面で主人公が既に死んでいたことを暗示して幕を閉じることになる．Martinのこのサヴァイヴァル自体に，死の刹那に心に現れた一瞬の幻覚とする読み方[6]と，冒頭での「肉体的死」の後に「精神的死」が訪れるまでの物語とする読み方[7]に代表される通り，多義的な解釈の余地があると言える．Golding自身が*Pincher Martin*のラジオドラマ化 (1958) に際して，この小説についての詳細な解説を発表しており[8]，それによれば「Martinは自分の極めて残忍な性格が創り上げた世界で肉体とは別に生存を続けた」ことになっている．本章でも基本的にはこの立場に準拠して，主人公の岩礁での経験の意味を解読することを試みたい．

1．MartinはEverymanたり得るか？

　V. S. Pritchettは1958年即ち*Pincher Martin*までが発表されていた時点で，Goldingの小説の統一的主題が「痛み」(pain) であることを指摘している[9]．痛みの知覚は人間が自分の本質について自覚し，それと格闘している兆候であるという[10]．L. L. Dicksonもまた，Martinが自分の真実を知覚するのに痛み

が伴う，と述べている[11]．この主人公が知覚する痛みの代表的なものとして，首筋を突然襲う痛み (13)，虫歯の苦痛に似た痛み (24)，爪先，肋骨の痛み (41) といった具体的な痛みと，「全身を襲う，時折火と間違いかねない遠い痛み」(48)，巨大な針の一突き (49)，広場恐怖症と上空からの重圧 (127-29)，「肉体から切り離された真の痛み」(145) 等の抽象的な痛みに大別されよう．またここでは基本的には，具体的な痛みから抽象的な痛みへと移行していることが指摘出来る．

先に触れた Golding 自身の解説によると，この主人公の「貪欲な自我」が創り上げた岩礁は「歯痛の記憶」によるものであり，そのため小説中では幾度も「歯」と「岩」の類似に言及している (30, 78, 90-91, 174)．よって Martin の岩礁での経験はそのまま痛みの経験と言えよう．Haword S. Babb はこの作品において痛みの描写がしばしば火に関する比喩によって綴られることを指摘しているが[12]，このように彼が経験する痛みが煉獄を想起することは明白である．彼は自分が知覚している痛みを，「頭の外側のこと」(41) として，この痛みを「無視しなければならない」という考えが「自分の闇の中心に居座」り (44)，それでも「この岩礁上に存在するのはただ拷問［煉獄］だけ」(45,［　］内筆者) ということを理解している．

そうなるとこの主人公にこの様な煉獄を経験させ得るだけの罪とは何かということが問題となろう．Golding の言葉を借りれば「残忍な性格」「貪欲な自我」ということになろうが，ここでは Martin が過去に犯した罪が実際のところどのようなものであったのかを考えたい．この人物の本名は Christopher Martin であり，つまり本来は「キリストを背負う者」(Christ bearer) であり得た人物なのである．一方 'Pincher' とは，Taffrail なる大衆小説家 (本名 Henry Dorling) が1916年に発表した海軍小説 *Pincher Martin, O. D.* にある通り，英国海軍において 'Martin' 姓の者に対して与えられる通称であり[13]，同時にこの主人公の本質を忠実に写し取っていると言える．'Pincher' とは第一義的には蟹の鋏であり，小説中に繰り返されるロブスターの描写とそれに対する主人公の嫌悪 (111, 131, 175) が読者にそのイメージを喚起するが，同時

に「盗み取る者」「絞り取る者」をも意味しているのである.

　Martinの罪の一つは, S. J. Boydによれば, 他者を愛することなくただ利用したこと[14], 言い換えればHynesの指摘にある通り, 他人を人格を持った人間とは認識せず, ただ搾取する対象としか考えていない[15]ということになる. 例えば彼は友人Alfredの恋人Sybilを寝取り (89), 自分が所属していた劇団の演出家Peteの妻Helenと関係を結んだ上に彼女を自分の劇団での地位のために利用し (154-55), また親友Nathanielの婚約者Maryを,「彼女の存在それ自体に対する嫉妬」(103-4) のために凌辱する (149-52). 彼に神の教えを説くNathanielに対してさえ, Maryとの関係を嫉妬したことから殺害を企てる (186).

　海軍入隊以前の舞台俳優としてのMartinは, 道徳劇上演に際して彼に最も相応しい配役として「貪欲」GreedをPeteから与えられる (119-20). Peteが言うように, 彼は「芝居なら一番良い役, 一番良い席, 金, 人々の注目, 女, 何でも一番うまいところを持って行く」(120) のであり, その欲望は留まるところを知らない. Nathanielとは対照的に, 彼が決して自分の運命, 特に死を受け入れようとしないことも, ひとつにはこの果てなき欲望のためと言えよう.

　一方でE. C. Bufkinの指摘によれば, Martinの罪「貪欲」は, あらゆる種類の人間の罪と同様,「傲慢」に端を発するという[16]. Maryの「存在自体に対する嫉妬」もつまるところ, 自分が「知的である」というプライド (32), 合理主義に支えられた「人間はパターンを作る」という信念 (109) とそれによってあらゆる人間の行動はパターンで割り切ることが出来るという自信が, 彼女の存在によって揺るがされた (149) ということなのである. 従って彼女を凌辱したMartinの罪は, その根本のところに傲慢という, あらゆる悪の根源とされるものが存在している[17]. そしてこのように考えると, SybilやHelen, またNathanielに対して彼が行なったこともすべて, その根底には遠因として彼の傲慢があったと言えよう. Peteもまた, 道徳劇におけるMartinの配役を決定する際に, Prideなら仮面なしで演じることが出来るだろう, と言っている (119).

第3章 *Pincher Martin*――自己譲渡の痛み　47

　この様にして描かれるMartinの罪は，特殊な個人のそれとして扱われているのか，或いは帰納的に人間一般に共有されるそれを描こうとしているのかという問題を次に考えたい．言い換えれば，この主人公は特殊な個人なのか万人 (Everyman) となり得るのかということである．初期のGoldingに対しては多くの批評家が寓話としてのアプローチを試みている一方で[18] Mark Kinkead-WeekesとIan Gregorは，Martinが万人ではなく死を受け入れることのできない特定の種類の人間であり[19]，神話のアーキタイプにしては特殊過ぎ特定の個人像にしては一般的過ぎるが[20]，作品としては人類全体でなく個人を扱っているとの見解を示している[21]．Johnstonは彼を万人の代表と認めつつもPeteほど万人的ではないとして[22]，現代の限定された意味においてのみ万人でありうると考えている[23]．またBoydは，この小説の岩礁という特殊な設定を「複雑化した世界の現象面での人間やその行動様式ではなく，本質的な人間の性質を扱うため」のものと説明している[24]．Golding自身はかつてこの主人公について，Kermodeとの対談において「出来る限り忌み嫌うべきタイプの人間を意図したが，関心は（読者から）『自分もMartinと同じだ』という言葉を引き出すことにある．」と述べている[25]．Goldingのこの言葉を待つまでもなく，Martinは万人としての普遍性を持った人物像であると考える方が良かろう．何故なら，役者としての彼が特殊化された個人を扱った近現代劇ではなく，記号化された万人の代表を扱った中世の道徳劇に出演していることの意味はこの点にあると考えられるからである．そして岩礁の上での個人としての彼もまた，過去の罪から（痛みの経験を通しての）自責，悔恨の後の救済という，道徳劇の基本となる筋書き通りの物語[26]を経験するからである．

2．痛みの経験としての自然，環境の敵意

　ここで主人公が経験する痛みの問題を，岩礁における環境が彼に示す敵意という点から考えてみたい．Aldous Huxleyは，例えば赤道直下を一人で旅行する場合，そこで感じるのは孤独ではなく自分に敵意を持ったものに囲まれているという感覚であると言っている[27]．*Pincher Martin*の舞台となる大西洋

上の岩礁もまた，文明からの隔絶という意味においてはHuxleyの言う赤道直下と同じであり，ここでの過酷な自然環境それ自体がMartinに対して敵意を抱く存在と言えよう．例えば岩の硬さは彼にとって「恐ろしくて，黙示録的な」ものであり，また「無慈悲で，恐慌状態を生み出すもの」である (22)．その不規則に尖った形態は彼に肉体的な痛みを与え (34)，この不規則性は彼の「人間はパターンを作って自然を支配する」という合理主義的信念 (108)に相反する．彼は海に向かって「俺には健康と学識と知性がある．だからおまえなど叩きのめしてくれる．」と言う (77) が，これはこの主人公の悪しき合理主義と同時に，自分が自然の力に対して優位に立っているという根拠なきプライドをも表している．しかしやがて彼は，周囲の環境のすべてが自分に対して敵意を抱いているという事実を認めざるを得なくなる (172)．彼にとっては合理的説明のための手段であった「狂気」(186-87) が，そのまま自然の脅威が引き起こす恐怖のために生じる，避けることの出来ないものになる (187)ことがそれを如実に物語っているであろう．

しかしMartinがこの時点に至るまで実際自然環境の脅威を認識していなかったかどうかは疑問である．何故なら彼が終始一貫して，上空を飛び交う鷗に対して異常なまでの敵意を抱いている (56, 66, 115) ことが，彼が内心で感じている恐怖の裏返しと解釈することが出来るからである．岩礁の上で身動きの取れないままに救出されることへの無意味に楽観的な期待を抱いている (97, 98, 107) だけの彼の鷗に対する感情は，「鍵爪を持つものに対する太古の敵意」(56) に始まってやがて自分が鷗たちの餌食になることへの恐怖から来る敵意 (66) に変わる．この鷗たちは，人間のいる海岸や崖に生息する，人間に対して用心深い鷗たちでは決してなく，しかも（敵意という感情を持たないほど）原始的無垢の状態にある訳でもない (56)．つまり岩礁とそれを取り囲む広大な海という，Martinが置かれている環境が彼に示す「敵意」をそのまま具現化したものと言えよう．

C. S. Lewis は *The Problem of Pain* において，「痛み」の第一の機能を「すべてがうまく行っているという幻想を否定する」こととしている[28]．Martin は当初，自分の軍人としての肩書きや文明人としての知性にプライドを持ち，自分の意志の通りに物事が展開しないとは決して考えない種類の人間であった．環境の敵意が引き起こす彼の痛みの体験は，この幻想を否定し，この様な「思考を神の方に向けることが極めて困難な」[29] 状態から解放するという意味を持つ．

3．自意識と合理主義

　この小説は終始 Martin の生存を求めての環境との格闘が中心となり，それが永劫（aeon）との対峙を通して常に死を見つめている Nathaniel の姿と対照をなす．Martin は自分を「この上なく大切なもの」として，「絶対に死ぬわけにはいかない」と考える（14）．彼に天国について説明しようとする Nathaniel の言葉には決して耳を貸さず，自分は「長く生きて，求めているものを何でも手に入れる」と豪語する（70-71）彼には，「死を直視すること」を理解するに至る可能性はない．

　Martin の，自分が知的であると考える傲慢は，やがて思考することによって自我を保とうとする彼のデカルト流合理主義に顕著に現れる．岩礁の上で彼が，存在しない相手に向かって大声で語り掛けることによって自我を守ろうと試みる（81, 84, 115）ことから判るように，彼にとって言語活動は思考であると同時に唯一の関心の対象である自己を表現することでもある．一方で彼は「思考する日」を定めて環境の不規則性や敵意に対抗しようとする（87, 96）．しかし彼が絶対視する合理主義に支えられたパターンは，実のところ前に引用した通り恋愛という感情の前では役に立たないという事実を彼は既に経験から知っていたとも思われるが，彼女を凌辱したことによって幻想の勝利感を手にしていた彼は，それによって合理主義への過信をさらに強めたに違いない．

　しかしやがて彼が，合理主義はこの環境の前では完全に無力であるという事実を受け入れざるを得なくなる時が来る．Johnston によれば，Golding の合理主義の危険性への関心は *Pincher Martin* において最大限に表われているという[30]．Martin は幼年時代に夜中に目を覚まして知った闇の恐怖に極めて似

た感覚によって，（今大人の自分はその恐怖の正体を分っている故に同じ恐怖ではありえないと考えつつも）苦しめられることになる（138-39）．彼が幼年時代に経験した闇の恐怖は，Johnston の言葉を借りれば，「mortality を受け入れることの拒絶」[31] である故，岩礁の上で彼が経験しているそれとこの意味では類似していると考えられよう．

　ここに至るまでには，岩礁の上で過ごす日々を重ねることによって，次第に自我の危機に苛まれるようになったことが大きく関与している．初めに彼は肩書きによって自我を確認しようと試みるが（76），やがて鏡がなければ完全な自我を持つことは出来ないと考える（132）．この時彼はかつては20種類もの自分の写真を持っていたことを思い起こす．このことは，すべての関心が自己に向かっているこの主人公の性格を克明に表していると言えよう．ここで同時に彼は，自我を支えるための他者の存在の必要性に気付くことになるが，しかしこの時点では自分を「愛する」者たち，「賞賛する」者たち，といった存在がかつては自我を支えていたという認識に留まる．

　Eric Smith は Golding の小説が常に「自己覚知」（self-realisation）を目指して展開することを指摘している[32]．この主人公はこの様な，愛され賞賛されるべき自分という幻想的自我の脱却から，本当の自己理解に至ることになる．Taffrail の *Pincher Martin, O. D.* では，主人公 William Martin は純朴で無知な道化的存在であり，文字通りの 'pincher' ではなかった．Golding の *Pincher Martin* では，キリスト的人格を暗示する Christopher が文字通りの 'pincher' として描かれている．Martin が終始示しているロブスターへの嫌悪は，その 'pincher' の「貪欲に摑み取る手」というイメージが，彼が最も受け入れたくないと考えている真実の自己の姿に通じるからなのであろう．この様に考えると，彼の生存への格闘の物語は，自己をめぐる真実を知覚するまでの過程ではなく，対峙することを好まない自分の本性を受け入れるまでの過程であるといえる．この点に，この主人公の自己理解の本当の意味がある．

　この自己理解の動機として重要な意味を持つもののひとつが，第12章に至って初めて表明する孤独の知覚である（181-82）．ここで彼は，記憶の中の他者

第3章 *Pincher Martin*——自己譲渡の痛み　51

に「ただ自分を見て，話をしてくれることだけ」を求めている．このことは，第9章で記憶の中で他者が流す涙の意味を，今自分が置かれている状況を不憫に思って泣いていると考えている（144）彼の自己認識とは，明らかに一線を画している．つまり，孤独を経験することによって他者の自分にとっての意味が，それまでの単に利用し搾取する対象から，自分の関心を向けるに値する対象へと，さらには自我を保つために不可欠な存在へと変化したのである．そしてまたこの様な感情が，それまでの合理主義的なパターンでは説明できないという事実を認めることも，彼の自己覚知の重要な一部となる．Leighton Hodson が指摘する様に，Martin は理性を，自己主張のためにと同様「本質的自己」(essential self) と対峙することを回避するために使っていたのである[33]．

4．救世主としての Nathaniel

過去の主人公を取り巻く他者の中で最も重要な意味を持つ人物として Nathaniel を挙げることにおそらく異論はなかろう．この人物は，永劫との対峙という霊的体験を試みていることから，*Lord of the Flies* における Simon を彷彿とさせる．Simon が自分の知覚した真実を伝えることを果たせず死んで行った様に，Nathaniel もまた伝えるべき真実を認識していながらそれを主人公に理解させることが出来ない．それどころか彼は Martin の傲慢と嫉妬の犠牲となって海に消えて行く．Boyd は彼が預言者であると同時に道化であると見ている[34]．ここでこの批評家は彼が疎外された人物で，俗世間の荒波の中では生き残ることができないほどに無垢であり，いかにして生きるかよりもいかにして死ぬかに関心が強いことにも触れている．つまりここで，貪欲に生に固執する Martin と，そのような彼に「いかにして俗世を捨てて死を受け入れるか」[35]を教えようとする Nathaniel とが対照的に示されているのである．Johnston は Golding の小説において，芸術家や聖人など真実を知覚し伝達し得る人物がしばしば無視され誤解され，場合によっては殺されていることを指摘し，この人物を Simon や *The Inheritors* の Tuami と同一線上に置いている[36]．

Hynes は Nathaniel が Martin に終末論を説くくだりを，この小説で最も重要な場面の一つとして挙げている[37]．ここで Nathaniel は Martin に mortality と天国への道を理解させようとし，さらに近い将来の Martin の死を予言するが，彼はそれを聞こうとしない (71-72)．Kevin McCarron の言葉を借りればあまりに「自己に固執している」(self-obsessed) が故に，またあまりに貪欲と傲慢が強過ぎて死を受け入れることが出来ない[38] Martin とは対照的に，死を受け入れる用意と天国への道に関する理解が既に出来ている Nathaniel は，貪欲な自己主張を放棄し，真実の伝達とそれによる他者の救済という言わば「自己犠牲」或いは「献身」を実践している文字通りの救世主であると言えよう．Boyd は処女作において Simon を通して描かれる絶望的な救済への望みを「罪の自覚と克服，それが出来なければ他者のための自己犠牲」と説明している[39]．この救世主を無視し続け，それどころか彼に対する嫉妬から彼を憎んでいた筈の Martin が，溺死する刹那に他ならぬこの Nathaniel に助けを求めている (13) ことも，その傲慢の故に自分が彼を求めているという事実を受け入れられなかった Martin が，深層部分では彼を求めていたという事実を表していると考えられる．第12章中程に至って初めて，Martin は自分が Nathaniel を親友として本当に好きだったと認めることが可能になる (183)．ここに至って主人公がこの人物の真価を認識できるに至った理由には，痛みの経験を通して孤独を知ったことが挙げられよう．痛みの経験の蓄積は彼に自分に欠落しているものを知らしめた．それまでの彼の，合理主義に立脚した自己満足のプライドと独善に支配された精神状態では，Nathaniel による救済を求める余地はなかった．彼はついに孤独の中で初めて他者の存在を求めた後で，この救世主との精神的再会を果たすことが可能になる (182-83)．

　Babb はこの小説の最終章にのみ登場する Campbell の意味を，死に対する恐怖を明白に示していることから，万人としての役割を持ち読者と同じ立場に立つことと考えている[40]．勿論このことは，Martin の様な自我に固執するが故の「死すべき運命」の拒絶を意味しない．この老人は，この批評家が言う様に，「人間として，個人としての自己の限界を受け入れている」がために死に

対する恐怖に苛まれているのであり，また小説を締め括る彼の科白は「Martin に対する同情を示し」ており，それによって「Golding が主人公との重要な対照を提示している」のである[41]．いわば聖人における「死の受け入れ」の代表が Nathaniel であり，凡人のそれを代表するのが Campbell ということになろう．

5．結論――自己譲渡と救済

　Lewis は「痛み」を，神に対する自己譲渡に至る過程に伴うものとしている[42]．Spenser は *The Faerie Queene* 第1巻において，この巻の主人公 the Red Cross Knight が 'house of Holinesse' で Penance と Remorse から与えられる痛みと Repentance によって施される浄化を通して，内面の腐敗と罪を克服する過程を描いている[43]．この様に，痛みの経験の先には改悛と罪の克服，そしてその結果としての救済がある．Boyd は第13章の結末で暗示される無の世界を Martin に対する救済として解読し，この小説が *Lord of the Flies* よりも楽観的であることを指摘している[44]．ここで無の世界が救済を意味することについては，「神は人類が目を背けた存在である故に恐怖の対象，闇のイメージとなる」[45]という Golding 自身の言葉が参考になろう．

　Golding の小説における救済に関しては，*Lord of the Flies* では最終場面で主人公 Ralph が示す，自己に内在する「蝿の王」即ち「心の闇」或いは「原罪」を認識することを余儀なくされた悲しみにそれが暗示され[46]，続く *The Inheritors* では旧人類から世界を「継承した」新人類の一人 Tuami が，この様な「内面の闇」を暗示する，目の前に広がる闇を見つめる描写で幕を閉じている[47]．この様に，先に引用した Smith にある通り，Golding の小説の到達点は多くの場合主人公の自己理解であることを考えれば，それらの小説の主題は罪の認識，改悛を通しての救済という，中世文学でも繰り返し扱われている極めて古典的な問題なのである．

　C. B. Cox は岩礁の上での Martin の生存を，「一種の煉獄にいて（中略）その苦しみは神への服従の拒否」[48]であるとしている．Lewis によれば神への自

己譲渡は痛みを伴うが，それを拒絶することもまた彼の様に苦痛を経験することを余儀なくされるのである．ここでの痛みは，James Gindin によれば，人間の理性と技術を生存のために使う様 Martin を煽るという機能を持つ[49]．この理性と技術，言い換えれば合理主義が Martin にとって，痛みや環境の敵意を説明しきれなくなった時，或いは罪の認識即ち真実の自我を受け入れることを回避するのにもはや無力となった時，彼の自己覚知は一つの到達点に達する．

　Christopher から Pincher になった Martin に対して，地獄ではなく煉獄が用意されていた理由をここで考えたい．この物語に関しての Golding のコメントを再び引用すると，「Pincher であることは煉獄を意味するが，永遠に Pincher であり続けることは地獄を意味する．」[50]とある様に，Christopher が Pincher であるのは一時的状態に過ぎない．何故ならそれは海軍に所属している状態の彼に限定して与えられた呼称であることが示している様に，彼自身がその肩書きを自我の拠り所としているにもかかわらずそれは本来そうあるべきとされている彼の姿即ち「キリストを肩に乗せて川を渡る者」ではないからである．多くの批評家が指摘している様に，Golding は社会の中の人間の在り方よりも人間の本質の方に関心がある[51]．ここでは Martin が，社会的な体面に固執し続ける限り彼は Pincher であり続けることになる．

　海軍に入隊する以前は彼は俳優であり，また脚本家であった．勿論この頃には前に触れたとおり既に彼の本性は十分に Pincher であったが，そして俳優としての彼に与えられた Greed という役がそれを物語っていたが，周囲からは（それでも決して Christopher ではなく）Chris と呼ばれていた．しかしここで注目しておきたいことは，作家としての彼がこの当時，自分の Mary に対する感情から，愛と嫉妬，或いは愛と憎しみという問題を主題として作品を書くことを試みていた（103-4）という事実である．彼女の魅惑という「酸」に自分のプライドが侵食されて行き，それまで絶対視していた合理主義によって感情を説明できなくなったという経験を，彼は表現しようとしていた．この作品は未完に終わった様だが，これを仮に完成させていたとしたら Martin の立場は，Golding が次作 *Free Fall* で描いた様に，真実の表現者，伝達者とし

ての画家Samuelと同じということになっていた．先に引用したJohnstonの指摘にある通り，救世主としての芸術家に彼はなっていた筈なのである．Samuelがそうした様に，彼もまた自らの自由意志による「選択」によって合理主義を捨てていた可能性も完全には否定できない．

　Martinが海軍に入隊する直接の動機となった人物もまたNathanielである．Nathanielの入隊の決意を知って，彼もまた入隊を決意する（155-59）．彼はこの人物に対しても，友情と嫉妬，言い換えれば愛と憎しみが錯綜した複雑な感情を抱いている（103）が，これについて回想している時点での彼は，自分が「人を憎むことが得意だ」と認識しているに過ぎない．Nathanielは芸術家Martinの誕生を阻止したかのような印象を受けるが，実際のところ堕落した状態にあったこの時のMartinが自力で作品を完成させ，真実の伝達者となるまでの道程は相当に長くなっていたことであろう．従ってこの人物は，その道程を阻んだというよりはより近い道を示した，言い換えればこの救世主は，MartinがChrisとしてではなく，その真実の肖像を表わすPincherという名で呼ばれる世界へと，彼を導いたことになる．純真で世間知らずの彼は，Martinの表面下にある自分への悪意に気付いていなかったのか，或いは「真実の知覚者」としてMartin自身も認識していなかったより深層の善意を洞察していた故に，彼を救済するに値する人物と見なしていたのか．おそらくは後者であろう．何故なら，Martinをある程度万人として解読するためには，完全な無垢の状態にある人物を万人とは考えられない様に，完全に堕落した，悪意のみで構成された人間もまた万人的とは言えないからである．

　Boydは第13章の結末での「黒い稲妻」の意味を，「価値観が転倒した世界では神は忌み嫌うべき闇であり，恐るべき無」である故に「Martinを罪から解放」する神の救済であるとしている[52] 一方，JohnstonはそれをMartinの死のメタファーと解読している[53]．いずれの見解でも意味するところは同じであり，それはこの主人公にとっては煉獄の終わり，痛みからの解放に他ならない．「中心」即ち彼の貪欲な自我は最後まで自己譲渡を拒否し続ける（176）が，次第に「中心」と，「口」によって象徴される彼の自我とが分裂し，中心

は生存を主張し続ける一方で，口はもはや貪欲にくわえ込むことも自己主張を叫ぶこともなく消滅して行く (200). これが Martin が Pincher であることを辞めた瞬間であろう.

　Martin は第12章の冒頭で，自分の肉体と精神の分離を自覚している (176). ここで彼は自分の肉体の死を理解していながら，「中心」がなおもそれを受け入れようとせず，「振り向いて風を見つめる時は気を付けなければならない. もう二度と死にたくないから.」と考えている. この直前の場面で彼は，岩礁の正体つまり自分の貪欲な口と，その中の痛んだ歯（あらゆる物を貪るために歯を酷使した結果としての痛み）が海と岩であったことに気付いている (174). こうして彼は，今までに自分が行なったことの報いで，今自分が疎外され孤独に苦しめられていることを自覚するに至る (181). このことが，Smith の言う「自己理解」の意味であろう. この理解に達してもなお，死を受け入れようとしない自我と完全に分離した瞬間に，この主人公に救済，言い換えれば煉獄からの解放の時が訪れるのである.「痛み」の経験を通して彼は，ロブスターの鋏，蛆虫，それにチャイニーズ・ボックスといった小説中に散りばめられたイメージによって暗示されていた自分の「罪」を認識するのである. ロブスターの鋏は「貪欲に摑み取る手」，蛆虫は「不浄なるもの」そしてチャイニーズ・ボックスは「果てなき欲望」を意味するものであり，これらはすべて主人公の「貪欲」さらには「傲慢」に起因するものであると言える. 更に言えばこれらの「罪」は，*Lord of the Flies* において提起された，人間に内在する「闇」言い換えれば「不浄なるもの」即ち「蠅の王」と同じ概念を異なったメタファーで表していると言えよう. *Lord of the Flies* の主人公には孤島での子ども社会の崩壊という「痛み」の経験が与えられ，その結果自らの内面の「蠅の王」を自覚するに至っている. この作品では，そのような「自己理解」それ自体が到達点となっているが，一方 *Pincher Martin* では，自己理解を通しての自我の放棄という，より具体的な救済への道が示されているのである.

　Golding は自身を称して,「普遍的悲観主義者」ではあるが同時に「宇宙的楽観主義者」であるとしている[54]. 彼が戦争体験を通して，人間の善意をめ

ぐるそれまでの楽観的見解を棄て、人間は本来悪を創り出すものだという考えに変わったことはよく知られている[55]。人類全体の在り方、またその未来については悲観的なこの作家は、それでも確かにある種の個人の中に救済への可能性を見ていると言えよう。McCarron もまた、Golding の「神話的、寓話的宇宙」においては、救済の可能性が「個人の行動によって影響される」との見解を示している[56]。そのような個人の例が Simon であり Nathaniel であることは言うまでもない。しかし Golding の楽観主義はそこに留まらない。Ralph も Martin も等しく、この様な「救済をもたらし得る個人」の影響によって、実際に何らかの「自己覚知」、言い換えれば取るべき道を示されるという形での「救済」を与えられているからである。Boyd が Lord of the Flies よりも Pincher Martin を「楽観的」と断定していること[57] の妥当性は、別な角度から見れば、最後までその「自己覚知」に至らずに死を迎えた主人公にさえ、このような神からの「再試」が与えられているという点からも裏付けられよう。

註

1) William Golding, *Pincher Martin* (London: Faber and Faber, 1956). 作品からの引用はこの版の該当頁数を（　）で示す.
2) Frank Kermode, 'William Golding', in *Writing in England Today*, p. 140.
3) Arnold Johnston, *Of Earth and Darkness*, p. 49 参照.
4) Samuel Hynes, *William Golding*, p. 23.
5) Don Crompton, *A View from the Spire*, p. 16.
6) James Gindin, *Postwar British Fiction*, p. 201. また David Lodge もこれに近い立場を取っている. Lodge, *The Art of Fiction*, p. 225.
7) このことを明確にするため、*Pincher Martin* は米国では *The Two Deaths of Christopher Martin* の表題で出版された. 詳しくは Hynes, op. cit., p. 27 参照.
8) Golding 自身のこの解説の内容については多くの批評家によって既に引用されているのでここでは繰り返さない. 引用文は坂本公延『現代の黙示録』pp. 77-8, L. L. Dickson, *The Modern Allegory of William Golding*, p. 43,

Kermode, op. cit., p. 141 または Hynes, op. cit., pp. 27-8 を参照のこと.
9) V. S. Pritchett, 'Pain and William Golding', in *William Golding : Novels, 1954-67*, pp. 46-50.
10) Ibid., p. 48.
11) Dickson, op. cit., p. 50.
12) Babb, *The Novels of William Golding*, p. 76.
13) Taffrail, *Pincher Martin, O. D. : A Story of the Inner Life of the Royal Navy* (London and Edinburgh: W & R Chambers, 1916), p. 16.
14) S. J. Boyd, *The Novels of William Golding*, p. 54.
15) Hynes, op. cit., p. 30.
16) E. C. Bufkin, '*Pincher Martin*: William Golding's Morality Play', *in A William Golding Miscellany*, pp. 14-5. Johnston, op. cit., p. 40.
17) Aurelius Augustinus, *De Civitate Dei*, XII, vi, XIV, xiii;, アウグスティヌス『神の国（三）』服部英次郎訳（東京：岩波書店，1983), pp. 105, 315.
18) 例えば John Peter (1957) が, Golding の小説を fable という観点から分析した最初の批評家とされている. 詳しくは Gindin, *William Golding*, pp. 98-9 参照.
19) Mark Kinkead-Weekes, Ian Gregor, *William Golding : A Critical Study*, p. 132.
20) Ibid. p. 160.
21) Ibid. p. 251.
22) Johnston, op. cit., p. 41.
23) Ibid., p. 45.
24) Boyd, op. cit., pp. 47-8.
25) Golding and Kermode, 'The Meaning of It All', 引用は Dickson, op. cit., p. 46.
26) Robert A. Potter, 'Forgiveness as Theatre', in *Medieval English Drama*, Peter Happe ed. (London: Macmillan, 1984), p. 131.
27) Aldous Huxley, 'Wordsworth in the Tropics', in *Do What You Will : Essays* (London: Chatto and Windus, 1929), p. 115.
28) C. S. Lewis, *The Problem of Pain*, p. 76.
29) Ibid., p. 76.

第3章　*Pincher Martin*──自己譲渡の痛み　　59

30) Johnston, op. cit., p. 38.
31) Ibid., p. 40.
32) Eric Smith, *Some Versions of the Fall*, p. 169.
33) Leighton Hodson, *William Golding*, p. 64.
34) Boyd, op. cit., p. 58.
35) Ibid., p. 58.
36) Johnston, op. cit., p. 46.
37) Hynes, op. cit., p. 30.
38) Kevin McCarron, *William Golding*, p. 15.
39) Boyd, op. cit., p. 23.
40) Babb, op. cit., pp. 90-1.
41) Ibid., pp. 91-2.
42) Lewis, op. cit., p. 79.
43) Edmund Spenser, *The Faerie Queene*, Book I, Canto X, 27-9 (Harmondsworth: Penguin, 1978), pp. 166-7.
44) Boyd, op. cit., p. 57.
45) Hodson, op. cit., p. 66 参照.
46) この問題についての詳細は本書第1章第4節参照.
47) 本書第2章第4節参照.
48) 引用は坂本, op. cit., p. 78.
49) Gindin, op. cit., p. 40.
50) 註8参照.
51) 例えば Gindin, op. cit., p. 112; Malcolm Bradbury, *The Modern English Novel*, p. 327; 或いは Norman Page, 'Introduction', in *William Golding: Novels, 1954-67*, p. 11.
52) Boyd, op. cit., p. 56.
53) Johnston, op. cit., p. 46.
54) Golding, *A Moving Target*, p. 201.
55) Golding, *The Hot Gates*, pp. 86-7.
56) McCarron, op. cit., p. 59.
57) 註44参照.

第4章　*Free Fall*
——合理主義と信仰

　Free Fall (1959)[1]は Golding の小説の中にあっては後の *The Pyramid* と並んで比較的評価の低い作品である[2]．先行する *Lord of the Flies*, *The Inheritors*, そして *Pincher Martin* の三作品がそれぞれ熱帯の孤島，ネアンデルタール人最後の部族，そして溺死しつつある兵士の意識の内側といった「非日常的」設定と 'gimmick'[3] と呼ばれる Golding 特有の「結末の仕掛け」を特徴とするのに対して，この作品は執筆時とほぼ同時代の英国を舞台とした一人の画家を主人公とする一人称小説であり，gimmick の欠如も指摘されている[4]．一般に Golding の小説は日常的設定の作品ほど評価が低い傾向にあるが[5]，これらの作品が他の極限状況に置かれた人間を描いた作品群と一貫性を持たないという訳では決してない．本章では *Free Fall* における合理主義と信仰の対立という問題の考察を通して，この作品を先行作品（及び後続作品）と一貫した主題を持つものとして解読することを主な目的とする．

1．罪の自覚

　本作品が同時代の英国を舞台として描かれた理由のひとつはおそらく，「特殊な」状況で描かれた先行作品の統一的主題を日常的レヴェルに還元する為であろう．Gindin もこの作品は「自由と必然，罪と責任，理性と非合理性，悪の本質」等を扱っている点で他作品と同じであり，表層構造は前作と大きく異なるものの主題としての新しさはないと考えている[6]．*Lord of the Flies* で人間が生来持つ本質としての「蠅の王」即ちすべての人間に内在する原罪としての「我執」と「貪欲」[7]の問題を提起し，続く *The Inheritors* ではその出発点を探求し，さらに *Pincher Martin* ではその原罪の認識に到る過程での障害としての合理主義を扱う，という物語性を見出すことができよう．Johnston は

この三作品に共通する主題として Golding 独自の反合理主義論を掲げている[8]．この一連の流れの中で考えれば Free Fall は，転換期の作品というよりも寧ろ先行作品からの当然の帰結と解釈する方が自然である．

そうなるとその帰結としての「日常的設定」の舞台を「イングランドの庭園」と称されるケントに置いている点もこの小説の主題を考えるに当たって重要な意味を持つ．Lord of the Flies では文明から隔絶された熱帯の孤島で少年達が，人間の手によって飼い馴らされていない自然の中で本能との闘いに敗北する過程が描かれている一方で，Free Fall では人間が完全に作り変えた自然としてのケントを背景に[9]，前者における少年達とは対照的に無自覚のままに無垢を喪失した主人公 Samuel が，その喪失の瞬間を探求し回想するのである．少年達には無人島での生存競争という経験が与えられたことによって，理性が本能に淘汰され無垢を喪失したが，結果的に自己の内面に潜在していた「蠅の王」を認識したことになる[10]．少年達にもしこの「本能」の記号化としての「人間の手によって飼い馴らされていない自然」の中での「経験」が与えられていなかったとするなら，「理性」の記号化としての「人間に順応すべく作り変えられた自然環境即ち文明」の中で，自己の内側に潜む「蠅の王」に気付くこともなく成長していたであろう．この仮定を物語化したものが Free Fall であると考えるならば，これは明確に Lord of the Flies の延長線上に存在する作品と言うことができよう．そしてこの様に，人間にとって脅威となり得る大自然と，人間の営みの一部に取り込まれている「人工の自然」の対比となれば，さらにそれを「日常的設定」として作者（及び当該国の読者）の身近な場所に設定するとなれば，ケントはこの作品の舞台として地球上で最もふさわしい土地のひとつと考えられる．

Kinkead-Weeks と Gregor はこの作品を，Lord of the Flies の物語の原因となる子どもの無垢を扱ったもの，と評している[11]．語り手 Samuel は，無垢とは即ち「選択の自由」であると考えている．言い換えれば，罪の自覚即ち「無垢の喪失」はその「選択の自由」を行使して「選択」を実行した結果ということになる．この主人公は幼年時代の自分は無垢な状態即ち選択を行なう以

前の段階にあり、現在の自分即ち選択を既に完了した自分とは全く別な人格であると断定している (46-47) 一方で、子どもの Sam から見ても大人は別な生物であったと述懐している (66)。Sam は下宿人の老人の財布から 2 ペンスを盗み出したり (25)、下級生から「煙草カード」を恐喝したり (50-52)、未遂に終わったものの教会の祭壇に放尿を企てる (59-63) 等の小さな「犯罪」をいくつか行なってはいるが、これらは皆悪感即ち無垢喪失とは無関係ということになる。これらの悪事のうち後の二つは同級生 Philip との共謀(或いは Philip が Sam を誘導した)であり、一方で近隣の飛行場や陸軍大将の屋敷への不法侵入の共犯となる Johnny との関係と対照をなす。これら二人の対照的な級友の影響は Sam の人格形成に様々に関与する。Philip は「自然淘汰の生きた実例」であり、「腸内のサナダムシの如く文明社会を生き延びるのに適した人間」である (49)。Hodson の *Lord of the Flies* 論にならって人間の「原罪」を我執と貪欲と考えれば[12]この人物は、自己の安全と生存の為に他のすべてを犠牲にし得る、原罪の象徴ともいうべき人物であり、幼年時代に既に選択の自由としての無垢を喪失した人物と考えることができる。一方の Johnny は純粋な好奇心や憧れ(特に飛行機、空に対する)の赴くままに行動し、この純粋な憧れからのちには空軍に入隊するも故郷のケント上空で爆撃される (250)。つまり幼年時代は無垢の象徴ともいうべき人物であり、小説中には第 10 章でわずかに言及される箇所 (190-91) を除いて詳しく描かれないものの一方の Philip がその特性を利用して政治家としてある程度成功する (251) のと対照的に、おそらくは無垢な状態のまま世を去ったことになる。これら二人の人物を見ることによって Sam は、のちに「堕罪の自覚」と「無垢」という二項対立を理解するに到るまでの基盤を作り上げることになる。

　無垢なる者たちは無垢であるが故に悪を受け容れることはなく、よって罪の自覚を持ち得ない。このことは言い換えれば、無垢なる者たちは罪悪感を抱くことなく悪を行ない得るということにもなる[13]。Johnston が Golding の小説において堕罪は不幸でありまた幸運でもあると言っている[14]のはこのことと関係がある。これはこの小説中で、Beatrice や Nick など、無垢な者として

第4章　*Free Fall*——合理主義と信仰

描かれている人物が主人公の罪の自覚に様々な形で多大に関与していることからも裏付けられよう．そして Samuel の独白にもある様に罪悪感の欠如と同時に無垢なる者たちは自らの無垢であることに対しても無自覚である (75). Ralph をはじめとする *Lord of the Flies* の少年達もまた小説の結末に到って初めて既に失われた無垢を認識するのである[15]．

この小説において主人公が探求する「無垢喪失の瞬間」は言葉を換えれば「罪悪感から生じる責任感の始まり」，さらには「闇の始まり」(47) ということになる．この「闇」(darkness) はこの作品のみならず Golding の小説全体に亘って重要な鍵語となるが，それはどの作品においても「罪の認識」と密接に関連している．*Lord of the Flies* においても小説の冒頭ではある種の楽園的イメージを帯びていた孤島にあって次第に少年達が夜毎に闇に対する恐怖心に苦しむこととなる．この「闇」に対する認識は，楽園的な孤島の自然美が次第に自然の畏怖に変わり，それと並行して少年達が自らの本能によって理性を失って行く過程と同時進行する．しかもその認識は，より無垢な状態にある幼子達 (littluns) から順に始まる．*Free Fall* では母の死後牧師館に引き取られた Sam がそこで初めて迎えた自室での孤独の中での闇の恐怖の知覚 (160) という形で描かれる．語り手 Samuel は第8章の冒頭で，自分はどの様な経緯で闇を恐れる様になったのかを思索する (154). 彼がこの段階で理解しているのは「かつては恐れなかったがいつからか恐れる様になった」(165) ということだけである．また成人後即ち無垢喪失後の Samuel は第二次大戦中に独軍によって捕虜として投獄されるが，その狭い独房で闇の恐怖と邂逅することになる (182-84). ここで前者の牧師館の個室における闇の恐怖は，*Lord of the Flies* の幼子達が示したそれと同様，無垢であるが故に罪の認識に対して無自覚であり，それ故に恐怖から身を守る術を持たない為に苦しめられる恐怖感である．しかし *Lord of the Flies* から *Free Fall* までの初期作品で Golding が一貫して示しているのは人間に生来備わっている「蠅の王」即ち原罪であり，このことを考慮すれば Sam や幼子達に見られる闇の恐怖は，彼らの内面の「蠅の王」に対する無自覚の恐怖を暗示すると考えられる．一方で後者の独房

における恐怖心はSamuel自身の罪悪感と密接に結びついていることがより明白である．

　Samuelが回想の中でかつては闇を恐れることがなかったと述懐しているのは生前の母と暮らしていた貧民窟ロトン・ロウの日々のことである．この当時の幼児Samは「埃を不快に思ったことはなく……洗浄剤や防臭剤，あらゆる衛生的なものの集合体，即ち石鹸や衛生用品などを非人間的で理解し難いものと思っていた」(17)．*Lord of the Flies* にも描かれている通り，人間が生活を始めた時から島は少しずつ汚され，また「パラシュートの遺体」の腐敗が如実に示している様に，放置すれば必ず腐敗するのが人間の性質である．Samがこの様な人間本来の営みの結果としての埃や汚れを不快と思わず，闇をも恐れなかったという事実は，彼の無垢のもうひとつの局面を表わしていると考えられよう．無垢な者たちは罪の認識も責任感も持たない(25)代わりに，痛みとしての罪の認識を回避することも隠匿することもあり得ない．Kinkead-WeeksとGregorが指摘する様に，ロトン・ロウは生命感のある肯定的なイメージを以て描かれている[16] 一方で語り手Samuelをはじめとしてかつてこのスラムに住んでいた人々が皆中流化して丘の上の団地に移り住み(36)，それなりに「洗練された」こととひきかえに「幸福や安全も洗い流された」(178)，即ち無垢を喪失した現在の状態と対照をなしている．語り手Samuelはこのスラム街に「二つのイメージ」即ち内側から見たイメージと外側から見たそれを持っているが(18)，後者として考えられる悲惨なイメージではなく前者の「色彩と興奮に囲まれた」(17)幼年時代の記憶を現在のSamuelは持っているのである．Samの母親はまさにこのスラムを体現するかの様な人物であったとSamuelには認識されていて，「悪意，残虐性のない暴力，恩着せがましさのない大人，所有欲のない暖かさ」(16)というイメージの一方で，「もし今日生きていたら低能者と考えられていた」(14)という様に内側と外側のスラム街の二面性に呼応する．この事実によって，幼年時代のSamが闇の恐怖を認識しなかったことと，母親を「自分と冷たい光との間に存在する暖かい闇」(15)と認識していたことが一貫性を持つ．

第4章　*Free Fall*——合理主義と信仰　　65

　語り手 Samuel は一方で罪悪感が罪に先行し，先行する罪悪感が罪を引き起こし得るとも言っている（232）．罪悪感は「雑草の如く生活の何処かから発芽する」(70) ものであり，それは言い換えれば *Lord of the Flies* における「蠅の王」は人間の内面に存在するという主題になる．カミュ（Albert Camus）は『転落』*La chute* の中で「自分が罪を犯しているという実感に耐えられないというだけの理由で，如何に多くの犯罪が行なわれて来たか」と語り手 Clamence に語らせている[17]．Samuel も「選択」を遂行したことによってその瞬間に罪を犯し，罪悪感を持ったのでは勿論なく，ロトン・ロウを離れ牧師館に引き取られた段階で闇の恐怖を経験していることからも判る様に，罪の認識は段階的に少しずつ訪れるものであり，その段階がある時期に到ると語り手 Samuel が探求している「瞬間」に達するのである．第3章の最後で語り手は幼児 Sam を罪の認識と無関係と断定し「無罪放免」しているが (78)，罪悪感という「雑草」の根はこの時期の Sam の内面にも存在していたはずであり，その兆候として煙草カードの事件の発端として彼は母の愛用する煙草の銘柄から「階級」意識としての劣等感を知覚（49-50）する．このことは彼にとっては外側から自分の生活環境を見る第一歩でもあり，これがのちに牧師館からグラマースクールに通学することによって「聖職者の息子」として今度は階級意識としての優越感を知覚することにつながる (193)．この様な階級意識は，*Lord of the Flies* に見られる英国人としての，先進国，支配国の国民としての特権意識も含めて，明らかに人間の内面の「蠅の王」のひとつであり，Golding 自身が「非学術的歴史」(off-campus history) と呼ぶ，学問としての歴史に対して人間の感情として世代から世代へ受け継がれる偏見[18]である．この様に，語り手 Samuel が探求しているあるひとつの「瞬間」に無垢が喪失されたのではなく，その「選択」への過程として彼が「ここか？」「いやここではない．」と自問する各々の場面もまた意味を持つものなのである．

2．伝達者としての芸術家

　語り手 Samuel はテイト・ギャラリーに作品が展示されている程の高名な画

家である(7).語り手としての彼はこの小説を「語る」のではなく文字通り「書いて」いるが,それは「伝達」する為であり,一方「絵を描くこと」も彼にとっては「伝達」のために「選択」された行為である(7-8).そうなると「選択」即ち「無垢喪失」の瞬間を「発見」し「伝達」することがSamuelの「芸術家」としての使命ということになる.主人公が芸術家であることには,この様に考えると,人間の「堕罪」を究明し伝達することによってそこからの「救済」を模索するという機能が意図されているのであり,さらに言えば「救世主」となり得る人物であるという意味がある.また芸術は「伝達」であると同時に,或いはである以前に「発見」であり,Samuelは「発見者」である(102).「発見」する対象は勿論罪の自覚をめぐる「真実」であろう.Johnstonの指摘にある様に,堕罪した人類に救済があるとすればそれは「創造への関与」にあり,Goldingの小説において「創造」のシンボルは芸術家である[19].

　グラマー・スクール時代のSamuelが最も影響を受け,「選択」の直接の動機ともなった理科教師Nick Shalesは人格的に優れた無垢を保持する人物であり,共産主義者にして合理主義者である.Samuelもこの人物に傾倒したことから共産党に入党し,合理主義を「選択」する.この様な経緯にも拘らずSamuelが自然科学の道を「選択」せず,最終的に科学的合理主義と対極に位置するであろう芸術[20]に専念することになった背景には,小説の冒頭に示されている合理主義への失望(6)がある.彼をしてこの結論に到らしめた重要な経験としては,大戦中の独軍捕虜として独房で過ごした際の闇の恐怖との遭遇が掲げられよう.この経験は先に指摘した少年Samの牧師館での闇の恐怖とは対照的に,明らかに罪の意識に根ざした恐怖である.この際に,終章で解明される足元の濡れ雑布に死の恐怖を抱くなど,彼の合理主義は恐怖や罪悪感に「合理的に」対処する機能を全く果たさない.この経験はSamuelに合理主義の限界を痛感させたばかりでなく,S. J. Boydが指摘する様に,闇の恐怖からの回復即ち光の再発見が芸術家としての彼にとっては「美の発見」「再生」へとつながった[21].無垢なる者たちのひとりであるNickがSamuelを合理主

義の選択へと導いた一方で，最も無垢から遠い者のひとりである Dr Halde が結果として彼に美を発見させたということにもなる．

　一方で Boyd はまた，人間をめぐる真理を探求する芸術家の到達点は必ず「罪悪感」と「恥」であることを指摘している[22]．カミュの『転落』では語り手が過去の自分を振り返ると「恥」としか言えない奇妙な感情を抱くと告白している[23]．Gindin の指摘する「合理的」と「神秘的」，或いは「物質的」と「精神的」の対立で言えば合理主義は明白に前者，「罪悪感」や「恥」に至る芸術はその対極の後者に分類されることとなり，Free Fall 全体の構図として「合理主義と信仰」の対立の枠組で考えても「芸術」は「信仰」の側にある．主人公を芸術家とした理由の一つには，語り手 Samuel は回想を開始した時点では既に合理主義的世界観を脱脚し，精神的世界即ち信仰を回復していたことを示す意図が考えられよう．

3．合理主義の選択

　Samuel にとって合理主義の選択は如何なる意味を持ち，如何にして無垢喪失と結びついたのか．彼にとっての合理主義は，壁に並んで掛けられた帽子の如く数多の選択肢の中のひとつであった (6)．Johnston の指摘にある様に，グラマー・スクール時代の Samuel が合理主義を選択した事実それ自体は，彼の罪悪感の直接的な原因ではない[24]．Johnston はまた，この学校で彼と多く関わった教師のうち合理主義者 Nick を無垢を保持する人物として，担任の宗教教師 Rowena Pringle を罪の自覚に苦しむ人間として，対照的に解読している[25]．Boyd もまた，この前者の科学的合理的な世界観と後者の信仰の対立が Golding の小説すべてに一貫する主題であると指摘している[26]．この様な対立の図式で考えると，合理主義を選択して罪の意識を持たない Nick の存在が裏付ける通り，合理主義の選択自体は無垢喪失の瞬間とはなり得ない．グラマー・スクールで Nick の影響を受け，この教師の合理主義と Pringle の信仰という二つの選択肢を与えられた Samuel は自らの意志で積極的に前者を選択し，やがて卒業の日に「世界が自分に開かれた気分」(235) を知覚する．この後の

場面が最終的に語り手が探求していた「瞬間」ということになる (235-36).

　Samuel の決定的な「選択」はグラマー・スクール時代の同級生にして女子師範学校生の Beatrice をめぐって遂行されることからも明白な様に，性的堕落と密接な関係がある．Golding は性それ自体を罪悪視している訳では決してなく，Gindin も指摘しているが Golding は必ずしもピューリタン的ではなく，性は搾取的な場合のみ罪となる[27]．ダンテ (Dante Alighieri) は『神曲』地獄編の第18編においてカッチャネミーコとジャソーネという二人の男を通して「搾取的な性」の罪を描いているが[28]，Samuel の場合も性的関心の対象としての Beatrice を「相応の犠牲」と引き換えに手に入れる決心をした瞬間 (236)，即ち「選択の自由」と引き換えに彼女を凌辱することを決意した瞬間こそが，彼が決定的な選択を行ない，無垢という自由を喪失した瞬間なのである．カミュの主人公においてもまた，肉欲をすべてとして快楽と征服の対象のみを求め，相手の女を利用したことが「堕罪」即ち「転落」の重要な一部を占める[29]．選択を行なったのは一方的に Samuel の側であり，Beatrice はもし Samuel の方に搾取的な意図がなかったなら，ダンテのベアトリーチェが主人公ダンテを救出し天国へ導いた如く，彼の芸術家としての「美の発見」の動機となり，画家 Samuel の成長に肯定的に関与していたにちがいない．実際に画家 Samuel は，Beatrice の裸体を描くことで画家としての出世作を創り出すが，これはカミュの主人公の如く Samuel が彼女を「利用した」に過ぎない．それでも結果として，Beatrice は自らを犠牲にして Samuel を罪の自覚へと導き，それを表現し伝達する使命を背負った芸術家へと成長させたのであった．

　一方で合理主義の選択は Samuel にとって，この様な自分の罪を「合理化」することによって罪悪感を回避するという結果をもたらす．当時彼が傾倒していた共産主義が，Dr Halde によれば「目的が手段を正当化」(140) するものであったのと同様，合理主義は彼にとって自分の罪を正当化する機能を有していた．彼の合理主義は彼をして「(戦争で) 大勢が死んでいるのに比べたら一人の少女が受けた凌辱は取るに足らない」(132) とまで言わしめる．この場面は語り手 Samuel の探求する「瞬間」ではないと断定され幕となるが，先に指

第4章 *Free Fall*——合理主義と信仰

摘した Beatrice を自分のものにしようと「合理的に」決心する場面 (235-36) が彼の罪悪感の始まりであり，この場面がそれを決定的なものとした瞬間であるとも考えられる．但し語り手 Samuel にとっては，その事実を認識するために更にいくつかの回想が必要であった．それ故にこの箇所では「ここか？」「いやここではない」と自問自答して終わるのである．Johnston の指摘にある通り，合理主義は性的堕落の口実となった時に罪となるのであり[30]，また Kinkead-Weeks と Gregor によれば，Samuel の決定的な選択は合理主義を「善性を否定することに利用した瞬間」に訪れたことになる[31]．Golding の小説において合理主義がこのように否定されるべきものとして扱われる理由は，例えば *Lord of the Flies* の中で Piggy がそうした様に，それが人間の内面の闇即ち「蠅の王」を「合理的に」否定するのに利用され得るからなのである．

Dr Halde は Samuel を投獄することによって彼から光を奪った一方で，彼に真理を認識させる為の重要な発言をいくつかしている．一例を挙げれば「人は物質的信仰と崇高な存在によって創られ支えられている世界の信仰の，二極間を日々振子運動している」(144) と彼に説いた科白が挙げられるが，Halde のこの言葉は先に指摘した通りグラマー・スクール時代の二人の教師に代表される，合理主義と信仰の止揚され得ない対立に関係がある．Nick は Samuel にとって「自然に対するヴィジョンとそれを伝達する情熱を合わせ持つ最高の教師」(210-11) であるのに対して Pringle は自分を目の敵にする反理想的教師である (194)．このことは彼にとっては，無数に存在する選択肢のうち両極となる二つを提示され，しかも彼にとっては責任回避に結びつく可能性のある方の選択肢を特に選び易い様に提示されていたことになる．語り手 Samuel は探求していた「瞬間」に到達したのちにこの両者と話し合うことによって，この両者に代表される両極的世界の間に橋を渡すことを試みるが，前者は危篤状態，後者は彼にとって話し合える相手ではなく，結局この両方の世界が真実でありその両者間に橋は存在し得ないという認識に到る (253)．Samuel Hynes の指摘する通り，人間は科学と信仰の子であるがこの両親は決して一体化せず，この両者から等しい重力で引かれ宇宙遊泳即ち「自由落下」の状態にある[32]．

そうなると *Free Fall* の主題は単にこの人間の力で止揚することのできない対立を示すことで終わるのであろうか.

　Gindin は人間理解の点では Nick より Pringle の方が優れている事実に Samuel が気付くまでに時間がかかった為, 彼はその間 Nick に続くことになったと言っている[33]. Nick は無垢な状態のまま合理主義者となった為, 当然罪の認識や責任感を持つこともなく, 結果として無垢故に Samuel に責任回避の道を選択させる動機となった. 一方の Pringle は, Boyd も指摘している様に, Samuel に少なくとも自己嫌悪を教えた[34]. この Pringle が教えた自己嫌悪という感情が, Samuel の贖罪と密接に関係していることは言うまでもない.

4. 結論——贖罪への第二段階

　表題 '*Free Fall*' は先の Hynes の引用にもあった通り, 合理主義と信仰或いは物質と精神の二極の間を等しい重力で引かれ宇宙遊泳状態にある主人公 (から一般化される人間全体) を意味する. 同時に「自由落下」は物理学では自らの重量にかかる地球の重力のみによる物体の落下運動をいう. *COBUILD* では「パラシュートが開く前の落下運動」と定義している. この意味では, 物体の重量は自己の罪の重さと読み換えることができる. また,「自由意志による堕落」という字義通りの意味をも無視することはできない. Samuel の罪は最終的には, 自己実現の為に他者の犠牲を強いたこと[35]であり, また罪悪感と責任感という痛みの回避のために合理主義を詭弁として利用したことである. Golding の小説全体に一般化して考えても, 先に引用した Hodson が言及している様に, 人間の原罪は我執と欲望ということになろう. Golding 自身も Carey との対談で,「原罪」と「我執」は言葉として入換可能であると答えている[36]. 一方でその罪に対して Samuel に与えられた罰はといえば, Boyd も指摘している通り, 罪の意識に苦しむこと, Halde による拷問, そして自分が行なった事の結果として狂人化した Beatrice と再会することである[37]. Kinkead-Weeks と Gregor は罪の認識を通して救済される可能性を指摘している[38] 一方で, Boyd は Halde による拷問ののち Samuel が「再生」してい

ると考えている[39]．少年時代のSamの学校の教育方針のひとつとして，罪を自覚した生徒に罰を与えないというものがあったが (52)，Goldingが多くの作品で繰り返している様に罪を認識することが贖罪への第一段階である．少年Samが最初に闇の恐怖を知覚した場所が牧師館であったという事実，この時同時に窓の外に見える教会の塔の月影に対しても恐怖を覚えたという事実も考え合わせれば，信仰は人を罪の認識へと導くものであり，その対極に位置する合理主義はその認識を合理的に回避する方向へ導くものである．語り手Samuelは小説の冒頭で既にNickの合理主義という帽子は雨よけには適するが今の自分には似合わないと語っている (6) ことからも判る通り，そしてこの後回想される過去の罪の意識からも明らかな様に，贖罪への第一段階を既に終了している．彼はまた回想の過程で「すべてのパターンは崩壊していること，生は無作為であること」を認識している (25)．人間の生の非合理性，不規則性，多様性に対する認識，寛容は，これまでの作品においてと同様主人公の知覚の中心をなす．

そうなるとSamuelにとっての真実の救済とは何かという問題が残る．ここで再び彼が芸術家であるという事実に注目すると，彼の使命は彼自身が認識している様に「発見」と「伝達」である．芸術家としての彼の仕事は合理主義と信仰を止揚させることでは勿論なく，人間の本質即ち原罪をめぐる真理を表現し伝達することである．蜜蜂が蜜を作り出す如く人は悪を作り出す，と言ったのはGolding自身であるが[40]，一方で彼はSamuelに「蜜蜂が蜜を作るが如く容易に心臓のポンプが愛を作り出す」とも言わせている (187-88)．そしてこの「愛を作り出すこと」をSamuelは，唯一の自分が行なうに値する仕事と考えている (188)．つまり芸術家としての彼はこの行為を通して自分の作品を神の愛に近付けることを目指すのであり，この種の創造性によって彼は罪を贖い得るのである．少年SamがEvieに対して示す，彼女が少女であることへの嫉妬 (32) と，青年SamuelがBeatriceの女性性に対して示すそれ (80) とは，彼が無意識に母性愛に代表される無償の愛や，女性性或いは母性それ自体が持つ愛をめぐる創造性に対してある種の憧憬を抱いていたとも読み取れよ

う．何故なら，常に崇拝する対象を必要としていた Samuel（109）にとって，母，Evie，Beatrice という崇拝の対象はすべて，何らかの形で彼に愛を与えていた人物だからである．

　Lord of the Flies から *Pincher Martin* まで，常に主人公の原罪の認識による贖罪の可能性の暗示で終わっていた Golding の初期作品群の共通主題は *Free Fall* に到ってより具体的に，我執と貪欲からの脱脚，愛という創造性への志向という形で贖罪の第二段階への移行の方法が提示されるまでに発展した．この第二段階への移行は勿論，合理主義と信仰という二極間で前者を選択し自由を喪失した後にあっても，前者の捨象即ち後者への回帰によってのみ実現され得ることは言うまでもない．

註

1) William Golding, *Free Fall* (London: Faber and Faber, 1961). テクストからの引用はこの版の該当頁数を本文中に（ ）で示す．
2) 例えば Arnold Johnston はこの作品に Golding の小説家としての力量，人間理解双方の限界を見ている．Johnston, *Of Earth and Darkness*, p. 66. Gindin もこの作品が *The Pyramid* とともに多くの批評家の間で低く評価されていることに言及し (Gindin, *William Golding*, p. 104)，また Gindin 自身も *Free Fall* が *Pincher Martin* や *The Spire* よりも作品として劣ると評している．Gindin, op. cit., p. 46. 一方でこの小説に対する好意的な評価も Silvère Monod をはじめ少数ではあるが存在する．Monod, 'Golding's View of the Human Condition in *Free Fall*', in *William Golding: Novels, 1954-67*, pp. 133-45. Angus Wilson もまた，この作品で Golding が「超然的な善と悪の感覚と，英国社会小説の伝統を一体化させている」ことを高く評価している．Norman Page, 'Introduction', in Page, op. cit., p. 11.
3) Golding の小説の特徴の一つとしての surprise ending を指しての 'gimmick' という語は Golding が Frank Kermode との対話の中で用いたのが最初とされている．Mark Kinkead-Weekes, Ian Gregor, *William Golding: A Critical Study*, p. 62.

4) Ibid., p. 196.
5) *The Pyramid* はウィルトシャーの田舎町を舞台にした作品であり，同様にGolding作品の中では亜流と考えられている同時代の小説家を主人公とした*The Paper Men* もまた *Lord of the Flies, The Inheritors*, 或いは *The Spire* ほどには評価されていない．
6) Gindin, op. cit., pp. 33-4.
7) Leighton Hodson, *William Golding*, p. 20.
8) Johnston, op. cit., p. 52.
9) 例えばGoldingは幼年時代と教師時代を過ごしたウィルトシャーを一例として，「(イングランドには) 人の手が触れていない自然は最早存在しない」と述べている．Golding, 'Wiltshire', in *A Moving Target* (London: Faber and Faber, 1984), p. 3.
10) 本書第1章第4節参照．
11) Kinkead-Weekes, Gregor, op. cit., p. 173.
12) Leighton Hodson, *William Golding*, p. 20.
13) Kinkead-Weekes, Gregor, op. cit., p. 174.
14) Johnston, op. cit., p. 32. この批評家はまた，無垢な者達と悪魔的な者達が同一であることをGoldingは理解している，とも述べている．Ibid., p. 171.
15) Golding, *Lord of the Flies*, (London: Faber and Faber, 1958), p. 223.
16) Kinkead-Weekes, Gregor, op. cit., p. 171.
17) Albert Camus, *La chute* (Saint-Amand: Gallimard, 1972), p. 23.
18) Golding, 'Fable', in *The Hot Gates* (London: Faber and Faber, 1970), p. 89.
19) Johnston, op. cit., p. 34.
20) GindinはGoldingの「バックグラウンド・テーマ」として「合理的なるもの」と「神秘的なるもの」，「物質的世界」と「精神的世界」の対立，その両者間の「架け橋」の欠如を挙げている．Gindin, op. cit., pp. 12-3.
21) S. J. Boyd, *The Novels of William Golding*, pp. 77-8.
22) Ibid., p. 81.
23) Camus, op. cit., pp. 73-4.
24) Johnston, op. cit., p. 62.
25) Ibid., p. 63.

26) Boyd, op. cit., pp. 72-3.
27) Gindin, op. cit., p. 14.
28) Dante Alighieri, *The Divine Comedy — 1 Hell*, trans. Dorothy L. Sayers (Harmondsworth: Peuguin, 1949), pp. 181-5.
29) Camus, op. cit., pp. 62-3.
30) Johnston, op. cit., p. 62.
31) Kinkead-Weekes, Gregor, op. cit., p. 188.
32) Samuel Hynes, *William Golding*, pp. 37-8.
33) Gindin, op. cit., p. 44.
34) Boyd, op. cit., p. 76.
35) Gindin, op. cit., p. 47.
36) John Carey, 'William Golding talks to John Carey', in *William Golding: The Man and his Books*, p. 174.
37) Boyd, op. cit., pp. 75-6.
38) Kinkead-Weekes, Gregor, op. cit., p. 188.
39) Boyd, op. cit., p. 78. また Kinkead-Weekes と Gregor は独房での Samuel の叫びを「死からの再生」と解読している. Kinkead-Weekes, Gregor, op. cit., p. 195.
40) Golding, 'Fable', p. 87.

第5章　*The Spire*
──痛みと重さ，或いは高所恐怖症

　Golding の最高傑作と言えば *Lord of the Flies* よりもむしろ *The Spire* (1964)[1] を挙げる批評家が多い[2]．この小説は中世イングランドを舞台とし，大聖堂に尖塔を建設するべく神によって選ばれたと自ら信じる主人公 Jocelin が，聖職者としての理想と「使命」遂行のための現実との狭間で葛藤し，ソールズベリー[3]の沼地の尖塔の重さに耐えるだけの土台が欠如した土地に尖塔を完成させるまでの物語である．作品全体が暗示的な語りに終始し，そのため出版当初の書評ではその不可解性，不透明性故に酷評されたりもしたが[4]，一方で Frank Kermode や David Lodge 等，出版直後に既にこの作品の真価を評価していた批評家も少なくない[5]．

　The Spire は Golding の小説の分水嶺であるとしばしば見なされる．この作品を小説家 Golding にとっての「ある局面の終わり」としているのは Mark Kinkead-Weekes と Ian Gregor[6]，Leighton Hodson[7]，或いは Arnold Johnston[8] といった批評家たちである．一方でこの作品を，先行する作品群との連続でとらえているのが Samuel Hynes[9]，Howard S. Babb[10]，Norman Page[11]，それに L. L. Dickson[12]等である．また Kevin McCarron は，先行作品の主題を発展させたものとして論じると同時に，小説家 Golding の新たな局面を予言するものと考えている[13]．これらの見解はしかしながら，いずれもこの小説のある一面を正確に伝えていると言えよう．語りの形式の点ではこの作品は，しばしば寓話と見なされる先行作品とは対照的に，Kinkead-Weekes と Gregor が言うように，寓話（fable）という枠組を完全に脱却している[14]．一方主題に関しては，主人公の自己理解[15]，即ち「無知から啓示への移行」[16]を扱っているという点で先行作品の流れを受け継ぐものである．*The Spire* の主題が主人公の自己理解であることについては，既に多

くの批評家が触れている[17]．本章はメタファーとしての「尖塔」の意味と，主人公 Jocelin の自己理解との関係を，先行作品との比較をも交えて考えることを主な目的とする．

1．「地上的なるもの」と「天上的なるもの」

　構造主義的批評家 Philip Redpath は，Golding の小説の中で常に二つの対照的な舞台が設定されていることを指摘している[18]．*Lord of the Flies* においては海岸と山，*The Inheritors* では岩壁と森，*Pincher Martin* は岩場と海，そして *The Spire* では地上と尖塔の上という，二つの世界が対照をなしているということである．最後の例では主人公 Jocelin が，少しずつ上に向かって建設されて行く尖塔の頂上にいることを常に好み，高度が増すに従って世俗の因襲や大聖堂内部での雑事に対して関心を失って行くという図式が示されている．この尖塔の建設は，財政的には主人公の叔母 Alison からの寄付，また技術的には棟梁 Roger の存在がなければ実現され得ない．前者は先代国王の愛人であり，後者は，性的不能の番人 Pangall の妻であり主人公の名付け子でもある Goody と姦通している．大聖堂参事長である Jocelin は，尖塔建設という自分の「使命」を遂行するために，これらの事実を「神の仕事」のための「代償」として黙認しなければならない．こうして彼の崇高な理想と堕落した現実が，尖塔の頂上と地上の俗世という対象によって提示される．同時に，この主人公は聖人か狂人か，尖塔建設は偉業か愚行か，という問いが読者に対して突きつけられるが，その答えが明確な二者択一でないことは言うまでもない．Don Crompton はこの小説を，先行作品ほど「弁証法的で」ないものと考えている[19]．

　主人公の内面を考察する前に，大聖堂の尖塔が持つ意味をこの小説の外側と内側から考えたい．第一義的には尖塔は言うまでもなく，信仰のシンボルであり[20]，天と地を結ぶ「橋」である[21]．Ken Follett は大聖堂建設を夢見る中世の建築家 Tom Builder を中心人物の一人とする大河小説 *The Pillars of the Earth* (1989)[22] の中で，大聖堂は高さによって人目を惹き[23]，人に畏怖を与

え[24]，しかも中心の屋根を尖塔にすることによって強度を増し，より高くすることができる[25]と書いている．尖塔の高さは信仰心に基づいた人間の偉業，或いは奇跡を形にしたものであると同時に，人間の力，創意による，天上界への接近という意味を持つ．しかも現実世界のソールズベリーのそれは，実際に土台にならない沼地の上に建てられたものであり，その存在自体が奇跡であると言われている[26]．

一方で尖塔はまた，バベルの塔の連想から，人間の傲慢を表すことも忘れてはならない．一例を挙げれば，Miltonは*Paradise Lost*第5巻でSatanの宮殿を描くにあたってピラミッドと塔を，神と同等であろうとするSatanの傲慢のシンボルとして提示している[27]．Dicksonは*The Spire*における尖塔の意味を，Jocelinの増長し続ける自己顕示欲とのアナロジーとしてとらえ，塔が高くなるにつれてこの主人公の傲慢も「悲劇的なほどに顕著になって行く」という事実を指摘している[28]．またS. J. Boydはこの塔を，人間の傲慢から生じた愚行の結果として，特に建設作業員の間での方言の違いによるコミュニケイション不全（148）から，バベルの塔と関連づけて論じている[29]．

次にJocelinの内面の変化との関連でこの塔の意味を考えたい．このイングランドで最大の400フィートの尖塔がおよそ半分まで完成していた段階で，彼はその頂上から下界を見降ろすうちに，そこに見えるすべての者たちを，安らぎと喜びをもって愛する気持ちになる（70）．この時点での彼は，表層的レヴェルでは物理的にも精神的にも神に近づいていると言えよう．しかしながら塔が少しづつ高くなると，彼の傲慢もまた先に引用したDicksonの指摘の通り，それに比例して増長して行くのである．建設工事がさらに進むにつれて，この主人公は塔にしか関心を示さなくなり，やがて聖職者たちや民衆など，尖塔建設に関係する以外のあらゆる人間を避けるようになる（98）．この頂上で彼は，登ることを禁じられた樹に登る子供と同じ，「恐ろし気な喜び」を体感する（101）．この箇所で提示される「禁じられた樹」という比喩は当然，「禁断の樹」即ち堕罪への誘惑を連想させる．

塔の上からの高みの見物という「誘惑」に身を任せたJocelinは，その上に

いるときには「歌う子どもの如く陽気に」なる (106). そしてそこから「堕落した」俗世を見降ろして彼は, 大聖堂をこの世界に救済をもたらす「方舟」と同一視し (107), さらには尖塔の頂上こそが自分の居場所であると考え, そこから降りることに恐怖すら感じるに至る (109). こうして彼の意識の中で世界は「上」と「下」に二分化され,「上」こそが聖職者としての自分の使命であると彼は思いこみ,「下」での聖職者としての任務を等閑にするようになる. 下の世界では折からの疫病 (55) や洪水, 飢饉など (66) による大勢の人々の死という現実を前に, Jocelin の理想は常に上を志向する.

　この小説の冒頭における, ステンドグラス越しの陽光と聖堂内を満たす塵の描写について, 作品の主題を示すものであると Kinkead-Weekes と Gregor は述べている[30]. ここで言う塵は当然, 聖なる場所であるはずの大聖堂の内部における主人公の諸々の不正を暗示する. この場面での光と塵という対照が「上」と「下」,「聖」と「俗」とアナロジーをなしていることは言うまでもない. しかしこの作品が必ずしも弁証法的ではないという Crompton の指摘を先に引用した通り, この対照は決して明確に対立するものではない. この対照は,「上」を自らの使命と称し,「下」を俗悪な堕落した世界として, 自分に関わりのない世界と決めつけている主人公の無知を, 同時に示しているのである.「聖なる場所」としての聖堂の内部においてさえ, 塵が存在しないことはあり得ないということが示す事実, 即ち人間の世界に完全な「聖」はあり得ないという事実に, 気づいていないことがこの主人公の最大の問題だということである. 見落としてはならないのはこの場面で光に「存在の確かさ」(solidity) を与えているのは塵であるということであり (9-10), 言い換えれば「聖」と「俗」のアンビヴァレントな関係が, ここで主題として提示されているのである. Kinkead-Weekes と Gregor はまた, この小説の全12章を3等分して, 前4章で提示された「上」と「下」が実はそれぞれ互いの一部であったことを中盤の5-8章で示していることを指摘している[31]. Jocelin は塔の建設の進行と比例して,「天上的なるもの」を志向し「地上的なるもの」から遠去かるに従って, 結果として「天上的なるもの」から遊離して行くのである.

2．信仰と狂気

　Jocelin はこの尖塔建設を「神の仕事」と確信している（67, 69, 85, 88 etc.）．尖塔は神によって与えられた啓示であり，その遂行のために自分は神によって「選ばれた」（117, 183 etc.）とこの主人公は信じているのである．時折背中に訪れる「天使」（22 ff.）がその確信をよりいっそう強めることになる．彼にとってこの建設は，建築技術というよりも「信仰」によって行われるものなのである（38）．勿論実際の作業は棟梁 Roger Mason がいなければ行えないが，この棟梁が尖塔建設は技術的に不可能であることを説明しても Jocelin は決して聞く耳を持たない（83）．塔の土台となるだけの地盤の強度がないという事実（78）も彼にとっては信仰，奇跡によって解決できる問題に過ぎないのである．Follett の大聖堂建設物語においても，建築家がその重さを支える建築技術上の問題を修道士に理解させるのに困難を伴うという説話がある[32)]．

　そうなるとこの聖職者の「信仰」が真実のそれか或いは単なる狂気に過ぎないのかということが問題になる．優れた建築家であり異教徒でもある Roger の目から見れば，それは狂気以外の何者でもない．また Jocelin が本当の祈りを知らなかったということが，後に Father Adam によって指摘される（197）．しかしこの事実には，この聖職者が本当に祈りを知らなかったというよりは，「天上的なるもの」を志向したあまり人間としての「地上的な」営みである祈りを忘れたという側面があることを見落としてはならない．ここでもこの作品は，信仰か狂気かの明確な二者択一を提示しているのでは勿論なく，その両者のアンビヴァレントな関係を主題の一つとして示しているのである．確かに Jocelin はどこまでも無知な男ではある．二人の若い助際が「傲慢で無知な男」について噂するのを小耳に挟んだときも彼は，それが自分のことだとは気付いていない様子である（13）．しかし彼は無知であるが故に，例えば自分の参事長という地位が叔母 Alison と先代国王の関係から得られたものだという事実にさえ気付いていないことが示すとおり，少なくとも当初の段階では悪意がか

なりの度合いで欠如していることも指摘できよう．彼を突き動かすものは初めは純粋であった信仰そのものであり，その使命感が暴走した故に結果として，後にFollettがWaleranという人物を通して描くように，神の仕事であるが故に目的が手段を正当化すると考えたのである[33]．

　この参事長の尖塔への固執が狂気と考えられるもう一つの根拠は，小説中にちりばめられた尖塔の性的な暗示（8, 90 etc.）である．尖塔それ自体がファルス的シンボルであるとすれば，その建設への彼の執念は性的に抑圧された彼にとってのある種の「代償行為」と見られても不思議はない[34]．彼は自分の名付け子であるGoodyを，その処女性を温存するために性的不能である番人Pangallと結婚させたが，実際の所彼女を性欲の対象として見ている．同時に彼は建設作業中止を望む棟梁Rogerをこの現場につなぎ止めるべく，この男とGoodyとの密通を不本意ながらも黙認している．Follettでも修道院長Philipが同様なディレマを経験している[35]．Jocelinの「代償行為」である尖塔建立を実際に進行するRogerは一方で，代償行為でない彼の性行為をも「代行」するのである．

　抑圧された性欲のシンボルであると同時にこの塔は，先にDicksonから引用したとおり主人公の自己顕示欲の現れでもある．この意味で彼の塔に対する固執は，神の永続性に対しての人間の無常性を理解しているが故の，死に対する恐怖の裏返しとも読み取れよう．子孫を残すことを通して自己に未来への連続性を持たせることができない彼は，尖塔建設という形でしか自己消滅の不安を慰めることが叶えられない．ここにも神に対するヒュミリティが結果として傲慢につながっているというアンビヴァレントな関係を見ることができる．

　信仰と狂気の狭間で暴走を始めたJocelinの信念は，やがて目的のために手段を選ばなくなるに至る．当初は確かに，例えばAlisonからの寄付金に対しても，たとえそれが尖塔建設に欠くことのできないものであると判っていても，やはり何らかの疑問を彼は抱いていた（例えば26-27）．しかし程なく彼は，聖堂に救済を求めて集まる人々を自分の目的達成のための「道具」として位置づけ（55），さらにRogerをも「道具」（68），「奴隷」（89）として認識するよう

第5章　*The Spire*——痛みと重さ，或いは高所恐怖症　　81

になる．Hynes はこのような他人を利用するという主人公の罪に，*Pincher Martin* と *Free Fall* それぞれの主人公 Martin と Samuel の罪との類似を見ている[36]．

　こうして彼は「神の仕事」の「代償」として実に多くのものを犠牲にする．建設作業員たちにからかわれることを訴える Pangall に対して彼は，尖塔が完成するまでの二年間だけ我慢するよう告げる（19）が，後に彼らの Pangall に対する態度がエスカレイトした結果としてこの番人は殺戮される（90）．しかも無知なこの主人公は，その後彼が殺されたという事実を知る（156）までに時間がかかる．Goody もまた Roger によって純潔を奪われたばかりでなく，その密通の結果の妊娠，出産によって死に至る（137）．さらに建設作業の騒音が聖堂内の「聖なる空気」を汚すのみならず（89），その作業によって大聖堂全体が通常の宗教活動を中断することを余儀なくされる．Jocelin 自身もまた，「上」の世界が意識の大半を占めるようになり，地上での宗教活動の軽視，その結果聴罪司祭 Father Anselm とも疎遠になり，その後二年近くも告解を行わないことに代表されるように，宗教家としての勤めを放棄する日々が続く．それでも神の仕事を遂行していると確信している彼の中には，これら有形無形の犠牲に対する罪悪感が，後にローマからの視察官に諸々の事実を指摘されるまでほとんど見られない．

3．重力と自由落下——原罪としての傲慢

　Frederic R. Karl は，罪としての傲慢を主題として扱い，現代のファウストを描く作家として Golding とカミュを挙げている[37]．これは Golding が繰り返し扱う主題であり，例えば John F. Fitzgerald と John R. Kayser はその共著論文で，*Lord of the Flies* の主題を「原罪としての傲慢」と定義している[38]．*The Spire* においても，既に Milton を引用して触れた「傲慢のシンボルとしての尖塔」をここで再び考えると，Boyd も指摘しているように主人公の罪の中心をなすのはこの傲慢であると言えよう[39]．この主人公を尖塔建設に駆り立てるものは，純粋な信仰心であると同時に自己顕示欲，過度の自己愛

でもあり，それは尖塔の頂上に立つことによって神と同等であろうとする彼の傲慢と根底でつながる．彫刻家 Gilbert に自分の顔を彫らせるに際して，実物と異なる点を細かく指摘すること（23-24）も，彼の自己顕示欲と，自己の真の姿に対する不理解の両方を表す．純粋な信仰という次元でさえも彼が自分は「神の仕事」をしているとか，神によって「選ばれた」とかいった確信を持っていることそれ自体が，傲慢という罪を犯していることになろう．

　Jocelin が尖塔の頂上を好むことは，自らを神と同一視したいという意思の表れであると同時に，地上での雑事からの逃避という意味を持つ．次第に彼は人を避けるすべを身につけ，塔に関する仕事以外の一切を回避するようになる（98）．しかしこのことも，自分は神の仕事をしていると考える傲慢と同根であり，彼の中で完全に分離した「上」と「下」即ち「聖」と「俗」という図式において，自らは「聖」にのみ関わろうとすることで彼の自己満足は保たれているのである．こうして彼は半分以上完成した尖塔の頂上から下界の民衆を見降ろして，この堕落した俗世間の中にあって，大聖堂だけが救済をもたらし得る「方舟」であると考える（107）．このこともやはり彼の傲慢に端を発する事実であり，ここでも彼は自己を神と同一視しようとしているのである．

　このように常に高所を好む Jocelin とは対照的に，棟梁 Roger は塔が高くなるにつれて高所恐怖症に苦しむことになる（114）．この塔がイングランドで最大のものであれば当然，この高度はこの国では前例のないものであり，Roger 自身経験のない高さということになる（116）．彼は次第に現場を一番弟子の Jehan に任せるようになる（123）．この高所恐怖症であるという事実と，Goody との密通をめぐって妻 Rachel に弱みを握られたことからいつしか恐妻家に成り下がったことで，この棟梁は部下であるはずの作業員たちから笑いの対象にされる（142 ff.）．

　しかしながら Roger のこの恐怖は，「上」を志向する Jocelin の傲慢と対照をなすものであり，つまりは傲慢の罪を犯すことに対する無意識の洞察から来る恐怖とも考えられる．Goody との姦通に代表されるように，地上的な罪人であるこの人物は一方で主人公に対する「預言者」として Simon, Nathaniel

第5章　*The Spire*——痛みと重さ，或いは高所恐怖症　　83

と同一線上に置くことも可能なのである．そしてまた，その洞察した真実を主人公に伝えることが果たされずに，主人公の犠牲となって行くという点でも，Golding の小説のさまざまな「預言者」と相通じるものがあると言えよう．Boyd もまた，Roger という人物の両義性即ち「地上性」(earthiness)と「創造性」(creativity)を指摘している[40]．この建築家はやがて，恐怖と失望からアルコール依存症となり，果ては狂気の末自殺未遂に至る．そのころの彼には，Jocelin の観察によると，もはや生への執着はなく，むしろ死を望んでいるが，「落ちること」への恐怖は残っている (144)．*Pincher Martin* において主人公 Martin と Nathaniel という二人の人物を通して Golding は，自己顕示欲が棄てきれずに生に執着する前者と，自己主張の放棄，神への「自己譲渡」という形で死と向かい合う後者との対比を描いている[41]．この前者の意味での生への固執は，小説家自身の言う「原罪としての我執」[42]につながる．Roger はそれを既に放棄している故に，彼が恐れている「落下」は高所から「落ちること」で自分が生命を失うことではなく，人間としての自己に与えられた地上という空間を離れることで「傲慢」という罪を犯すことによる「堕落」なのである．従ってこの人物は，Simon から Nathaniel に続く「預言者」或いは「救済者」でしかも「犠牲者」である人物の系譜に属すると考えられる．

　この「落下」の危険性は当然，罪そのものの重さ，また傲慢の高度に比例する．これはそのまま *Free Fall* の主題でもあった[43]．Milton の叙事詩においても Satan は，傲慢のためと，かつての地位が高すぎたために堕落したことになっている[44]．物語の後半で400フィートまで完成した尖塔は，地盤の弱さばかりでなくその自重を4本の柱が支えきれないという理由によっても，崩落の危機に晒されることになる．地盤や支柱の強度にふさわしい規模を遙かに越えて高くなった尖塔は，その自らの高さ，重さの故に落下する危険性と背中合わせになったのである．確かに工事の途中で強度の不足に気付き，鋼鉄の補強を施してはいる (122) が，これによって費用が嵩んだばかりでなく自重をも増加させ，結果として崩落の危険も増すことになった．後半の4章では，完成した尖塔は既に「まだ落下していないこと」自体が一つの「奇跡」になってい

る．

　一度は Jocelin はこの塔を1000フィートまでにしたいと考えていた（106）．その頃の彼は，自分はこの尖塔の「重荷」を信仰によって支えられるが，信仰を持たない Roger にはそれが苦痛であろうと思いこんでいた（104）．しかしその完成と時期を同じくして，視察官の来訪など主人公に自己認識を促すいくつかの出来事があった．Jehan は彼に，この高さでは誰もが正気ではいられないこと，これほどまでの高さにさせたこと自体が狂気の沙汰であることを語る（146）．またそれまで「無知」であったが故に知らなかった事実，即ち Goody や Pangall をめぐる真実が，あたかも断片的な記憶がつながるかのように彼の中で明らかになる（156）．これが第 8 章の末尾であり，この後の 4 章は彼の自己理解の物語となる．

4．Jocelin の自己理解

　冒頭で触れたとおり，*The Spire* を小説家 Golding の転換点と考える批評家は多い．*Lord of the Flies* から *Free Fall* までの四作品は，罪と救済の問題，即ち主人公が自らの内面の「原罪」を認識するに至るまでの過程という，中世道徳劇にも通じる「寓話」的な要素を持っていた．主人公は当然，ある意味で万人的な人物でなければならなかった．Ralph，Lok 及び Tuami，Martin，Samuel 等には確かにこのような側面があった．しかし Jocelin をこれらの主人公と比べた場合，この参事長には彼らほどの万人性がない．この尖塔建設物語はあくまでも個人の経験を扱った「小説」であり，万人の代表を描くことによって万人に真理を説く「寓話」ではないのである．先行作品での，熱帯の孤島や先史時代，絶海の岩礁や芸術家の内面といった「特殊な」設定は，日常的な社会における人間の行動様式よりも人間の本質を描くための「特殊性」であった[45]．しかし *The Spire* の中世の大聖堂という設定は，Jocelin という個人を描くための「特殊性」でしかない．この主人公の経験には，帰納法的に万人に適用できるだけの一般性がない．前四作が「寓話的小説」であるとすればこの作品は「小説的小説」であると言えよう．

第5章 The Spire——痛みと重さ，或いは高所恐怖症　85

　また The Spire の主題がそれまでの作品と同様主人公の自己理解の過程であることについても冒頭で既に触れた．啓示によって尖塔建設という「神の仕事」に着手した Jocelin は，やがて塔が完成した暁には自分が神によって「選ばれた」訳ではなかったことを知る．このような，真実の知覚による「我執の消滅」[46] は，前作での Samuel の経験と共通する．

　自らを「神に選ばれた」人間と考える当初の Jocelin は，自分が冒されている何らかの致死的な病気[47]の症状である「脊椎のぬくもり」を「天使の訪れ」と信じている（22 ff.）．この小説は時間の経過通りに，物語が直線的に語られる故に，主人公の病状の変化の過程も明確に判る．勿論この時点で彼は，この「天使のぬくもり」が不治の病であることなど知らない．彼のこの天使は，その後少しずつ間隔を狭めながら彼の背中を訪れる（50, 55, 64, 106, 121, 123）．やがて毎晩欠かさず現れるようになり（146, 150），ついには時折いなくなる（154）他は常にそこにいるようになる（153）．この間に一度「首から後頭部に熱湯が走る」ような症状があり（78），また時折は「天使」から「悪魔」即ち「ぬくもり」から「痛み」に変わる（96）．こうして彼の病状は一進一退を繰り返しつつ，尖塔建設と並行して進んで行き，「天使」と「悪魔」が戦うようになり（138, 152, 171），最終的には悪魔のみになる（171, 177）．

　C. S. Lewis は「痛み」の第一の機能を，「全てが都合よく行っているという幻想を否定する」こととしている[48]．この幻想は傲慢，強欲，独善に結びつき，神への自己譲渡の障害となる．そしてその自己譲渡には当然痛みを伴うと Lewis は言う[49]．Jocelin の「天使」はまさにここで Lewis の言う幻想としての独善に当てはまる．この主人公の「痛み」の知覚はこの幻想の否定であり，それは言い換えれば自己をめぐる真実の知覚の痛みである．彼の痛みは Pincher Martin の主人公が経験する痛みと同じ機能を持つ．Jocelin が痛みの経験を通して洞察力を得ていることは Boyd が既に指摘している[50]．彼はその病状の最終段階で「悪魔」の存在即ち痛みが継続的になった頃，その痛みが途切れるわずかの時間に真実の自己を顧みるに至る（199）．そしてその結果，自分が一つの目的のために利用しその犠牲となった Roger に会うことを決意する

犠牲者としてのRogerはまた，Dicksonも指摘しているように，Jocelinに真実を知覚させる役割を果たしている[51]。Jocelinは「許しを乞うために」，「痛みと恥を忍んで」Rogerに会いに行く（211）。真実を知覚したこの聖職者は，この前の場面でもFather Anselmに対して「自分の行いよりも自分のあり方自体を」詫びている（203）。かつての名建築家と向かい合うに際しても，「痛み」と「恥」を知覚していること自体，この時点で既に彼の内面では肉体的痛みと精神的痛みが同一化していることを表している。

　廃人と化したRogerに向かってJocelinは，塔はいかなる手法で建ててもいつの日か必ず崩落すると言っている（208）。奇跡，信仰によって塔を建てようとした彼がこのようなことを言うのは，勿論信仰を失ったためではなく，むしろ逆に神の永遠性に対して人間の作り出すものの無常性，人間の創造力の限界を理解している証拠と言えよう。これは言い換えれば傲慢の克服，神に対する自己卑下，自己譲渡ということになる。同時に彼は，自分が偉業を遂行していたつもりが単に破滅をもたらしたに過ぎなかったと認めている（209）。さらに彼はRogerに向かって，Goodyが自分にとって何だったのかを尋ねるがこの答えは得られない（210）。このあたりで読者は，彼が自分の犠牲者に対して許しと言うよりもむしろ慰め，救済を求めていることに気付く。その頃彼の身体は，「悪魔の黒い翼」に背後から叩きのめされ（212），「その翼の間から，恐怖が降りかかる」のを知覚する（213）。こうしたことに促され，彼は最終的にGoodyを殺したのは自分だという認識に至るが，それを告げると怒りを覚えたRogerによって階下に突き落とされ，さらに追い打ちをかけられるかのように通りで民衆から袋叩きにされる（215）。この具体的な「痛み」の経験もまた，結果としてJocelinの認識をより促進させることになった。

　彼の自己理解はこれだけにとどまらない。彼は次第に遠くなる意識の中で，もはや尖塔には関心がなくなり（218），自分の死を受け入れる準備をする（219）。またここで同時にこの人物は「地下室」の心象風景を持ち，その恐怖に精神錯乱状態に陥る。Hynesはこの場面を，主人公がその不潔な地下室と

自己を同一視していることから,彼の自己譴責として解釈している[52]. この地下室というイメージは,Golding の小説で繰り返される「人間の内面の闇」つまり「原罪」を言い換えたものである. *Lord of the Flies* の少年たち,特に Ralph は最後の場面でこの「闇」を知覚せざるを得なくなったことを悲しんで泣く[53]. 続く *The Inheritors* では,やはり最終章で Tuami が自分の進んで行く先の「闇」を見据えている[54]. 或いは *Free Fall* において,Samuel がナチスによって投獄された独房で知覚する恐怖もこの種の闇に対するそれである[55]. このいわば自らの内面の「蝿の王」を知覚することによって,Jocelin は「無知」から「啓示」への移行を完了する. さらにこの聖職者は,Johnston が指摘しているように,先行作品の主人公が到達し得なかった認識,即ち内面の闇を知覚するだけでなく,複雑化し混乱した世界に直面し,それを受け入れている[56]. ここで言う複雑化し混乱した世界とは,聖と俗,善と悪が明確に区切られ得ず,互いに矛盾を孕みつつ両義的に混在する世界である. 従ってこの認識は二重の意味で Jocelin にとっての「救済」となっている. 一つはこれまでの作品の主人公と同様,内面的悪を認識することによって救済への過程が始まるということである. 現代人は神にとって忌わしき悪であり,そのことを聖人は心得ている故,聖人が自らを悪と称したときそれは真実であると Lewis は述べている[57]. もう一つは,善と悪が明確に二分化され得ないということは,自らを悪として認識している彼さえも完全な悪ではあり得ないということである. Jocelin は自分を「道化」と認め,尖塔建設を愚行と認識するに至るが,以上のことを考えればこれも完全な愚行とは言い切れない.

5. 結論——不完全なる者たち

Follett の *The Pillars of the Earth* では,大聖堂は永続的でなければならないと修道士 Philip が言う[58]. この思いは当初の Jocelin も同じであっただろう. しかし最終的に彼は Roger に向かって,尖塔は「まだ崩落していない」と言う (208). ここでこの主人公は,尖塔の有限性を認識しているだけでなく,近い将来必ず崩落するであろうことを予期している. 彼の抱く崩壊の不安はつ

まるところ，Roger の高所恐怖症に等しいと言えよう．さらに彼は，死を受け入れる心の準備を終えた頃，自分ばかりでなくあらゆる人間の無常性を実感している (221)．しかしながら物語の最後まで尖塔が崩れることなく建っているという事実は，有限であり不完全でありつつさまざまな矛盾を抱えて存在する人間のあり方を象徴していると言えよう．Follett において Tom Builder は，大聖堂は完全でなければならないと言っている[59]．しかしこの大河小説の聖堂は崩落し[60]，一方で Jocelin の尖塔も崩壊を予期させつつ辛うじて建っていることが示すとおり，およそ人間の手によるものに永続性はあり得ない．土台を持たない不完全な尖塔がシンボライズする人間の不完全性，脆弱さ，矛盾に満ちたそのあり方に，Roger は無意識の洞察をしていたのに対して Jocelin はこの経験全体を通して認識に至ったのである．人間の生は傾きかけた建築物であるという Father Anselm の言葉（190）は，この尖塔と主題との繋がりを簡潔に示していると言えよう．

　信仰の象徴であるはずの尖塔が，Jocelin の地上的な欲望と異教徒である建築家たちの手で建てられたという事実それ自体も，およそ人間の手によるものに，完全に無垢な作品などないというこの主人公が死の間際に至った認識 (222) に呼応する．Hodson もまた，この作品が最終的に「無垢と完全性は人間の置かれた条件と両立し得ないこと」，また「無垢と完全性を求めて格闘する衝動が人間の悲劇的運命であること」を暗示して終わっていると指摘している[61]．この批評家は同時に，The Spire において Golding が，先行作品の主人公たちのような悲劇的な自己認識から，悲喜劇的な自己認識に移行していることにも触れている[62]．一方で Boyd は，最終的に絶望した Jocelin が，そこに人間の状況をめぐる悲喜劇を見ていると述べている[63]．Johnston はこの二人とは対照的に，Jocelin が（前作で Samuel が達成し得なかった）悲劇的意義即ち世界の混乱に直面し，それを受け入れることに到達していると評している[64]．しかしながらこの主人公が至る認識，或いは彼が認識に至ることそれ自体が悲喜劇であるか悲劇であるかよりも，完全な無垢や完全な善性，或いは永続性など，あらゆる完全性が人間の世界にはあり得ないという認識に彼が至

っているという事実の方をここでは重視したい．聖職者も芸術家も当然のことながら地上的な人間に過ぎず，大聖堂もまたそういった人間たちの作品であるという当たり前の認識に，この主人公は最終的に到達しているのである．McCarron は Jocelin が結果として，人の生は無垢と罪，美と血，それぞれの双方に深く根ざした奇跡であるという事実を理解していると述べている[65]．この事実はそのまま，あらゆる矛盾を抱え込んだまま建設され，不安定に揺れながらも辛うじて崩壊せずに建っている尖塔が暗示する真実そのものである．

　ヴォルフガング・タイヒェルトは大聖堂の尖塔が持つ垂直原理の一面的奨励即ち権力志向と物質の否定と言った意味に注目し，尖塔が表わす人間の高所志向を「大聖堂意識」と呼んでいる[66]．この言葉は当初の Jocelin が抱いていた傲慢，自己顕示欲を的確に言い当てていると言えよう．主人公のこの意識と対比されるのが，Roger の高所恐怖症である．無知であった Jocelin が理解するべき真実は，小説中で以下のモチーフによって提示されている．即ち「背中の悪魔」として暗示される人間の脆弱さ，不完全さの象徴であり同時に真実を知覚する苦しみのメタファーである「痛み」，大聖堂の中心をなす柱やそれを支える地面が耐え得ない尖塔の重量という形で示される原罪の「重さ」，そして高所志向として描かれる傲慢の対極にある洞察，或いは自己認識としての「高所恐怖症」である．

　The Spire は確かに，最大公約数的エヴリマンではなく，Jocelin という「特殊な個人」を扱っている．この意味でこの作品は先行作品と比べて，より寓話的でなく，つまりより小説的になっている．しかしながらこの主人公が最終的に至る認識は，内面の「蝿の王」の知覚という先行作品でも扱われていた人類普遍の問題である．Lord of the Flies でその「蝿の王」の知覚を描いた Golding は，続く The Inheritors で最初に「蝿の王」を知覚した人類を扱い，Pincher Martin でその知覚に至ることなく死を迎えた人間の煉獄とその経験の後に来る真実の「死」について語っている．その後 Free Fall でその知覚の瞬間の探求と，その知覚の次に至るべき「愛の創造」という段階を提示している．この後に来る The Spire では，原罪の認識や創造性といった明確化され

た形ではなく，同じ問題をより個人の内面に焦点を当てて，両義的で矛盾に満ちた不完全な世界と対峙する一つの方法を示していることが以上の考察から明らかになろう．従ってこの尖塔の物語は，小説家 Golding の新たな局面であると同時に，*Lord of the Flies* 以来続くこの小説家の「伝統」の中に位置づけることができるのである．

註
1) William Golding, *The Spire* (London: Faber and Faber, 1965). テクストからの引用はこの版の該当頁数を本文中に（　）で示す．
2) Malcolm Bradbury, 'Crossing the Lines', in *No, Not Broomsbury*, p. 342; James Gindin, *William Golding*, p. 112; Leighton Hodson, *William Golding*, p. 96 他．
3) 小説中では Anthony Trollope の連作の舞台となる街の名前「バーチェスター」（ウィンチェスターもしくはソールズベリーをモデルにしていると言われる）を借用しているが，Golding がソールズベリー大聖堂を想定して書いていることは明らかである．詳しくは Golding のエッセイ 'An Affection for Cathedral', in *A Moving Target*, pp. 9-19 を参照のこと．実際にソールズベリー大聖堂は1220年から'58年にかけて建築され，尖塔の部分はおよそ半世紀後に増築されている．そのため本体部分は初期イングランド式ゴシック，尖塔部分は装飾ゴシックというように，建築様式が異なっている．また Golding 自身は Trollope のバーチェスターをソールズベリーと考えているが，*The Spire* への Trollope の直接的影響については否定している．このことについては James R. Baker, 'An Interview with William Golding' (5 June 1981), p. 153 を参照されたい．
4) このことについては Kevin McCarron, *William Golding*, p. 21 参照．
5) Norman Page (ed.), *William Golding: Novels, 1954-67*, pp. 28, 151. 当初から *The Spire* を評価していた批評家として，他に P. N. Furbank も挙げられている．
6) Mark Kinkead-Weekes, Ian Gregor, *William Golding: A Critical Study*, p. 257.

7) Hodson, op. cit., p. 88.
8) Arnold Johnston, *Of Earth and Darkness: The Novels of William Golding*, p. 82.
9) Samuel Hynes, *William Golding*, p. 40.
10) Howard S. Babb, *The Novels of William Golding*, p. 135.
11) Page, op. cit., p. 13.
12) L. L. Dickson, *The Modern Allegories of William Golding*, p. 76.
13) McCarron, op. cit., p. 24.
14) Kinkead-Weekes, Gregor, op. cit., p. 255.
15) Eric Smith, *Some Versions of the Fall*, p. 169.
16) McCarron, op. cit., p. 22.
17) Hodson, op. cit., p. 89, Boyd, *The Novels of William Golding*, p. 98; Dickson, op. cit., pp. 76, 95; McCarron, op. cit., p. 22.
18) Philip Redpath, *William Golding: A Structural Reading of His Fiction*, p. 214.
19) Don Crompton, *A View from the Spire: William Golding's Later Novels*, p. 1. 本書の表題が暗示するとおり，Cromptonは *The Spire* を Goldingの「後期作品」の始まりと定義している．
20) Boyd, op. cit., p. 83.
21) Ibid., p. 84.
22) Ken Follett, *The Pillars of the Earth* (London: Pan, 1990).
23) Ibid., p. 259.
24) Ibid., p. 311.
25) Ibid., p. 800.
26) この奇跡については小説家自身が詳しく述べている．Golding, 'An Affection for Cathedrals', p. 17.
27) John Milton, *Paradise Lost*, Book V, ll. 757-766; in *Milton: Poetical Works*, ed. Douglas Bush (Oxford: Oxford University Press, 1969), p. 316.
28) Dickson, op. cit., p. 82.
29) Boyd, op. cit., p. 89.
30) Kinkead-Weekes, Gregor, op. cit., p. 204.
31) Ibid., p. 212.

32) Follett, op. cit., p. 312.
33) Ibid., p. 1071.
34) 尖塔とファルスの関連については既に多くの批評家が指摘している。Hynes, op. cit., p. 41, Boyd, op. cit., p. 85 他。
35) Follett, op. cit., p. 300.
36) Hynes, op. cit., p. 43.
37) Frederic R. Karl, *A Reader's Guide to the Contemporary English Novel*, p. 255. なお、Golding と Camus の主題の共通性については本書第4章で *Free Fall* と *La chute* の比較を通して言及しているのでここでは繰り返さない。
38) John F. Fitzgerald, John R. Kayser, 'Golding's *Lord of the Flies*: Pride as Original Sin', in *Studies in the Novel* Vol. XXIV, Spring 1992, pp. 78-88. またこのことについては本書第1章でも触れているので参照されたい。
39) Boyd, op. cit., p. 89.
40) Ibid., p. 92.
41) *Pincher Martin* のこの主題については本書第3章第4節を参照のこと。
42) John Carey, 'William Golding talks to John Carey', 10-11 July 1985, in *William Golding: The Man and his Book*, p. 174.
43) 本書第4章第4節参照。
44) Milton, *Paradise Lost*, Book IV, ll. 39-53; op. cit., p. 276.
45) Gindin は Golding の人間の個別性への関心の希薄さを、また Bradbury はこの作家の社会的な人間の行動様式や社会的モラルへの、同様な関心の希薄さを指摘している。Gindin, op. cit., p. 112. Bradbury, *The Modern British Novel*, p. 327.
46) Kinkead-Weekes, Gregor, op. cit., p. 232.
47) Bernard F. Dick はこの症状を「結核性脊椎炎」、Virginia Tigar は「おそらくは梅毒」と考えている。詳しくは坂本公延『現代の黙示録 ―ウィリアム・ゴールディング』p. 118 参照。但し坂本はここで、いずれの見解も「いらざる詮索」であるとしている。確かにこの場合 Jocelin の病名それ自体はあまり重要ではない。
48) C. S. Lewis, *The Problem of Pain*, p. 76.
49) Ibid., pp. 78-9.
50) Boyd, op. cit., p. 101.

51) Dickson, op. cit., p. 88.
52) Hynes, op. cit., p. 42.
53) Golding, *Lord of the Flies* (London: Faber and Faber, 1958), p. 223.
54) Golding, *The Inheritors* (London: Faber and Faber, 1961), p. 233.
55) Golding, *Free Fall* (London: Faber and Faber, 1961), pp. 182-4.
56) Johnston, op. cit., p. 80.
57) Lewis, op. cit., p. 54.
58) Follett, op. cit., p. 100.
59) Ibid., p. 13.
60) Ibid., p. 725.
61) Hodson, op. cit., p. 99.
62) Ibid., p. 109.
63) Boyd, op. cit., p. 98.
64) Johnston, op. cit., p. 80.
65) McCarron, op. cit., p. 24.
66) ヴォルフガング・タイヒェルト『象徴としての庭園――ユートピアの文化史』岩田行一訳（東京：青土社，1996), pp. 143-4.

第6章　*The Pyramid*
——成長の痛み

　The Pyramid[1]（1967）を高く評価する批評家は少なく，1993年6月21日の *The Times* 紙上でも「決して名作のひとつではなく」「どちらかと言えば取るに足らない」作品であると酷評されていた．これは Golding の小説としては初めてと言ってよい「日常的」設定の作品であり，全体の構成も先行作品とは大きく異なっている．*Lord of the Flies, The Inheritors, The Spire* が全12章，*Pincher Martin* と *Free Fall* が全14章で構成されていたのに対して *The Pyramid* は全体が3部構成であり，第1部では大学進学前の18歳の主人公 Oliver が，第2部ではオクスフォードで第1学期を終えたこの青年が，第3部では40歳代半ばにさしかかった彼が，それぞれ一人称で語る形式になっている．Mark Kinkead-Weekes と Ian Gregor は小説全体としては必ずしも成功していないがその中で第3部が最も成功していると評しており[2]，Kevin McCarron もまた第3部の語りが最も洗練されていると述べている[3]．James Gindin は（*The Spire* でなく）この作品を Golding の転換期と考えていて，初期作では人物よりもアイデアに関心があったのに対して *The Pyramid* では「人物を描くための小説」に転換していると論じている[4]．一見したところ先行作品との関連性が希薄なこの小説はしかしながら，*Lord of the Flies* から *Free Fall* に至る流れの延長線上に位置づけることも可能であろう．処女作では文明国に育った少年たちが原始的自然の中に放置されたことによって，それまで文明によって「隠匿」されていた人間の本性との対峙を余儀なくされる物語であり，一方の芸術家の独白は少年時代にそのような経験をすることなく文明国の大都市で成長した主人公が，学校生活，女性関係，戦争体験，芸術活動などを通して自己の内面に潜在していた本性を認識する物語である．いずれの作品においても主人公が人間の内面に潜在する「蝿の王」を知覚する過程を描

第6章　*The Pyramid*——成長の痛み　95

いているが，*Lord of the Flies* では「非常に特殊な」経験を通してそれが達成されていて，*Free Fall* では「どちらかと言えば特殊な」経験からそれが遂行されている．それに対して *The Pyramid* ではそのような特殊な経験を持たなかった主人公が，英国の田舎町での成長過程における日常的体験を通して自己の内面の真実を認識するに至る過程が扱われている．Arnold Johnston はこの作品の「音楽と愛」という主題の組み合わせを重要視しており[5]，McCarron はこれを「階級，性，音楽」を扱った小説と見なし[6]，また Don Crompton も「階級，愛，音楽」という三つの主題を指摘している[7]．これらの主題は同時に，主人公の成長というこの作品の枠組をなす中心的主題と密接に関わっていて，特に社会（階級），愛（家族及び性），科学と芸術（化学と音楽）という三つのモティーフを根底で結びつけているのは「成長の痛み」という問題なのである．この意味において，この小説は他の Golding 作品とも優れて一貫性を持つと言えよう．

1．閉じられた世界としてのスティルボーン

　D. H. Lawrence は Thomas Hardy の小説を評して次のように述べている．即ち，その多くで「因襲という壁に囲われた安全圏を脱出した人間が荒野で死ぬ悲劇」を扱っていて，主人公はその因襲の内部にいる限り安全であり幸福であるが，自我の欲望に目覚めるとこの安全を牢獄と感じるようになり，そこから逃げ出せば死ぬ運命にある．その運命は孤独に耐えるだけの強さの欠如に起因するか，もしくは抜け出したコミュニティからの直接的復讐であるという[8]．*The Pyramid* の舞台となるイングランド南西部の田舎町もまたメタファーとしての壁に囲われた因襲的世界であり，そのスティルボーン（Stilbourne）という名前は「淀んだ小川」の意味を伝え，しかも音声としては「死産」（still-born）の意味を共鳴させる．主人公 Oliver はこの因襲的世界の中で育ち，そこを大学進学という形で脱出するが，小説中にはオクスフォードでの主人公の生活への言及が一切なく，また成人後の彼のスティルボーンの外での社会生活，家庭生活についても一切語られない．物語の根幹をなす Oliver の成長と学習

は，McCarron も指摘しているとおり，すべてこの田舎町の内部で行なわれているのである[9]．しかしながらこの主人公は，一度この因襲的世界の外に出て，外側からこの世界を見つめ直すことによって初めて，この世界をめぐる真実を理解し，さらにその理解を通して自己の内面の真実をも認識することになる．

　第一部の Oliver は因襲的世界の内部しか知らない．冒頭で 5 歳上の片想いの相手 Imogen の結婚が決まり，その失恋の痛手をピアノ演奏で紛らわせているところへスラムに住む「町で話題の娘」Evie Babbacombe が訪ねてくる．Oliver の隣に住む同年の Bobby Ewan とドライブ中に無断借用していた車（個人音楽教師 Miss Dawlish 所有のもの）を池に落としたため，その引き上げを手伝って欲しいと言う．Bobby の父は医者であり，Oliver の父はその下で働く薬剤師であるという関係上，また Bobby の痩身で背が高く，貴族的な顔つきであること (17) のために，この主人公は彼に対して常に劣等感を抱いている．夜中に呼び出されて Bobby を助けるために Oliver が出かけていった理由は勿論，Evie に恩を売って彼女に近づこうという下心である．彼の中では，聖なる美としての Imogen と俗なる欲望の対象としての Evie が対照的に存在している (16)．しかしながら前者の偶像化は彼がこの狭い世界の内部しか知らないことと，彼がまだ性的に未熟な段階にあることに起因する．

　作者自身が対談の中で，この三部構成の小説の「ソナタ形式」について触れている[10]．余暇にはピアノ，ヴァイオリン，チェロを演奏し音楽に造詣の深かった Golding は第二部の演劇のエピソードを「諧謔曲」と称し，第三部は Miss Dawlish の様々な局面という一連の変奏曲であると説明している．第一部についてはここでは言及がないが，このように考えれば「第一楽章」は「提示部」「展開部」「再現部」によって構成されているはずであり，伝統的なソナタ形式では「提示部」で主音調の第一主題と属音調の第二主題が提示され，「展開部」ではこれら二つの主題が多様に表現され，「再現部」で主音が再び強調され，提示部の主題が再現されることになっている．この形式に当てはめて考えると，主音調の第一主題は 18 歳の Oliver が抱える様々な劣等感，属音調の第二主題は Evie との関係ということになろう．Imogen への報われない片

恋もその一つであるが，階級や外見といった自分で選択できない要素をめぐっての Bobby に対しての劣等感，また Bobby と Evie が既に性的関係を持っていると思いこんでいる Oliver は，彼女に対して階級的優越感と性的劣等感が入り乱れた複雑な感情を抱いている．この主人公はショパンの練習曲ハ短調25番の12を弾きこなすほどにピアノに優れているが，彼にとってピアノは数少ない自己表現の手段であり，このような劣等感がその原動力になっていることは想像に難くない．

スティルボーンは明らかに Golding の出身地モールバラをモデルにしていると McCarron は言う[11]．このことについて Golding 自身は対談の中で，モールバラの要素をいくつか含めてはいるがモールバラよりは遙かに小規模の町であると言っている[12]．McCarron は勿論，Golding のこの発言をふまえて言っているのであるが．前作 *The Spire* の舞台となった大聖堂のある街バーチェスターがスティルボーンの最寄りの鉄道駅がある都市となっていて，前作のバーチェスターが現実世界のソールズベリーを想定していることは明らかであり，そうなるとスティルボーンもそこから遠くないウィルトシャーの丘陵地帯のどこかということになる．実際のモールバラはソールズベリーからいささか遠すぎるが，虚構の中のスティルボーンはデヴァイジズにもそれほど遠くないことが作品中で暗示されている (180) こともあり，モールバラを原型としたバーチェスターに近い架空の小さな町と考えるのが自然であろう．スティルボーンの町外れには「古い橋」(the old bridge) と呼ばれる石橋があり，ここを越えると因襲的世界の外に出ると Oliver は考えている．*The Spire* に「スティルベリーの新しい橋」が登場する[13]が，Crompton はこの「スティルベリー」が後にスティルボーンになり，「新しい橋」が「古い橋」になったと推測している[14]．一方 *The Pyramid* にもスティルボーンの外れの丘から見えるバーチェスター大聖堂の「尖塔」への言及がある (97)．但しババクームやドーリッシュといったデヴォンを彷彿とさせる姓（いずれもエクセターからトーキーにかけての海岸沿いにある地名）を作品中に登場させていることもあり，読者は必ずしも作品の世界をウィルトシャー，モールバラに限定して考える必要

はなく，むしろイングランドの田舎町のどこにでもある因襲を扱っていると考える方がよいかも知れない．スティルボーンがモールバラを基にして描かれていることを論証しようとする批評家たちは勿論，この小説が Golding の自伝的小説であると考えているのであろうが，確かにこの作家の作品中最も作者と主人公の距離が近いということは言えるかも知れない．しかしながらそこに描かれるディテイルがいかに作者の実体験に基づいているかを検証することはこの場合あまり意味がない．むしろごくありふれた因襲的世界の中に生まれ育った平凡な主人公（少なくとも先行作品の主人公ほどに特殊な経験をしないという意味において）を扱っているとここでは考えたい．

　ここは大抵の英国の狭い地域社会が伝統的にそうであるように，階級が過度に意識される世界である．表題の「ピラミッド」は *Free Fall* において語り手 Samuel が自分の階級意識に言及するときに用いた「我らが社会的ピラミッド」という言葉[15]を読者に思い出させるが，第一義的にはこの表題は勿論英国の階級社会の構造を意味する．S. J. Boyd はスティルボーンにおける神の不在とその代償の信仰対象としての階級の存在を指摘している[16]．Oliver の母もこの町の女たちの例に漏れず階級の上下に極めて敏感であり，また町の人々の醜聞にも精通している．このことはこの町における知的生産性の欠如を象徴するものであり，「死産」を暗示するこの町の名前の通りここには創造的要素が決定的に欠けているのである．この事実は特に第二部における町の素人歌劇団「スティルボーン・オペラ・ソサイエティ」（略称 SOS）による *King of Hearts* 上演の際に如実に示される．世界を囲い込み流動性を停滞させ腐敗を引き起こす「壁」としての因襲の最たるもののひとつが階級なのである．

　Oliver と Evie，そして Bobby の三者の関係にも階級という問題が常に影を落とす．Bobby は幼い頃から，Oliver の父が自分の父の下で働いている故，常に Oliver を自分より下の存在と認識していた（23）．Bobby にとって Evie は単なる遊び相手以上の何者でもあり得ない．一方で Evie にとっては，Bobby よりも Oliver の方が自分との階級の差が小さい分だけ後者の方が利用しやすく，また将来的に結婚相手として手が届く可能性もわずかながら大きい．

第6章　*The Pyramid*——成長の痛み　　99

　少なくともOliverはEvieがそう認識していると思っている（60）．彼女をめぐる事件がきっかけで二人の少年は殴り合い，それはOliverの喜劇的勝利に終わる（31）が，この時にOliverが負った傷は左耳と右目に痛みとして残る（41-2）．Bobbyが空軍訓練学校に入学するため町を去った後，Evieが現れるのを待ち伏せては二人で会うようになったOliverは，いつしかショパンの練習曲を弾くに際してそこにImogenばかりでなくEvieをも含めた「あらゆるレヴェルの熱情のフラストレイション」が込められていることに気づく（50）．そしてその翌日，欲求不満をピアノにぶつけたために彼の右人差し指には激痛が走ることになる（同頁）．また訓練学校から帰省したBobbyがEvieと会っているときに二輪車で事故を起こしたこと，さらにImogenの挙式が数週間後に迫ったことが両親との話題に上った時に彼は，苛立ちに任せて左手でピアノの鏡板を叩き割る（67）．この後Evieと強引に性的関係を結ぶことになるが，この時には左手の指間接が無様に腫れ上がり，腕全体を刺すような痛みが走る（72）．その日の晩にはこの痛みが左腕が痙攣し脈打つような痛みになる（76）．これらの痛みが成長過程で経験する通過儀礼的痛みの代表であると同時に，階級と性双方をめぐるこの主人公の屈折した劣等感と優越感の狭間での葛藤の暗喩であることは想像に難くない．

　父親はOliverの手の傷に薬を塗る（74）．この父親はEvieからも相談を受け（93），また日頃から町の人々の様々な相談事を一手に引き受けている（94）．このような父親の姿はOliverの目には「スティルボーンのすべての病のための処方箋を書いている」と認識される（100）．Johnstonはこの地域社会をめぐる問題の核心を，イングランド社会の代表として描かれている人々の「俗物根性，偏狭さ，本質的利己心」であると考えている[17]．このような人間に内在する性質が囲われた世界の内部の腐敗の原因となっているとすれば，この作品はより日常的レヴェルの「蠅の王」を扱っていると言えよう．原罪としての「蠅の王」は原始的自然という環境の中では獣性への回帰，生存のための他者の排除という形で顕在化するが，日常的世界においては俗性，非寛容，利己心という形で現れるということである．その中において一人Oliverの父だけが

このことを認識していて，それでもこの人物は芸術家ではないのでその真実を表現，伝達することは出来ず，ただその「日常的蝿の王」の結果としての疾病に対する処置を施しているのである．またこの父親については Oliver が Evie と丘の斜面で関係を結んだところを双眼鏡で見ていたこと（99），また Evie がロンドンに行くとのニュースを聞いたときの反応（97）などから，Oliver や町の男たちと同様，彼女を性的な好奇心を持って見ていたという側面が否定できない．

　Oliver の Evie に対する傲慢もまた，彼の内面の蝿の王が腐敗した人間社会の中で顕在化したものと考えられる．彼の中での Imogen と Evie の二極化は階級意識と密接に関連している．この両者は聖と俗という女性の二面性をそれぞれ体現しているが，当初の Oliver にはそれが互いに通底する要素であることが認識できていない．女性の聖なる美はその女性の中に俗性が存在することによって初めて客観的に認識され得るものであり，その逆もまた真である．Oliver の性欲，煩悩はやがてこの両者を同一視する動因となるが（56），それでも Imogen を偶像化することと Evie を性欲処理の道具として認識することを止めるに至るまでにはもう少し時間がかかる．特に後者については，この閉鎖的社会の中で階級という言語によってのみ人間を語ろうとしている限りは，彼女を人間として認識することが出来ないのである．

2．近代科学と芸術

　この小説においては近代科学と芸術という二律背反の問題が重要なモティーフのひとつとなる．これは *Free Fall* における合理主義と信仰という対立の図式と呼応する．Oliver は大学進学に際して化学と音楽という二者択一を迫られ，Miss Dawlish や父親の助言もあって彼は前者を選択する．Miss Dawlish は「金を稼ぐなら自動車修理工になりなさい．私は死ぬまで音楽の奴隷だけれど」と言い（193），父親は近い将来の蓄音機，ラジオの普及が音楽家から職を奪うことになるとの予想から自然科学を勧めている（197）．このことの背景には父親自身がヴァイオリンを弾き，しかも職業としては薬剤師を選んだという

結びつくことに対して危惧を抱いているのである．Oliver 自身もまた，Evie が何気なく口ずさんだ「ラジオで毎晩聴く」歌を「大嫌いだ．安っぽくて，取るに足らない」とけなしている（47）．Oliver の父が音楽を「趣味にとどめて」いることも，この薬剤師にとって音楽は真理を表現伝達する媒体ではなく余暇の娯楽に過ぎないということを意味する．彼が言うようにラジオ，蓄音機の普及によって演奏家の居場所が狭められるということは，真理の表現伝達者をより社会の片隅に追い込むということであり，また音楽が一般大衆にとって近づき易くなった分だけその表現伝達手段としての力を弱めているということでもある．本文中では言及されないがおそらくは Bobby への劣等感や Imogen への叶うことのない片恋という「痛み」を原動力として学業にもそれなりに専念したであろう Oliver にとっては，身近に Miss Dawlish という「反面教師」がいることもあり，そのような無力な伝達手段としての音楽を選択するよりも近代科学を学んでその方面で活躍することの方が「まともな」選択に思えたのであろう．

　化学を選択した Oliver はしかしながら，オクスフォードの第１学期を終えて帰省する頃になっても，音楽への未練を完全に断ち切ることは出来ていない（112）．彼は音楽を余暇の営みと割り切ろうとするが，一方で化学を専攻する自分が詩を読んでも理解できないという事実にいささかの焦燥感を覚える（113）．この後に続く素人歌劇団 SOS による *King of Hearts* 上演が結果として彼にとっては芸術への未練を捨て去る決定的事件となる．この舞台はスティルボーンの閉鎖的社会の縮図であり，労働者階級の者たちは参加することが出来ないという不文律がある（114）．出演者たちは自己顕示欲をむき出しにするため配役をめぐる争いが地域社会における人間関係にまで影響し，その修復に時間を要するため数年おきにしか上演することが出来ない（114-15）．母親はヴァイオリンを弾くジプシーの役で Oliver を出演させることに決めており（118-19），練習中に宮廷の場面にも彼を衛兵役で使うことを提案し（127），その階位にまで口を挟む（131）．この上演に当たっては演出家 Evelyn De Tracy を迎えていて，このアルコール依存症で女装趣味のある孤独な人物が

第6章　*The Pyramid*——成長の痛み　103

Oliver にこの世界をめぐるいくつかの真実を教えることになる．主演は Norman Claymore 夫妻，即ち Imogen とその夫であるが，Oliver の Imogen に対する幻想を破壊したのも De Tracy である．彼の観察眼は Norman が Oliver の「恋敵」であることを見抜き，さらに Imogen を「愚かで，鈍感で，虚栄心の強い女」と言い切る (144-46)．このことを言われた後で舞台上の Imogen を見た Oliver は，最早彼女に対して気後れすることもなく，彼女の歌が下手であるという事実，また彼女自身がその事実に対して無関心であるということを冷静に観察する (153-54)．De Tracy 自身が自分のことを Evelyn と呼ぶよう何度か Oliver に促していることもあって，また Oliver の中で彼が次第に「恩人」として認識されるようになっていることもあり，語りの文においても途中から 'Mr De Tracy' が 'Evelyn' に変化している (152 ff.)．この演出家とパブで語り合い，さらに酔いつぶれた彼を介抱しながら Oliver は，この人物が優れた洞察力を有する一方で孤独という痛みを抱えていることを認識し，それまである種の指導者と考えていた彼が実は自分の親友となりうる人物であったことに気づいたということであろう．第1部最後の，いわば楽章終止 (coda) 部分でこの事件のおよそ2年後に同じパブで Evie と再会する件があるが，この語りの中では彼は Mr De Tracy と言及される (106)．しかしながら舞台稽古で出会ってから上演中に抜け出してパブへ行くまでの物語の流れの中では，この箇所で呼び方を変えていることはつまり Oliver の中でこの人物の持つ意味が明らかに変化していることを意味する．

　主人公がこの演出家から受けた影響のうち，Imogen への幻想を打ち砕いたことと並んで重要なことは「壁」を認識したことである．パブで語り合う件で Evelyn は「逃れたいと思っているもの」から「解放される」ために酒を飲むと言う (147)．これを聞いた Oliver は「自分の人生を閉ざす壁について考えて」黙り込む．Evelyn の女装趣味や自己の内面の女性性の容認 (145)，またわずかに暗示される同性愛的性向 (146) などは，この人物が Miss Dawlish と同様社会的因襲という枠組をある程度逸脱していることを示している．それでも彼はその枠組から完全に自由になることは出来ず，酒が与える一時的解放

感に逃避した結果アルコール依存症に陥っているのである．彼もまた芸術家の一人ではあるが，彼の芸術性は SOS の者たちにも聴衆にも理解されていない．彼の芸術性の根幹となる洞察力は勿論，彼の癒やされない痛みの経験から得られたものである．Oliver はスティルボーンの壁に囲われている苛立ちを Evelyn に語るが，それに対して Evelyn は「人生とは無能な演出家による出来の悪い笑劇」だと言う（148）．この人物の空回りする芸術性は結果として，たとえそれが誰にも伝わらないとしても，このことを舞台上で表現し伝達していると言えるのである．

　この一連の経験が Oliver にとって，芸術への未練を完全に捨て去る動機となったことは先に触れた．しかしながらこの主人公が芸術に見切りをつけた理由は二つに大別されよう．即ち，Miss Dawlish を反面教師として既に気づいていたように，因襲的世界，近代科学の時代の中での表現伝達手段としての芸術の無力さをこの上演を通して痛感したことがひとつであり，もうひとつはそれまでピアノへの情熱の原動力となっていた Imogen への片恋の痛みが完全に解消されたことである．また Evelyn が彼にとって親友であると同時に反面教師でもあったという事実を見落としてはならない．大学で初めの学期を終えたばかりの彼にとって，酔いつぶれる Evelyn はあまりにも痛ましい「因襲からの逃避者」であり，しかもその「逃れたいもの」から完全に逃れることは不可能であるという事実をも，この人物は身をもって示しているのである．後の回想で語り手 Oliver が彼を再び 'Mr De Tracy' と呼んでいる理由も，二年後の Oliver にとってこの人物が親友というよりはある程度距離を置いて同情すべき人物になっていることを示していると言えよう．

3．愛と痛み

　Samuel Hynes はこの作品の三つのエピソードの中で主人公が「愛を必要とし愛を求める人物と関わっている」ことを指摘している[19]．第 1 部では Evie が愛を求める手段として自分の性的魅力を利用するが，そのことの報いとして男たちから性欲の対象としてしか認識されない．愛を求めるあまりに結果とし

第6章　*The Pyramid*——成長の痛み　105

て彼女はこのように「誰からも愛されない」(108)のであり，Gindin が言うようにこの少女にとっては性が唯一の他者との関係の手段なのである[20]．また後に彼女は父親から性的虐待を受けたことが暗示されている (110)．この父親 Sergeant Babbacombe は退役軍人であり，町の触れ役としてある面では喜劇的に描かれる人物であるが，元軍人としての地位がありながらスラムに住んでいるなど不可解な部分が多い．またこの人物と双璧をなす，スラムに住むもう一人の退役軍人 Captain Wilmot は Evie にタイプライター，速記法などを教えているが，これもまた Evie との性的関係が暗示されている (89-90)．この後 Evie はスティルボーンを出てロンドン西郊の叔母の家から事務員として商社に勤めることになるが，彼女が町を離れた直接の原因は同じ病院で働く医師 Dr Jones との関係であった (101；但し 84-85 で既にこの関係が暗示されている)．以前から父親は Evie に対して厳格であり，母親も奇人の一人であるが表では別な階級の者たち（特に中流階級の者たち）に対して極めて愛想がよい (43-44) が，文中では言及されないものの Evie に対してはあまり愛情を与えているとも思われないところがある．特に Bobby との一件があって以来，Evie は両親からまったく信用されなくなり，厳格な監視下に置かれるようになる．

　このように愛に恵まれない彼女は初めから Bobby よりもむしろ Oliver に愛を求めていると言える．勿論語り手 Oliver の視点からはそのことは語られないが，彼女にとって Bobby は単なる遊び相手であり，しかもこの少年と遊び歩くのは Oliver の嫉妬心をかき立てるためとも思われる．医者の息子で外見も優れ，しかも軍人として将来を約束され自信に満ちた Bobby はどう考えても Evie の痛みを理解できる種類の人間ではなく，一方で彼に対する劣等感や Imogen への満たされることのない恋に苦しむ Oliver ならそれがわかるであろうと，おそらく Evie は考えたのである．彼女が初めて性関係を結んだ相手は Oliver であったこと，またそこから近親相姦を含め彼女の性的堕落が始まったことが第1部の楽章終止で初めて明かされる (109) が，Bobby とは関係を持たなかった Evie が Oliver とは持っていることからも，彼女が Bobby で

はなくOliverに恋心を抱き，救いを求めていたことが明確になろう．Oliverとは二ヶ月違いの同年齢のはずが，実は彼が18歳の時点で彼女は15歳であったことがこの件で初めてわかる．二人が最初に結ばれた場面にも，彼女の身体が未だ性的に未成熟な状態であることへの言及があった（72）．このようにしてOliverに救いを求めた彼女は，彼が自分の将来や社会的地位のことだけを考えて彼女に妊娠の可能性の有無を繰り返し尋ねることに失望し，町から見える丘の斜面で関係を持つことを強要するという報復に出る（96, 98）．Evieは「すべての男は野獣だ」という自分の言葉を「私とOliverは違う」と否定したOliverの父に復讐するべく，父が双眼鏡で自分を追っていることを知りながらOliverにこのような要求を出したのである．

　Oliverはこのようにオールド・ブリッジを越えてもスティルボーンの因襲から自由になることは出来ず，常に町からの視線を意識していなければならない．彼は目の前にいるEvieの背景として眼下に広がる町の景色を眺めるが（90），それを「壁に掛けられた額縁の中の絵」のような世界だと言う（92）．それに対して今自分たちがいる場所は「腐敗臭の漂う」「生来の残虐性に満ちた生の便所」（91）と認識する．Oliverはこの箇所で，自分の自己充足的性欲，階級意識，非人間性を実感し，自分がそのような行為を行なう場所を「不浄なるものを寄せ集めた空間」と感じているのである．この主人公は他のGoldingの主人公たちと同様，悪行を通してある程度の自己理解に至っている．JohnstonはOliverがEvieを誘惑したことがこの主人公にとって最初の罪の知覚になっていることを指摘している[21]．一方の「額縁の絵の世界」としての町には，同じような人間本来の不浄さ即ち「蠅の王」が渦巻いているはずであるが，それを表向きには完全に覆い隠しているという偽善性が存在する．OliverがEvieを一人の人間として認識できなかったことの根底にもこの種の偽善性がある．自分と同じ階級のImogenの内面にはあたかもそのような「蠅の王」があり得ないかのように彼女を「聖なるもの」として崇め，一方でそのような卑俗性をすべてEvieに投影している．このことを主人公は少しずつ認識し始めているのであり，後に楽曲終止部での再会の時に至って初めて彼女を人間と

して見ることが出来るのである（111）．

　第3部は Bounce（Miss Dawlish の通称）が愛を求める物語である．社会的成功を収めた主人公が1963年に「高級車」でスティルボーンを通りかかる場面から始まり，給油のために立ち寄った Henry Williams の許で彼女の死を知らされ墓を訪れる．その墓石は Henry が恩返しもしくは罪滅ぼしのために建てた大理石製の立派なものである（161-62）．その墓前で主人公が彼女の音楽教室に通っていた幼年時代を回想するという枠組になっている．そもそも Oliver が彼女にヴァイオリンを習うことになった理由は彼の母親がこの人物の謎めいた生活に下世話な好奇心を抱き，それを観察させるために彼を送り込んだというのが真相らしい．幼い Oliver は週二回の彼女の個人レッスンやヴァイオリンの練習それ自体が苦痛で仕方ないが，母親は彼が音楽を習っていることを近所の人々に自慢し，彼が先生に「夢中になって」いると吹聴する母親の言葉を否定することが出来ない（170）．彼が本当のところ Bounce を嫌悪し憎んでいたことを自分自身の言葉で語ることが出来るのはこの第3部の回想をすべて終えた後のことである（213-14）．

　この音楽教師の背景についてはあまり多くが語られていない．父親は楽器店を経営しその店舗の二階に住んでいること，父親には財産があり彼女は父の所有する家に一人で住んでいることなどが示されている程度である．それでも地域社会の人間関係から孤立していること，芸術に生涯を捧げていること，また Oliver ら稽古に来る子供に対する厳格で偏狭な接し方などから，愛情に恵まれない孤独な人間であることが明らかになろう．彼女は愛を求めるあまり，財産を狙って自分に接近してきた Henry を受け入れ，彼の妻子までも自宅に居住させる．Bounce と Henry の関係が成就することはなく，それはそのままこの両者が代表する芸術と近代産業の二律背反を象徴する．またこの両者は相反するだけでなく，Henry が Bounce から搾取しているように，近代産業が芸術を食い物にしているという図式をも表している．彼女は Henry からの愛が叶わぬ願いだと認識すると，「ただ自分が彼から必要とされること」のみを願う（188）．C. S. Lewis は宗教書 *The Four Loves*（1960）の中で，すべて

の愛を「与える愛」(Gift-love) と「求める愛」(Need-love) に分類し[22]，愛情 (Affection)，友情 (Friendship)，性愛 (Eros)，慈愛 (Charity) の四種類の愛のうち「最も謙虚な愛」である「愛情」を，「与える愛であり同時に求める愛でもある」と論じている[23]．Bounce の Henry に対する愛は，愛情と性愛が複雑に入り乱れてはいるが，Lewis が言うように自分が相手に愛を与えることを望み，結果として相手に「求めて」いることになる．後に Henry 一家が財産を蓄え Bounce 宅から出て行くと，彼女は愛情を向ける先を求めて近所の襤褸を買いながらも猫を何匹も飼うことになる (208-9)．

　Lewis はまた，愛情は本来の性向のままに放置すれば人間を堕落させる可能性があるとも述べている[24]．愛情は愛情以外のもの即ち良識，理性，均衡，正義などを伴う場合にのみ人間に幸福をもたらし，単独では悪い影響しかもたらさない[25]．Henry が必要としていたのは彼女の愛ではなく財産であり，彼女は Henry からの愛を得られないばかりでなく彼によって愛を求められることもない．Bounce の理性，均衡の欠如した愛は表面的には成功した実業家 Henry の内面を腐敗させたのみならず，彼女自身をもさらなる奇行へと追い込む結果となった．彼女は彼の気を引くために，或いは彼が自分のために仕事をするということを確認するために，幾度も故意に自動車事故を引き起こし，その度に Henry を呼び出す．彼女の奇行はそれだけに留まらず，「帽子，手袋，靴以外のものを一切身につけず」町を徘徊する (207) が，この場面のグロテスクさは彼女の理性，均衡を伴わないグロテスクな愛の形を象徴する．Kinkead-Weekes と Gregor はこの場面を「この小説の最も成功している部分の典型」と称している[26]．

　第三部のもう一人の中心人物は Oliver の母親である．オクスフォードから帰省する度に Oliver は母親から Bounce に関する情報を聞かされ，またこの母親は地元紙を時折コレッジにいる息子の許に送りつけたりもする．母親の目から見た Henry と Bounce の関係は前者が後者を一方的に利用し搾取しているという関係であり，Henry に投資したことによって Bounce がそれなりの見返りを得ていると考える父親の見解とは大きく異なっている (203)．ここで

第6章　*The Pyramid*——成長の痛み　109

問題となるのはひとつの現象を見るに際しての男と女の焦点の相違であり，母親はBounceの報われない愛に同情し，父親は単に金の動きに注目しているに過ぎない．母がBounceに同情する様子を見てOliverは，母もまた母親である以前に一人の女であることを理解する（204-5）．母のBounceへの同情は興味本位なものであると同時に自分が母として，また妻として必ずしも満たされていないことの反映でもある．この夫婦の関係についても多くは語られないが，彼女の愛もまた幾分理性，均衡を欠いたものであり，夫との関係が理想的に保たれているとは思われない．そのことは後に彼女が年を取るにつれヒステリアを悪化させていること（208）からも判る．第二部の上演のリハーサルでも明らかにされたとおり，彼女のOliverに対する親馬鹿ぶりもまた彼女の理性なき愛情を典型的に示している．この小説は主人公がEvie, De Tracy, そしてBounceという「愛に飢えた者たち」との関係を通して成長する物語であるが，Oliver自身は愛の欠如という痛みを知らない．それは母親から理性なき愛情を与えられすぎているからであり，この意味で母親の愛情もまた人間を堕落させる種類の愛情に他ならないと言えよう．スティルボーンという因襲に囲われた世界における創造性の欠如はそこに住む者たちの想像力の不足に起因するものであり，Oliverには愛を得られぬ者たちの痛みが想像できず，母親もまたBounceの痛みのうち自分と共通する部分しか理解できていないのである．この事実を認識することが，主人公の成長の重要な部分を占めている．

4．結論——主人公の到達点

　主人公は最終的にBounceの墓の前で，自分が彼女を恐れ嫌悪していたことを初めて自分の言葉で語る（213-14）．母親の利己的な愛情によって育てられ，Bounceに「夢中になって」いることになっていた彼が第三部の一連の回想を終えた後で本来の自分の意志を再確認しているということは，彼はこの時点で因襲的世界の内部で母親に愛され他者の痛みに盲目であった状態から一応の脱却を遂行していると考えて良かろう．最終的にOliverは，自分がHenryと同様「正当な代償以上のものを一切払うつもりがない」人間であることを認識し

ている (217)．この認識こそが，これまでの Golding の主人公たちが結果的に到達している，自己をめぐる真実の認識に他ならない．Crompton はこの作品を「失われた調和，和解せぬ不調和への音楽的挽歌として，最も悲観的な作品」と評している[27]が，一方で Johnston は Oliver が最終場面で少なくとも自分が無私に愛することが出来ない人間であるという事実に気づいていると考え，この自己認識という「暗い慰め」が「Golding の小説が大衆に示しうる条件付き救済の可能性としての最高のもの」だと述べている[28]．主人公はこれ以上のところへ到達する必要はないのであろう．何故なら因習に囚われた世界において神ではなく人間が無私に他者を愛するということは，結果的に彼の母親，或いは Bounce がしたように理性，均衡を欠いた愛になりかねない．おそらくこのことをも主人公は理解して，そのことでまた痛みを感じているのである．

　Oliver が一応の到達すべき地点に到達した理由はここで語られる回想の他に，何れも作品中では詳しく述べられていないがおそらくは戦争体験と，Mark と Sophy という二人の子供を持ったことに関係するであろう．第二部と第三部のあいだには第二次大戦があり，化学者となった Oliver はこの頃，実際には使われなかったものの大量殺人兵器としての毒ガスを作っていたことが暗示されている (210)．ここでおそらく主人公は，近代科学が人間の存在を脅かす可能性を認識したはずであり，科学への不信のみならず科学を選択したことに対する後悔という痛みを覚え，しかも既に芸術を捨てているためその痛みを表現することが出来ないという焦燥感を経験しているはずである．

　子供をもうけたことによって Oliver は，Lewis の言う「最も本能的な」種類の愛情[29]が自分の内面に生じるのを初めて経験したであろう．そして同時に，母親と Bounce を反面教師として，理性，均衡が欠如した無私な愛情の危険性をも再認識したことは想像に難くない．また娘 Sophy が Bounce のような人生を歩まぬよう，自分が愛情を持って守ってやらねばならないという自覚が Oliver の内面に自然発生的に沸き上がっている (211)．このような経緯が第二部と第三部の間にあり，Oliver は結末で語っているような認識に到達し

ているのである．

　ここで再び第一部を振り返ってみると，18歳の Oliver の成長の原動力は劣等感であった．一方の Robert のその後については一切言及されないが，*Free Fall* における Johnny の如く無垢な状態のまま飛行機事故で死んだか，或いは同じ作品の Nick Shales のように無垢なままそれなりに魅力のある人物になっていると読者は想像するかも知れない．いずれにせよ Robert には劣等感がなかった故，この人物はその後の人生に余程の曲折がない限り Oliver と同じ認識には至っていないであろう．先行諸作品の主人公たちほど特殊な経験が与えられなかった Oliver は，劣等感，芸術に対する失望，科学に対する幻滅と罪悪感，自然発生的愛情の喜びと危険性の実感，それに全体を通して因襲的世界における人間社会の腐敗とその原因となる「日常的蠅の王」に対する認識などの様々な「痛み」の経験を通して一定のところまで成長している．彼の成長の原動力となった劣等感はしかしながら，我執，階級意識といった「蠅の王」がその根源となっている．このように考えると，「蠅の王」は人間の成長に不可欠な要素ということになり，ここには「善と悪の相互依存」という極めて Golding 的な問題意識があると言えよう．

註

1) William Golding, *The Pyramid* (London: Faber and Faber, 1969). 作品からの引用はこの版の頁数を本文中に（　）で示す．
2) Mark Kinkead-Weekes and Ian Gregor, *William Golding: A Critical Study*, p. 267.
3) Kevin McCarron, *William Golding*, p. 32.
4) James Gindin, *William Golding*, p. 55.
5) Arnold Johnston, *Of Earth and Darkness*, p. 88.
6) McCarron, op. cit., p. 31.
7) Don Crompton, *A View from the Spire*, p. 60.
8) D. H. Lawrence, 'Study of Thomas Hardy', in J. V. Davis ed., *Lawrence*

on *Hardy and Painting* (London: Heinemann, 1973), p. 23.
9) McCarron, op. cit., p. 31.
10) James R. Baker, 'An Interview with William Golding', p. 153.
11) McCarron, op. cit., p. 30.
12) Baker, op. cit., p. 153.
13) Golding, *The Spire* (London: Faber and Faber, 1965), p. 106.
14) Crompton, op. cit., p. 53.
15) Golding, *Free Fall* (London: Faber and Faber, 1961), p. 193.
16) S. J. Boyd, *The Novels of William Golding*, p. 122.
17) Johnston, op. cit., p. 88.
18) Kinkead-Weekes and Gregor, op. cit., p. 264.
19) Samuel Hynes, *William Golding*, p. 46.
20) Gindin, op. cit., p. 56.
21) Johnston, op. cit., p. 84.
22) C. S. Lewis, *The Four Loves* (Glasgow: Collins, 1963), p. 7.
23) Ibid., pp. 33-4.
24) Ibid., p. 39.
25) Ibid., p. 53.
26) Kinkead-Weekes and Gregor, op. cit., p. 267.
27) Crompton, op. cit., p. 70.
28) Johnston, op. cit., pp. 91-2.
29) Lewis, op. cit., p. 46.

第7章　*Darkness Visible*
　　——聖と俗の和解

　Darkness Visible (1979)[1] は Golding の小説中最も難解な作品の一つである。全体が 'Part One: Matty', 'Part Two: Sophy', 'Part Three: One Is One' の三部構成で，第一部で主人公 Matty の謎めいた出世から「預言者」としての成長と学習，第二部ではもう一人の主人公 Sophy の成長と堕落を語り，第三部でこの二つの物語が幼児誘拐未遂事件をめぐって交差する。多くの批評家がこの語りの構造にヘーゲル的弁証法を指摘している[2]。とは言っても Matty が本当に聖人なのか或いは単なる狂人に過ぎないのか，言い換えればこの主人公が実際に何らかの救済をもたらしたか否かは，極めて曖昧に語られているに過ぎず，そこに多義的な解釈の余地が残されている。Golding 自身もこの作品については頑なに沈黙を守っており[3]，このことが *Darkness Visible* をより謎めかせていると言えよう。William Boyd はこの作者の沈黙の意味を，その執筆自体が「浄化的経験」であった故と推測し[4]，一方で Philip Redpath はここで作者が何かを語れば，その全視的視点の介在によって作品の向こうの，物質的次元を越えた次元の謎が全て失われると述べている[5]。

　一方でこの小説が Golding の中心的主題を扱っていることは，既に多くの批評家によって指摘されている。Don Crompton はこの作品の主題を「人間のなし得る行動の極限，極端な善と悪，聖と俗」として，この作品を「Golding 小説のキャノンの中心」に位置づけている[6]。S. J. Boyd はその主題を，*Lord of the Flies* 以来続く古いものと断定し[7]，さらに William Boyd は先行作品 *The Pyramid* (1967) と *The Scorpion God* (1971) を Golding 作品の「中断期間」として，この *Darkness Visible* によって本来の流れが再開されたと評している[8]。本章でもこの作品を Golding の「伝統」の中心に位置づけ，主人公 Matty がもたらした「救済」の意味を解読することを試みたい。

1．エルサレムとしてのイングランド

　Darkness Visible は「イングランドについての小説」であると，既に多くの批評家が述べている[9]．ここで描かれているのはイングランドの危機であり[10]，預言者による警告が必要な状態に置かれているこの国である[11]．Crompton は Golding の中心的主題として，「自由落下状態」すなわち一つの状態から別な状態への移行の過程における，双方の状態の間の均衡にあるときの精神状態を挙げている[11]．例えば *The Inheritors* では旧人類と新人類，*Pincher Martin* では生と死，*The Spire* では異教とキリスト教，そして *Darkness Visible* においては，現代文明の崩壊と最後の審判を待つ「トワイライト・ゾーン」がそれであるとして，Vergil の *Aeneid* 第6巻，Milton の *Paradise Lost* 第1巻，及びヨハネの黙示録との関係を指摘している[13]．オルテガ-イ-ガセーは文明の危機を「一つの古い価値体系が崩壊し，しかもそれに代わる新しい体系がまだ十分に確立されていない，方向性を失った状態」と定義している[14]．Golding の描く現代のイングランドの危機は，聖と俗[15]，美とグロテスク，光と闇，神秘的なるもの（信仰）と物質的なるもの（近代合理主義）[16]，喜劇と悲劇といった対照の狭間での「均衡状態」である．これは言い換えれば，近代合理主義や帝国主義の理論が崩壊した後に，それに変わる価値基準を見いだすことができずに自己の在り方を模索しているイングランドの状態ということにもなろう．一方 Kevin McCarron は現代のイングランドの危機をモラルの頽廃と結びつけている[17]．Sophy や Mr Pedigree を中心に描かれるモラルの衰退が，旧約聖書のエレミア書，エゼキエル書に描かれる「堕落したエルサレム」とアナロジーをなしていることは明白である．ここでのエルサレムの罪は傲慢であり（エレミア，13：9），また偶像崇拝である（エゼキエル，6：1-10）．それに対する主の裁きとして戦争，飢饉，悪獣，疫病がもたらされた（エゼキエル，14：21）．さらに祭司たちは，聖と俗の区別を付けられなくなり，安息日を無視している（エゼキエル，22：26）．Golding は長編小説としての前作 *The Pyramid* で因襲に拘束されたイングランドの古い田舎町スティルボーンにお

ける非宗教性，言い換えればキリスト教的モラルの弱体化を扱っているが，*Darkness Visible* では同じ問題をロンドン近郊の新興都市グリーンフィールドを舞台にして扱っている．

この小説は冒頭から，戦時下でのロンドン港湾地区の空襲の場面という，終末的イメージを提示している．ここでは燃え上がる炎が，現代文明の終末の闇 (11)，またそのような状況にあっての個人の内面の闇のイメージと対照をなしていて，さらに炎そのものが，破壊力であると同時に闇を照らす光でもある．このような場面に，左半身に重度の火傷を負った身元不明の子供が現れ (14)，これがすなわち預言者として描かれるこの小説の主人公であり，後に Matty と名付けられる (17)．S. J. Boyd はこの小説の手法として「明暗法」を指摘していて，背景としての「闇」は主人公の内面の光を強調する機能を果たしていると言う[18]．また Crompton はこの場面で，Matty が戦火から逃げることも，恐怖を露わにすることもしていないという事実を指摘しているが[19]，このことは Johnston がこの人物を *Lord of the Flies* の Simon, *The Inheritors* の Lok 或いは *Pincher Martin* の Nat と同じ系譜に位置づけていることの説明になろう．つまり Matty は，この幼い年齢にして既に，例えば *Pincher Martin* の主人公とは対照的に，「痛み」を経験することによって，生に対する固執を捨てているのである．第一部全体を通してこの主人公は徹底的にアウトサイダーとしての人生を歩むことになるが，彼が聖と俗の対照において少なくとも俗の側にいないことは，冒頭から暗示されていると言える．

冒頭ではこのように，Mark Kinkead-Weekes と Ian Gregor の言葉を借りれば「20世紀の地獄絵図」[20]としてのイングランドが視覚的に明確な形で提示されるが，実際にこの小説で問題にしているイングランドの在り方としては，第2章以降に描かれるグリーンフィールドの日常の中に，戦火という地獄絵図のような明確な形ではない，しかも可視的でない分だけ根深い問題が暗示されている．ここでは一見したところ，同性愛者でしかも小児性愛癖のある教師 Mr Pedigree が現代的悪の具現化として描かれているような印象を禁じ得ないが，この小説における「悪」はこのような単純な形でのみ示されているわけ

ではない．目に見えぬ形で存在する悪は，この人物や主人公がグリーンフィールドの日常の中でアウトサイダーとなっている状況そのものの中に描かれているのである．

　Pedigree は Matty をその外見的異形性故に阻害し（27），それでも Matty は彼に近づこうとする．一方で Pedigree は美少年 Henderson を自室に通わせ（29），やがてそのことが生徒間で噂になるにつれ，カムフラージュとして Matty を自室に呼びつけたこと（31）がきっかけとなり Henderson を自殺に追い込む（35）．この事件が原因となりこの孤児院学校に居場所を失った Matty は，近隣の金物店で配達員として働くことになり，その頃のある日ふと立ち寄った Sim Goodchild の古書店で見かけた硝子玉が放つ光を見たこと（47）から，「正義と真実と静寂」を実感し，「継ぎ目（connections）が存在する醜い方の面（seamy side）」を見る（48）．このことに促されて教会へ行き，主の祈りを唱えるが「言葉は無意味に思えて」すぐにやめる（49）．同時に彼は，アウトサイダーである自分が，女たちに近づくことは笑劇，屈辱でしかないと気づき，また Pedigree を癒やすことは不可能と気づいたことから（50），できる限り遠くへ逃避すべく，豪州へ渡り様々な職を転々とする（60）．このことは同時代のイングランドの問題を扱う上で，主人公にイングランドを相対化させるという意味を持つばかりでなく，豪州でのいくつかの経験が彼に重要な認識に至らしめることに大きく関与している．ここで彼はさらに自分のアウトサイダー性を自覚し，寡黙な「黒服の男」になり，また一冊の木表紙の聖書を偶然手に入れ（53），「自分は誰なのか？」（51）という疑問から「自分の正体は何か？」（53）という自問に至っている．この自問は後に，彼がそれまでの体験を冒険談として出版する頃には「自分は何のために存在するのか？」（68）に変わる．この主人公の認識は，*Free Fall* での Samuel の芸術家としての自覚[21]を思い起こさせる．同時代のイングランドに設定されたこの芸術家は「自分が何のために存在するか？」をある程度自覚し，自分の「蝿の王」を認識した過程を物語っている[22]．Matty はやがて，イングランドの方が豪州よりも彼の言葉を必要としていると促され（71），帰国することになるが，

第7章 *Darkness Visible*——聖と俗の和解

コーンウォールに上陸した日から「正気であることを証明するために」日記を付け始める (86)．ここで彼は，二人の聖霊との対話の経験をつづる．

　その頃グリーンフィールドでは，Pedigree が少年を対象とする性犯罪によって入所出所を繰り返し (78)，町で起こった小さな犯罪は理由もなく Pedigree の仕業と噂され (84)，また新興都市故に人の出入りが激しく移民が増加し，また町にある種の「流行病 (epidemic)」が蔓延する (83)．この流行病は，前作 *The Pyramid* における，「スティルボーンの病 (ailments)」[23]に呼応する．グリーンフィールドの流行病とは，乳幼児が乳母車ごと連れ去られた事件の犯人が Pedigree であると噂されたことが示すように，この町の一般大衆が自分の内面の悪すなわち「蠅の王」を投影するために Pedigree を贖罪山羊に仕立ててすべての罪を負わせているという事実である．S. J. Boyd はこの小説の主題を，「集団の罪が，その集団によって破壊される贖罪山羊に押しつけられること」としている[24]．このことは *Lord of the Flies* において既に，「俺たちはイングランド人だ．イングランド人は何でもうまくやれるのだ」という Jack の科白[25]，また「君たちは英国人だろう．それならもっとうまくやれたはずじゃないのか？」という英国海軍将校の科白[26]によって，問題提起されている[27]．「蠅の王」が自分たちの内面には存在し得ないと彼らが思っていることを，Golding は問題にしているのである．この意味においてグリーンフィールドは同時代のイングランドの縮図であり，グリーンフィールドの流行病はイングランドに古くから続く病状であると言える．

　一方 Gindin はグリーンフィールドを，「コミュニティという感覚，他者への感情」を欠いた世界であると指摘している[28]．これは前作の舞台スティルボーンが，狭い因襲的な地方都市社会で，他者への不毛な関心が個人の行動を縛り付けるような世界であったことと対照をなしている．スティルボーンが自己完結的な田舎町であったのに対して，グリーンフィールドは戦後になってロンドンに「巻き込まれ」ている (203)．ここでのコミュニティ感覚の欠如という問題は，言い換えればコミュニケイションの断絶，テクスト中の言葉を使えば「隔絶」(partition) ということになろう．このことは主人公が，言葉を無

意味なものと考えて主の祈りをやめたことと無関係ではない．Kinkead-Weekes と Gregor はこの小説が「言語それ自体に疑問を投げかけている」としている[29]．意味の多様化，キリスト教に代表される中心的モラルの弱体化によって，言語がコミュニケイションの媒体としての力を持ち得なくなった状態を描いているのである．預言者としての Matty が模索するのは，真実を伝えるための非言語伝達手段である．ここでは人間の言語自体を問題にしている一方で，エルサレムとしてのイングランドという問題と重ね合わせれば，最早英語という言語が神の声を伝えられなくなっているという状況を示しているのである．この意味において伝達手段としての言語の問題が，豪州から帰国した Matty が目の当たりにする，イングランドにおける宗教的混沌状態（96）とつながりを持つ．またここには，作品の媒体言語としての英語自体に対する作者の懐疑を読み取ることもできよう．この意味で幼少の頃の主人公がある種の言語障害的症状を示すこと（18）と，成人後の彼の日記の文体でもコンマをほとんど用いず（コロンとセミコロンは使われている），また節のつながり方が不自然なことは象徴的である．

2．美しき悪とグロテスクなる善

小説の第1部と第2部に，対照的に描かれる「聖なる道化としての Matty と地上的英知としての Sophy」[30]ではあるが，この両者はいわば線対称をなしていて，既に多くの批評家が指摘しているとおり[31]，正反対であるが故に根底で共通する要素を多く持つ．Gindin はこの二人が構造，主題両面で平行性をもって描かれていると言い[32]，Redpath は構造主義の立場から彼らが「反対方向に対称」[33]な「鏡像関係」[34]にあると述べている．Crompton は二人に共有される霊力に注目し，彼らが「似たような力によって逆方向に成長する」ことを指摘している[35]．McCarron もまたこの両者を「同じ霊的探求」をする者として対照化できると言い[36]，さらに Kinkead-Weekes と Gregor はこの二人が「反対方向だが同じ過程」を歩むとして，彼らに共通の要素として「愛なき幼年時代，自己の二重性の自覚，霊的能力，見ること及び洞察力，同

第7章　*Darkness Visible*――聖と俗の和解

じ一つの発見のプロセス」を挙げている[37].

　対照的要素としては Matty のグロテスクさ，異形性に対する Sophy の美，Matty の失われた左半身に対して Sophy の双子 Toni，前者の自己嫌悪，恥，屈辱に対する後者の自己陶酔，犠牲者としての Matty に対しての加害者としての Sophy，或いは前者の無私と後者の我執といった事実が挙げられる．また Matty が背景を何も持たず，自分の居場所さえ見つからないのに対して Sophy はある程度の階級に生まれつき，物事がある程度自分の思うままに進むことを自覚し（108），望むものは大抵手に入ることも自覚している（124）．

　一方で数々の批評家から引用したような両者の共通点ばかりでなく，Matty の中の地上的要素，或いはその反対の Sophy における聖人的要素にも注目したい．少年時代の Matty の内面の悪徳として，性欲の強さと気位の高さが語り手によって挙げられている（22）．この二つはこの主人公を苦境に追い込むことになる．つまり，彼の気位の高さに反感を覚えた二人の同級生が，隣接する女子修道院学校の女生徒 Angy からの彼への恋文を捏造し，興味を抱いた Matty は「禁断の樹」（24）に登って女学校を覗き込もうとしたところを Pedigree に見つかっている．性欲の克服は Matty の預言者としての成長の過程で中心的課題の一つとなる．豪州へ渡った後にも彼は美少女への一時的な気の迷い（54），「内に秘めた罪深き快楽」（57），また自分に対してあからさまな嫌悪を示した Mary Michael の残像（59-60）との葛藤を強いられる．この世で最も恐ろしいものは「渇き」であり，その欲求は本人の意志で抑制できないのだからそれを責めるのはフェアでないと，Pedigree は言っている（32）．ここで言う「渇き」とは性欲のメタファーであり，Pedigree は勿論自分の罪を男性一般，或いは人類共通の罪に仕立てようとしてこの科白を吐いているのであるが，しかしながら彼のこの言葉には一面の真理が含まれている．後に Matty が文字通りの渇きのために砂漠で行き倒れ，水を求めた現地人から暴行を受ける場面（63-64）がそれを象徴的に表している．William Nelson は Matty が性欲と道徳観とに分裂していることを指摘している[38].

　Matty にはこのように性欲が身の破滅を引き起こすような教訓的事件がい

くつも起こっているが、結果として彼は少しずつ学習し、自己の内面の地上的要素を克服して行く。もとよりグロテスクなアウトサイダーとして、俗の側には入り得なかった彼が、さらに地上的要素を捨てて行く過程で、ブリスベイン近郊の製菓工場で働いた経験 (83 ff) は重要な意味を持つ。工場長 Mr Hanrahan との出会いは、その長女 Mary Michael が先に触れたとおり Matty に嫌悪を示したことが彼の性欲の放棄に一役買ったばかりでなく、この短身で太った工場長が「罪深いプライドを日々苦しめるのによい」として愛用する、身長が縮んで横に増幅されて映る鏡 (84) は、Sophy の自己陶酔と反対方向の自己嫌悪をさらに Matty に教えた。Golding の小説における聖人とは、このように「プライドを苦しめる痛み」を十分に経験し、その本質を理解した上で、Simon の言う「この世で一番汚いもの」という認識[39]に代表されるように、自己を徹底的に醜い存在、汚らわしい存在として意識し、恥と罪悪感に浸りきって、その結果として我執を完全に捨てた者なのである。

一方で Sophy もまた、自己の美や万能性を自覚すると同時に、この聖人の認識の第一段階までは到達している。それは11歳の時に初めて感じた、苦痛から来る生理に対する嫌悪 (130-31) に始まって、自発的な処女喪失 (135-36)、売春 (139) を経て実感した、自己の肉体に対する嫌悪に象徴される。彼女のこの認識は、The Pyramid における Evie のそれ[40]を連想させる。この前作における満たされない Evie と満たされ過ぎた Oliver の対照は、一見したところ Matty と Sophy の対比において男女が逆転しているかのようであるが、このように Evie と Sophy もまた根底で共通していることが判る。

また Sophy の美は、絶対普遍のものではなく、時として彼女の顔はグロテスクな性質を帯びることがある。例えば彼女らが少女時代に自分たちの部屋として使っていた庭の馬小屋の電球の光は、Sophy の鼻の下に影を作りおぞましい顔にさせる (243)。また誘拐事件を遂行している時の彼女の顔は「白くて醜い」と語り手が言っている (249)。これらの場面は、いずれも背景として「闇」の存在がある。小説の結末近くで、誘拐事件をめぐり自分がただ利用されていただけだったと知った彼女は、怒りに圧倒され悲鳴、罵倒を繰り返し、

第7章　Darkness Visible——聖と俗の和解

目の前の闇を見据える (253)。この時の彼女の内側では，自己陶酔はおそらく消え去り，目に見える「闇」の中に自己の内面の「闇」を見ているであろう。ここに至ってSophyの中のMatty的要素がある程度顕著になったと言える。

Mattyの克服すべき要素として，もう一つ挙げられるのは「閉鎖性」である。渡豪の後彼は「黒服の男」になり寡黙を保つが，これは言語が無意味だと悟ったためである。しかしこの事実は，彼をよりグロテスクなアウトサイダーにすることになり，アウトサイダーであるが故により「俗」から遠ざかるが，同時に彼が閉鎖的であり，コミュニケイションの機会を自ら閉ざしていることも否定できない。S. J. BoydはMattyの中に異教徒に対する非寛容を認めているが[41]，彼の閉鎖性は俗なる者達に対する非寛容につながる。例えば彼はグリーンフィールド近くのウォンディコット・ハウス・スクールに用務員として就職後のある日，ラグビーグラウンドを片づける作業員たちを手伝った際に，彼らの噂話にあまり答えず，作業員たちは彼との会話をあきらめたことがあった (100)。この出来事はMattyの「俗」に対する非寛容を典型的に示している。この種の非寛容はこの時点での預言者としての彼の限界でもある。非寛容は傲慢，独善に結びつきやすい。先に触れたMattyの「気位の高さ」とこの意味において関係する。原罪としての「蝿の王」とは即ち「我執」であるが，その根源には「傲慢」がある[42]。

彼の預言者としての成長の過程のうち，重要な部分を占めるのが「地上性の脱却」である。中世，ルネサンス期の文学作品にしばしば主題として描かれる「七大罪」は，「傲慢」をその根源として，「怒り」，「嫉妬」，「貪欲」，「怠惰」，「暴飲暴食」及び「好色」であるが[43]，これらはいずれも「地上性」という共通項でくくることができる。Mattyは豪州から帰国し，聖霊と対峙するようになった頃から，水以外のものを口にすることもあまりなく (88)，つまり地上性の特質の一つである「暴飲暴食」から既に遠ざかり，それ故に排泄行為もあまり行わなくなる (97)。グリーンフィールドの町外れにある橋「オールド・ブリッジ」（前作 *The Pyramid* にも同名の橋が登場し，やはり物語世界としてのスティルボーンと外界との境界をなす川にかかる橋である）の袂にあ

る，Sophyによれば「町で一番汚い場所」である公衆便所 (143) は，Golding 小説にしばしば現れる「悪のシンボルとしての，不浄なるもの」の一つである．この便所の存在は，贖罪山羊としての Pedigree と同じ機能をも小説中で果たしていて，グリーンフィールドの不浄なイメージの集約でありそれを外在化させる対象である．実際 Redpath は，Lord of the Flies と同様，排泄物が悪を象徴していると指摘している[44]．しかし排泄物に代表される「不浄なるもの」によってシンボライズされる「悪」をさらに突き詰めると，ここでも「地上性」と言い換えることができよう．気位の高さや性欲といった Matty の罪はつまるところ地上性であり，彼はこのような地上性を少しずつ克服することによってその霊的洞察力をより強めて行くのである．

3．闇は如何にして可視化され得るか？

　この小説の表題 'darkness visible' は言うまでもなく Paradise Lost 第1巻[45]，或いはことによると Pope の The Dunciad 第4巻[46] から引用されたものである．これらのいずれの文脈においても，この語句は混沌の世界を映し出す「目に見える闇」を意味している．Darkness Visible についても，その主題の一つとして「見ること」を挙げる批評家がいる[47]．表題 'darkness visible' は勿論，名詞と後置形容詞と考えれば「可視の闇」の意になるが，small clause の目的語と補語と想定して，仮に 'to make' などを補えば 'to make darkness visible' 即ち「闇を可視化すること」がテーマだとも考えられる．Matty の預言者としての使命は，現代のイングランドの一般大衆が知覚できていない，世界を取り巻く闇を彼らに示すことなのである．小説のエピグラフとして引用されているのは Aeneid 第6巻の「私が聞いたことを，私に告げさせよ．」(sit mihi fas audita loqui) という一節であるが，この文脈で「私が聞いたこと」とは，「大地の深みと闇に埋められている秘密」である．この「私が告げたいこと」が Darkness Visible では，Matty には見えても一般大衆には見えない「闇」なのであろう．

　闇というイメージは Golding の小説では繰り返し，「蝿の王」或いは「原

第7章　*Darkness Visible*——聖と俗の和解　123

罪」のメタファーとして提示される。*Lord of the Flies* の結末では Ralph をはじめとする少年たちが「人間の心の闇」を悲しんで泣いている[48]一方で、*The Inheritors* では旧人類から世界を「継承」した新人類の一人 Tuami が舟の舳先から川の行く手に続く「一連の闇」を見据えている[49]。初期作品ではこのように、人間に内在する悪のシンボルとして使われていた「闇」というイメージが、*Darkness Visible* に至ってはもう少し複雑化している。この小説における「炎」が破壊力と浄化作用という二つの意味を持っているように[50]、闇もまたこれまでと同様悪のメタファーであると同時に「静寂」或いは「神秘的なるもの」の意味をも併せ持つ。冒頭の空襲で燃えさかる炎の場面における、「明日はすべてが闇かもしれない」という言葉（11）が示す終末的イメージと共に、Matty の聖霊との交感、或いは Edwin Bell, Sim Goodchild との Stanhope 家の庭における「儀式」（231-4）の場面における背景としての闇、静寂は、言葉を越えたコミュニケイションのために不可欠な要素である。このような意味の二重性は、McCarron の指摘する「善と悪の相互依存」[51]というテーマとも結びつく。

　預言者としての Matty にも光と闇のイメージが交錯し、彼は表向きには聖人と狂人の境目に曖昧に存在する。この主人公が「闇」を大衆に示すために当初行った行動は、豪州時代に州議会議事堂の前に小枝を積み上げて火をつける（69-70）、帰国後には「運命の日」と称して1966年6月6日に血で '666' と書いて帽子に貼りつけ街中を徘徊する（89）等傍目には狂気としか思われないことが多い。彼は自分が「狂っていないという証拠のために」日記を書いているが（86）、この人物の行動が正気の沙汰であることを客観的に証明できる要素は小説中には何も示されていない。Glorie Tebbutt はこの小説の中心的主題を自由意志の問題の考察[52]として、そのための必然としてこの作品が「メタフィクション」というスタイルを取っていると論じているが[53]、それぞれの登場人物が作品中で自由意志によって行動することを通してこの問題を提起するだけでなく、主人公が狂人か否かという重要な判断の材料を敢えて作者が作品中で与えない、或いは意図的に曖昧な書き方をしていることによって、作品

の主題もまた読者の自由意志に委ねられるということである．

　このようにイングランドの危機，或いは現代の危機という目の前の「闇」を一般大衆に見えるように示すことについては，この預言者は必ずしも成功しているとは言えない．しかしながら彼は作品を通じて，自らの非力を自覚しつつも Pedigree を救いたいという意志，また学校の子供たちを守りたいという意志を持ち続ける．宮原一成は Matty の救済が人類全体ではなく特定の個人（この場合結果として Pedigree）にのみ有効であり，これが Golding の探求する救済の在り方であると論じている[54]．この小説の結末における Matty がもたらしたものに，何らかの肯定的な意味づけをしている批評家として，他にJohnston と Crompton を挙げることができる．前者は Matty が生まれながらの犠牲者として，自主的犠牲に成功していると断定し[55]，後者はこの作品が *The Spire* と同様「希望に満ちた小説」であり，最終的には「（現代の）原爆，文化的孤立，騒音，言葉の独裁に脅かされた世界からの逃亡」の可能性を示していると考えている[56]．一方にはこの小説の結末を悲観論と考える見解もあり，S. J. Boyd はこの小説を「嘆き，悲しみの書」と考え，現代世界に対する悲観論を読み取っている[57]．また池園宏は Matty の影響力が「不確定」だとして，彼の「光の存在としての限界性」と「作品の背後にある作者のペシミスティックな姿勢」を見ている[58]．尤も Boyd は結論として，この作品の解釈を三通り示している．「正統的，保守的，Rowena Pringle 的解釈」即ち *Free Fall* に登場するこの名前の女教師のごとくキリスト教的モラリスト的解釈として，Pedigree を救うのは Matty の愛であり（それは自分の敵に対しても忠実であろうとする，理性，合理性を超えた愛），この場合 Pedigree は原罪を抱えた万人であり，自力で内面の戦いに勝つことはできないという見解．次に懐疑主義的，非宗教的解釈として，Pedigree が見た救済のヴィジョンは死の刹那の幻覚という読み方．さらにこの両者の折衷的解釈として，Pedigree への救済は自分が愛され，許されているという自覚であるという考え方が示されている[59]．この場合非宗教的解釈を取らない限り，Matty は Pedigree に何らかの救済をもたらしていることになろう．

第7章　*Darkness Visible*——聖と俗の和解

　Mattyが自分を疎外し続けたPedigreeに対して，これほどまでに献身的であった理由を次に考えたい．この両者はアウトサイダーであることに関しては共通していて，Gindinもこの両者の共通性を指摘している[60]．S. J. BoydはMattyが愛を必要としている状況で，それを与えるべきPedigreeによって迫害されていることに言及しているが[61]，一方池園はPedigreeが愛に飢えている故その罪には酌量の余地があると考えている[62]．MattyとPedigreeには，愛に飢えているという共通点がある．またCromptonはPedigreeを救済に値する無垢な人物としている[63]．このような共通性の他にも，この教師はMattyに少なくとも自己嫌悪を教えただけでなく，前に触れたようにたとえそれが自己正当化のための方便とはいえ，「世界で一番恐ろしいものは渇き」であり，「自分で抑制できないのだからそれを責めるのはフェアでない」ということを教えている (32)．これは自分の性欲をめぐる罪悪感に苦しむMattyにとっては示唆に富んだ言葉である．Pedigreeのそれは異常なものであったにもかかわらず，Mattyの目にはこの教師が，自分と同じ痛みを共有する人物として映っていたはずである．さらにMattyが成長して，豪州から帰国した頃には，彼は性犯罪歴から危険人物として，アウトサイダー的立場に置かれるだけでなく，先にも触れたように贖罪山羊としてあらゆる罪を押しつけられている．つまりMattyと同じような境遇に置かれているわけである．S. J. BoydもこのときのPedigreeがMattyから見ても，蔑まれ拒絶されている点において贖罪山羊であるという事実に触れている[64]．

　この小説において可視化された闇とは，痛ましいほどに描かれた自我であり，それに対する光は弱者，不具者，醜い者達といったアウトサイダーにのみ見い出し得ると，Gindinは主張している[65]．Pedigreeを疎外するグリーンフィールドの人々の姿は，S. J. Boydによれば，悪の存在を外在化したがるイングランド人の性質を表すという[66]．グロテスクな者達や異常な者達を疎外するという風潮は，他者を贖罪山羊とし，自己を「中心」と考えようとする人間の傲慢の現れである．これは言い換えれば他者に対する非寛容である．現代世界に対する自分の声が無力だと悟ったMattyは，おそらくこの自分と同じ境遇に

置かれた罪人を改心させるか，少なくとも慰めたいと考えたのであろう．不特定多数の大衆に対して，闇を見えるように示すことは不可能なまでも，この人物に対しては少なくとも自らの闇に気づかせようとしたのである．

　文明の再建のためには愛ではなく寛容が不可欠であると E. M. Forster は言う[67]．不特定多数の知らない人間を愛することはできないが，寛容することはできるからである．Forster はまた，人民や民衆を理由もなく信じることはできないが，個人なら信じることができるとも言っている[68]．Matty の愛もまた，不特定多数の一般大衆に対しては，対象である一般大衆がその種の愛に無自覚であるが故もあって無力であるが，彼の知る人間に対しては何らかの形で影響力を持っている．Pedigree だけでなく Edwin や Sim，或いは Sophy らが誘拐しようとしていた少年[69]など，身近な者達には救済をもたらしているのである．幼児期の Matty と唯一人非言語コミュニケイションが可能だった看護婦もまた，その後の人生で不幸に見舞われた際に彼を思い出したことが暗示されている（19）のを忘れてはならない．この主人公は預言者としての自覚の芽生えと共に聖なるものを志向し，それと共に俗なるものに対して非寛容になって行くが，さらに成長して豪州での経験の後には，俗なるものの一人である Sim をも受け入れ，意志疎通に成功している．この古書店主は世俗的ヒューマニストとして通常の人間の視点を提供していると S. J. Boyd は言う[70]．この批評家はまた，この人物の内面には独自の闇と恥があり，彼が Pedigree を嫌うのは Pedigree が自分自身の認めたくない真実を思い起こさせるからであるとしている[71]．この批評家はさらに，Matty が Sim に「仮面を脱ぐこと」を強いたことに触れ，自己の闇と対峙すると Pedigree のような者を責めることが難しくなると言っている[72]．この人物が霊的能力を得て，闇を見ることができるようになるために克服すべき内面の悪は，その幻想的少女性愛（この点において彼は Pedigree と同罪なのだが）ではなく非寛容なのである．

　グロテスクな者達，「正常でない」者達或いは弱者や少数派の排除もまた，このように排除する者達が，自分らの認めたくない恥と闇を，排除される者達によって見せつけられることを無意識に嫌う故であると言える．このような排

第7章　Darkness Visible——聖と俗の和解　127

除は当然，内面の「蝿の王」に無自覚な者達或いはそれと対峙することを無意識に回避している者達によって行われる．このような者達は自分を「正常」な「中心」と考えていて，それは例えば C. S. Lewis の言葉を借りれば「傲慢」，「強欲」，「独善」といった「自己欺瞞の危険」[73] そのものである．「異常な」者達の疎外はまた，世界を「パターン」にはめ込んで支配しようとする，Pincher Martin の主人公が陥っていた種類の危険思想[74] を反映する．この考えでは世界の複雑性，多様性，不規則性が否定され，こういった要素を否定することが即ち Golding の考える近代合理主義の落とし穴である．そうなると自己の内面の，善と悪が複雑に混在する不規則性多様性も理解され得ない．Nelson は Golding の小説におけるグロテスクなる者達が，「計り知れない者達によってインスパイアされた恐怖」を伝える伝達手段であると論じているが[75]，むしろ処女作において既に文字通りの「蝿の王」としての「豚の頭」という形で提示されているように，「原罪」としての内面の「蝿の王」を伝達する手段であり，言い換えれば「闇を可視化するための」手段である．

4．結論── Matty がもたらしたもの

　McCarron はこの小説全体の動きが「和解」，「合一」に向かっているという事実を指摘している[76]．Matty 即ち「グロテスクなる善」と Sophy 即ち「美しき悪」という二分化された形で提示された概念が，実は連続的相補的な概念であったことが明確になる．また同時に，聖と俗という二律背反も，根底では善と悪と同様，相互依存的なものであることが示されている．聖人になりかけた Matty が，俗人である Edwin や Sim との「和解」に成功している第13章の結末は，この意味で小説の一つの到達点であると言える．

　人間同士の隔絶という，現代のイングランドの問題にしても，主人公は一般大衆には届かなくとも身近な人間に闇を示すための，言語によらないコミュニケイション手段を持つに至っている．「宗教的超然主義者」Edwin Bell [77] は自分たちの経験のすべてを執筆したいと言っているが（258），Redpath が言うようにこれが完成すれば小説 Darkness Visible となるのであろう[78]．つま

りMattyの「言葉」は不特定多数には伝わらなかったが，それを伝える手段の確保には成功しているのである．一方Pedigreeが最後まで持っていたボールを放さなかったこと（265）は生への固執，死に至っても捨てられなかった自我への執着を表わすと，Kinkead-WeekesとGregorは述べている[79]．しかしながらPincher Martinで既に示されているように，Pedigreeにも「肉体の死」の後「魂の死」が訪れるまでのわずかの間に，Martinが経験したような「痛み」の経験によって，自我を放棄し「神への自己譲渡」を遂行していることも十分に考えられる．Mattyの非言語コミュニケイションには少なくともそれくらいの影響力があったと考えなければ，この主人公の死がこれまでの物語と整合性のないものになるであろう．

　主人公をこのように評価してもなお，この小説にはいくつかの不可解な部分が残る．例えばToniの行動が狂気の故か否か，SophyとToniのオー・ペアAuntie WinnieがMattyの実の母か否か，或いは冒頭の空襲の場面に登場する「本屋」とSimが同一人物か否か，等である．作者はこの作品について沈黙し，批評家もまた戸惑いを示してはいるが，一方でこの小説を積極的に評価している批評家もいないわけではない．GindinはDarkness Visibleを，現代世界における経験の複雑性と多様性を包括した，最も野心的な作品と考えている[80]．Johnstonもまた，この小説は従来のGoldingのテーマを拡大したものであり，小説技法の点でも高度な成功例であると言っている[81]．The Spireで提起された聖と俗の問題，またThe Pyramidで扱われたイングランドの問題，さらに遡ればLord of the Fliesの主題であった「蝿の王」の知覚，Free Fallの中心を占めるその「知覚した事実の伝達」と知覚の次に至るべき段階としての「愛の創造」といったテーマを，すべて総括して扱っているのがDarkness Visibleであると言える．これはイングランドについての小説であるが，物語は現代のイングランドの闇を可視化することと，現代の個人の内面の闇を可視化することという二つのレヴェルがあり，イングランドの闇は即ち個人の闇の集合体であるという点でこの二つのレヴェルは融合される．この二つの問題はそれぞれイングランドの大衆と個人が自らの内面の「蝿の王」を知覚しなけれ

ば「闇」は見えないのであり，それには自己を「正常」，「中心」として他者を排除することをやめなければならない．善と悪，聖と俗を二項対立の図式でとらえている限りにおいて，自己防衛本能によって自己を前者，他者を後者に分類することは避けられない．善と悪，聖と俗を相互依存的なものと認識することは従って，Matty がしたように傲慢，我執を捨て，自己の闇と対峙しつつ聖を志向し俗を寛容することによってしかあり得ない．聖と俗の和解は，Golding の各々の小説を一連の主題でとらえた場合，Darkness Visible で初めて到達している段階なのである．

この和解は勿論，個人レヴェルにおけるそれでしかない．確かに Redpath が言うように，Free Fall で提起された二つの世界即ち Nick Shales に代表される科学的合理主義的世界と Rowena Pringle に象徴される宗教的精神主義的世界の和解には Darkness Visible に至っても成功してはいない[82]．しかしこの批評家は同じ箇所で，一人の人間の意志は現実世界や物事の真実よりも重要であるとも言っている．Lord of the Flies の結論として，現代人の救済の可能性が個人の内面の「蠅の王」の知覚であることが提唱されているとおり，Matty が行った個人レヴェルでのある種の「救済」或いは「慰め」，「癒し」は，Forster が言うような「文明の再建」の第一段階である．イングランドの闇が個人の闇の集合体である以上，イングランドの問題解決もまた個人の問題解決から始まらなければならない．

Golding は自らを「普遍的悲観主義者」(universal pessimist) であり同時に「宇宙的楽観主義者」(cosmic optimist) であると言っている[83]．「普遍的悲観主義」が意味するのは万人に対して悲観主義的であるということであり，一方の「宇宙的楽観主義」とは「地上的レヴェルを超えた宇宙的レヴェルにおける楽観主義」であろう．彼の作品に一貫して示されている思想は，悲観主義の上に立つ楽観主義と定義できよう．すべての人間の内面の闇，「蠅の王」を認めそれを直視している時点では S. J. Boyd が言うような悲観論であるが，その先に個人がその闇を知覚し，贖罪，救済への道を踏み出すことができる可能性を暗示している点においては楽観主義と言えるのである．

註

1) William Golding, *Darkness Visible* (London: Faber and Faber, 1980). テクストからの引用はこの版の該当頁数を本文中に（ ）で示す.
2) Donald W. Crompton, 'Biblical and Classical Metaphor in *Darkness Visible*', p. 198; Crompton, *A View from the Spire*, p. 100; Kevin McCarron, *William Golding*, p. 41 etc.
3) John Haffenden, *Novelists in Interview*, pp. 107-8.
4) William Boyd, 'Mariner and Albatross', p. 91.
5) Philip Redpath, *William Golding*, p. 53.
6) Crompton, *A View from the Spire*, p. 94.
7) S. J. Boyd, *The Novels of William Golding*, p. 149.
8) William Boyd, op. cit., p. 91.
9) Malcolm Bradbury, *The Modern British Novel*, p. 328; James Gindin, 'The Historical Imagination in William Golding's Later Novels', p. 112; Arnold Johnston, *Of Earth and Darkness*, p. 98; Philip Redpath, *William Golding*, p. 40; Patricia Waugh, *The Harvest of the Sixties*, p. 101 etc.
10) Glorie Tebbutt, 'Reading and Righting', p. 56.
11) Crompton, *A View from the Spire*, p. 109.
12) Ibid., p. 99; 'Biblical and Classical Metaphor in *Darkness Visible*', p. 198.
13) Cropmton, 'Biblical and Classical Metaphor', p. 197.
14) Jose Ortega y Gasset, *En torno a Galileo*；オルテガ-イ-ガセー『オルテガ著作集 4』前田敬作, 井上 正 訳（東京:白水社, 1998), pp. 113-4.
15) この問題は *The Spire* の中で既に主題として扱われている. 詳しくは本書第 5 章第 1 節参照.
16) このことは *Free Fall* の中心的主題でもある. 詳細は本書第 4 章第 3 節参照.
17) McCarron, op. cit., p. 41.
18) S. J. Boyd, op. cit., p. 129.
19) Crompton, *A View from the Spire*, p. 96; 'Biblical and Classical Metaphor', p. 196.

20) Mark Kinkead-Weekes and Ian Gregor, *William Golding: A Critical Study*, p. 280.
21) Golding, *Free Fall* (London: Faber and Faber, 1961), pp. 7-8.
22) *Free Fall* におけるこの主題については本書第4章第1-2節参照.
23) Golding, *The Pyramid* (London: Faber and Faber, 1969), p. 100.
24) S. J. Boyd, op. cit., p. 147.
25) Golding, *Lord of the Flies* (London: Faber and Faber, 1958), p. 47.
26) Ibid., p. 222.
27) *Lord of the Flies* における「悪の外在化」という問題については本書第1章第3節参照.
28) Gindin, *William Golding*, p. 69.
29) Kinkead-Weekes and Gregor, op. cit., p. 279.
30) S. J. Boyd, op. cit., p. 140.
31) Ibid., Boyd は同じ箇所でこの両者の類似性に言及している.
32) Gindin, op. cit., p. 67.
33) Redpath, op. cit., p. 44.
34) Ibid., p. 52.
35) Cropmton, *A View from the Spire*, pp. 104-5.
36) McCarron, op. cit., p. 44.
37) Kinkead-Weekes and Gregor, op. cit., pp. 283-4.
38) William Nelson, 'The Grotesque in *Darkness Visible* and *Rites of Passage*', p. 183.
39) *Lord of the Flies*, p. 97.
40) *The Pyramid*, p. 88.
41) S. J. Boyd, op. cit., p. 136.
42) このことについては John F. Fitzgerald and John R. Kayser, 'Golding's *Lord of the Flies*: Pride as Original Sin' の中で問題提起されている. 本書第1章でも触れているので参照されたい. またこの主題は *The Spire* でも扱われている. これについては本書第5章第3節を参照のこと.
43) 例えば Chaucer, 'The Parson's Tale', in *The Canterbury Tales*; William Dumbar, 'The Dance of the Seven Deadly Sins'; Spenser, *Faerie Queene*, Book I, Canto 4, Stanzas 14-35 等.

44) Redpath, op. cit., p. 47.
45) John Milton, *Paradise Lost*, Book I, l. 63, in *Milton: Poetical Works* (Oxford: Oxford University Press, 1966), p. 213.
46) Alexander Pope, *The Dunciad*, Book IV, l. 3, in *The Works of Alexander Pope* (Ware: Wordsworth, 1995), p. 173.
47) McCarron, op. cit., p. 41; Kinkead-Weekes, Gregor, op. cit., pp. 279, 286.
48) *Lord of the Flies*, p. 223.
49) Golding, *The Inheritors* (London: Faber and Faber, 1961), p. 222.
50) 例えばCromptonは冒頭場面の炎に「浄罪,煉獄」の意味を指摘している. *A View from the Spire*, p. 97; 'Biblical and Classical Metaphor', p. 197.
51) McCarron, op. cit., p. 41.
52) Tebbutt, op. cit., p. 48.
53) Ibid., p. 56.
54) Kazunari Miyahara, 'One Redeemer for Each Sinner', pp. 67, 80；宮原一成「"a universal pessimist" と "a cosmic optimist"」『ウィリアム・ゴールディングの視線』p. 201.
55) Johnston, op. cit., p. 100.
56) Crompton, *A View from the Spire*, p. 125; 'Biblical and Classical Metaphor', p. 214.
57) S. J. Boyd, op. cit., p. 125.
58) 池園 宏「人間関係の闇」『ウィリアム・ゴールディングの視線』pp. 192-4.
59) S. J. Boyd, op. cit., pp. 152-3.
60) Gindin, *William Golding*, p. 67.
61) S. J. Boyd, op. cit., p. 132.
62) 池園, op. cit., p. 185.
63) Crompton, *A View from the Spire*, p. 124; 'Biblical and Classical Metaphor', p. 214.
64) S. J. Boyd, op. cit., pp. 147-8.
65) Gindin, *William Golding*, p. 70.
66) S. J. Boyd, op. cit., p. 147.
67) E. M. Forster, 'Tolerance', in *Two Cheers for Democracy*, p. 54.
68) Forster, 'The Challenge of Our Time', Ibid., p. 66.

69) 但し Redpath は，この少年と Matty が守ろうとしていた少年が同一人物であるという証拠はないと主張している．Redpath, op. cit., p. 49.
70) S. J. Boyd, op. cit., p. 143.
71) Ibid., p. 148.
72) Ibid., p. 150.
73) C. S. Lewis, *The Problem of Pain*, p. 78.
74) *Pincher Martin* におけるこの問題については本書第3章第2-3節を参照．
75) Nelson, op. cit., p. 194.
76) McCarron, op. cit., p. 42.
77) S. J. Boyd, op. cit., p. 143.
78) Redpath, op. cit., p. 52.
79) Kinkead-Weekes and Gregor, op. cit., p. 290.
80) Gindin, *William Golding*, p. 65.
81) Johnston, op. cit., p. 109.
82) Redpath, op. cit., p. 55.
83) Golding, 'Belief and Creativity', in *A Moving Target*, p. 201.

第8章　*Rites of Passage*
　　── Pope と Coleridge の象徴的和解

　Rites of Passage [1] (1980) もまた Golding の他の小説と同様，人間が置かれたある状態から別な状態への「移行の儀式」，或いは Donald W. Crompton の言葉を借りれば二つの世界が均衡を保ち，その狭間での「自由落下」状態にある人間を描いていると言えよう [2]。この状態はそのまま，オルテガ-イ-ガセーが言う「歴史における危機」[3] である。前作 *Darkness Visible* では聖と俗，美とグロテスク，光と闇，信仰と合理主義，喜劇と悲劇といった二極間で均衡状態に置かれた「イングランドの危機」を扱い，結論としてこの両極がそれぞれ二律背反ではなく相補的なものであるという事実の暗示を通して，これら両者のある程度の和解を試みている [4]。一方 *Rites of Passage* においては，最早これらの両極は対照として示されることもなく，語りの焦点は18世紀的世界観と19世紀的世界観の狭間での「自由落下」状態に向けられている。これは James Gindin の言葉を借りれば，文学史上社会史上の一時代から次の時代への過渡期ということであり [5]，それをより具体的に「新古典主義から浪漫主義への転換期」と称しているのは Crompton [6]，Kevin McCarron [7] 等である。この二つの世界観は言い換えれば Pope 的世界観と Coleridge 的世界観ということになり，前者を代表するのが語り手である主人公 Edmund Talbot，後者の代表が牧師 Robert James Colly である [8]。

　歴史における過渡期を象徴するかのように，小説は旧世界即ち英国から新世界としての豪州に向かう航海の途上にある客船を舞台とする。この老朽化した船舶の内部が階級社会の縮図であることは例えば S. J. Boyd の指摘 [9] を待つまでもなく，Golding 自身がエッセイ 'A Touch of Insomnia' の中で，客船内では「階級制度が自明の理であり，金を余計に払おうとしても階級のバーを越えることはできない」という事実に言及している [10]。William Boyd によれ

第8章 *Rites of Passage*——PopeとColeridgeの象徴的和解　135

ば Golding の名作は必ず閉ざされた世界を舞台とするのであり[11]，また Crompton はそのような固定され限定されたロケイションが人間の置かれた状況のメタファーになっていると述べている[12]．前作 *Darkness Visible* に対する積極的評価を躊躇する批評家が今だに多い中で，*Rites of Passage* に対してはブッカー賞に代表されるように多くの批評家が高い評価を与えている[13]．本章でもこの小説を Golding 文学全体の中で中心に近いところに位置づけ，他の作品でもしばしば扱われている「階級」「言語」「痛み」といった問題を考察したい．

1．動くものと動かないもの

　Crompton が言うように，*Rites of Passage* は変遷，推移についての小説である[14]．語りは植民地提督補佐として現地に赴任する若い貴族 Talbot の，その地位を得るに当たって世話になったと思われる後見人に宛てて書かれた航海日誌のスタイルを取る．この人物の視点はきわめて限定されており，無知であるが故にこの閉鎖された世界を観察する能力にも限界がある．この「信頼すべからざる語り手」の誤認はしかしながら，後に Colly の死後発見されることになる，この牧師が姉に向けて認めた長い書簡によってある程度修正される．この物語を通しての Talbot の成長がこの作品の中核をなし，その成長の評価をめぐって様々な批評家の間で見解の相違が見られる．McCarron は彼が「上流階級気取りで傲慢で虚栄に満ちた貴族の代表だったが，航海が進むにつれより思慮深く，哀れみ深くなる」と考え[15]，J. H. Stape は「物知りぶった自信過剰の若い自己扇動者が，Coleridge 的な悲しみに沈んだ賢者に変わった」と述べ[16]，また John S. Whitley も彼の成長を積極的に評価している[17]．一方で Gindin は，この主人公が「Colly の真意を理解した後にも合理主義的で文明化された18世紀の紳士であり続け」ていることを指摘し[18]，さらに Golding 自身が，彼は「ある程度成長するが，決して一夜にしてというわけではなく」，「悲劇を知り悲しむが根本的に変わったわけでもなく」，「人間の本性についての知識がワンセンテンス分増えただけ」だと言う[19]．

この小説においては当初,「動くもの」と「動かないもの」が対照をなして提示される.動くもの,変化するものの代表は船と,それに象徴される時代であり,動かないもの変わらないものの代表は階級であり,また言語である.ここで言う動き,変化は必ずしも進歩,成長ではなく,Talbot の Pope 的世界観と Colly の Coleridge 的世界観を比べた場合,確かに Colly は Talbot の成長を促してはいるが,しかしながらこの両者のいずれの世界観においても,船というこの閉ざされた世界に展開する人間の真理をとらえることには限界がある.また不動,停滞は腐敗を生じさせ,そのことは淀んだ階級社会である船内における人間関係の腐敗,またより形而上的なレヴェルでは「闇の中の悪臭」(4) によってシンボライズされる.言語もまた完全な変換即ち翻訳が不可能である.このことは Talbot の指導者,教育者的な側面が顕著な一等大尉 Summers が言うように,英国では別な階級への完全な移動は別な言語への完全な翻訳と同様不可能であるという事実 (125) によって表されている.この箇所でこの大尉はそれ故に「階級は言語である」と述べているが,それに対して Talbot は「言語の完全な翻訳は可能であり……階級の完全な移動も可能である」と反論している.この主人公は既に,Summers が下級船員から現在の地位に昇格したという事実を本人の口から聞いていて,しかもこの一等大尉が「生まれついた地位よりも高い地位にふさわしいマナーと言葉遣いを完璧に (Talbot 自身彼が階級を上昇したことに気づかぬほどに) 模倣していること」に単純に感心している (51).彼はまた,「ノブレス・オブリージュ」を「フェア・プレイ」と「翻訳」して理解した気になっており,さらにそれを「正義」と言い換えて,その翻訳,言い換えの過程で失われた意味には気づいていない (180).

ここで言う「動くこと」とは言い換えれば「線を越えること」である.豪州へ向かう船は赤道を越え,階級を移動しようとする者は階級間に引かれた線を越える.階級間の線はこの船の中では,主檣の下に引かれた「白線」によって明確に区切られ,移民に代表される平民の乗船客及び下級船員たちはこの線より後方に立ち入ることができない.先に Golding 自身のエッセイから引用し

た，階級社会の縮図としての船内における隔絶を具現化するのがこの白線である．ある者がこの白線を越えて反対側の集団に入ったとしても，そこでアウトサイダーとして扱われることは免れない．

一方「停滞」は腐敗を意味する．この点においてこの船内は，*The Pyramid* の舞台となるスティルボーン[20]の因襲に囚われて腐敗した社会を彷彿とさせる．Coleridge の *The Rime of the Ancient Mariner* においても停滞が腐敗，死を意味していたように（特に第二部，第三部）[21]，*Rites of Passage* でも白線を越えた移動が行われない船内は腐敗し，船自体の残骸から生じる悪臭（140）で船底が満たされる．

2．語りの限界

Whitley は表題 'Rites of Passage' に 'Writes of Passage' の意味を読み込んで，この小説を「書くことについての物語」と評している[22]．McCarron はこの作品を「現実を的確に表現しようとするあらゆる芸術的技巧の無力さを描く」ものと考え[23]，Philip Redpath は「真実とは極めて込み入った概念であるということを読者に気づかせ」，「人は如何に真実を語りうるか？ 特に小説家は小説の中で如何に真実を語りうるか？」という問題を提起していると述べている[24]．前作 *Darkness Visible* でも知覚された真実を伝達する媒体としての言語の無力さが問題とされていたが[25]，*Rites of Passage* においても先に触れたとおり，語り手 Talbot を読者は信頼することができない．この語り手に関しては，語りの媒体としての言語の問題以前に，彼自身の，真実を知覚する能力にまず問題がある．

一方で Colly に関して言えば，この人物は前作の主人公 Matty と比べても上昇志向，名誉欲，同性愛など遙かに俗な要素が顕著ではあるが，それでも少なくとも Talbot よりは真実を洞察する能力に優れ，それ故 Matty と同様その洞察した真実を伝達しようと試みる．それに対して船長からは弾圧を受け一切の宗教活動を禁じられ（63），また多くの船員達からも彼は笑い者にされ，他の乗船客特に女性達から白眼視されるという屈辱を受ける．この人物の在り

方は，旧約聖書「エレミヤ書」において主の言葉を伝達しようとして迫害を受ける主人公エレミヤを思わせる．この預言者は国中のすべての者達から呪われ（15：10），彼の痛みは止むことがなく，その傷は重く，決して癒えることがない（15：18）．エレミヤは役人達によって泥水の中に吊り降ろされるが（38：6），Colly もまた，赤道通過の異教的儀式において船員達によって汚水に投げ込まれる（237-8）．

　この牧師はまた，聖霊と交信する Matty や，*Lord of the Flies* で「蝿の王」と対話する Simon と同様の機能をも果たす．赤道にさしかかった船が夕陽と満月の間で帆を降ろし静止している光景を見た彼は，陸上ではあまり見られない夕陽と満月の「互いに補正し合う光」に，「神の秤」を見て「慈悲によって和らげられることのない神の厳格な正義」を恐ろしく思う（233-34）．ここで彼は神と人間双方が怖くなり，船室に戻って祈るが，彼が知覚したこの真実は彼の死後 Talbot によってその書簡が読まれるまで他の者達にも読者にも伝えられない．つまり彼の言葉が伝達されるためには，言語それ自体の力だけでは足りず，彼自身の死という代償を伴わなければならないのである．

　Matty の言葉がグリーンフィールドの一般大衆に伝わらなかったのは，このロンドン近郊都市における伝統的宗教的モラルの弱体化という要因があった．赤道を越える船内においても，Colly に代表されるキリスト教的価値体系は崩壊している故に，彼の声は他者に届かない．船内を支配する非宗教性は船長の幼児体験に起因する牧師に対する嫌悪だけがその理由ではなく，*Lord of the Flies* の中で既に描かれているとおり，赤道直下の灼熱の下で，即ち人間のより原始的な本能が呼び覚まされるような環境で，キリスト教は何らかの原始的宗教に対して敗北を余儀なくされるという状況がその原因と考えられる．Crompton もまた，この小説では *The Spire* とは逆に，キリスト教が異教の慣習に譲歩することを強いられているという事実を指摘している[26]．Colly の言葉が伝達され得るための，この世界に共通した価値観，さらに言えば価値観の「中心」となる存在即ち神の不在が事実としてある以上，彼が伝えようとする真実は不特定多数にはおろか彼が信頼を寄せている Talbot に対しても決して

第8章　*Rites of Passage*——PopeとColeridgeの象徴的和解　139

届かないのである．

3．恥と痛み，或いは言語としての階級

　C. S. Lewis は宗教的エッセイ *The Problem of Pain* の中で，「新たな価値基準の認識には恥と罪悪感が伴う」と述べている[27]．彼はまた，「恥を実感するときの自己認識が唯一の真実の自己認識である」とも言っている[28]．現在の自分の地位に満足している Talbot にはこの認識が根本的に欠落している．一方で Colly は常に恥と劣等感に苦しんでいて，Whitley もこの人物の過ちは身分の低さから来る自信欠如に起因すると主張している[29]．Colly のこの感情は前作における痛みの象徴としての Matty の左半身とアナロジーをなす．俗な要素を多く含むこの聖職者が Talbot と対照をなすのは，「恥」という自己認識の有無においてなのである．この意味で，Colly もまた Simon, Nathaniel, Matty といった Golding 小説における「聖人」の系譜に位置づけることが可能であると言えよう．Golding 自身 John Haffenden との対談の中で，*Rites of Passage* 執筆の意図の一つが「死因としての恥」を描くことであったと証言している[30]．

　Colly は贖罪山羊として迫害されるという意味において，前作における Pedigree とも部分的に重なる．他の者達が Colly を迫害しそれを笑うのは，S. J. Boyd が言うように，迫害される Colly を見ている者自身が認識していない，同じ人間としての「ある局面」に対してである[31]．Boyd が同じ箇所で指摘しているとおり，彼が贖罪山羊になるのは船内の社会全体の罪，不潔さを背負わされるためである．Colly の劣等感，恥の自覚は屈折した階級意識のためであると同時に，多くの人間が自分の中には決して認めたくない事実（即ち自分が原罪を背負った不浄な恥ずべき人間であるという事実）を彼だけが直視しているためでもあり，そのことを彼によって自覚させられることを嫌う故に多くの者達は彼を迫害するのだと言えよう．このことは Talbot が彼を積極的に退けることをしていないことに対するもう一つの説明となる．明らかに異なった階級に属する者として Talbot はある程度 Colly を無視してはいるが，彼が決定

的に迫害されているいくつかの場面には（Zenobia との密会のためであるにせよ）決して参加していない．この時点での主人公には，恥，劣等感といった自覚があまりにも欠如しているため，Colly によって自覚させられる「ある局面」に対する意識もなく，従ってこの牧師をいささか鬱陶しく思うことはあっても積極的に嫌悪し迫害する理由は何もない．

しかしながら Colly の孤独，逆境，死は決して悲劇としては描かれず，終始笑劇（ファース）として提示される．S. J. Boyd の言葉を借りれば彼の「壊滅的転落」の示され方は極めてブラック，グロテスクかつノンセンスであり，最も残酷な場面が最も滑稽である[32]．同じ箇所でこの批評家はそれが，Shakespeare が示したとおり悲劇と喜劇は根底で分かちがたく結びついているものであり，人の生は悲劇と喜劇に二分することができない故であると述べている．*Darkness Visible* の最終章で，S. J. Boyd の言葉を借りれば「世俗的ヒューマニストの視点を代表する」[33]人物である Sim Goodchild が「我々は罪人であるよりももっと悪い．単に滑稽なのだ．」という科白を吐くが[34]，Colly の恥，痛み，孤独，逆境の滑稽さもまた広く万人に適用されうるものである．Crompton はこのような笑劇的場面が，喜びに満ちた笑いよりも，人間の愚行への哀れみを誘うものであると述べている[35]．

Golding の小説においてはしばしば二人の人物が対照的に示されるが，*Darkness Visible* で主人公 Matty とその対照となる Sophy が聖と俗をそれぞれ具現していたのに対して，*Rites of Passage* では既に言及したとおり Talbot と Colly が最早聖と俗という対照をなさない．「聖人」「贖罪山羊」の系譜に属していながらも Simon，Nathaniel 或いは Matty より遙かに俗な人物として Colly が描かれ，その悲劇的なはずの死が極めて笑劇的に描かれる理由もまた，人間の本質はあくまでも俗であるという事実を強調するためであると考えられる．

この事実はしかしながら，階級という「言語」によって曖昧化されることを避けられない．Talbot に見られる階級意識は自らを神聖化し，自己の中に俗な要素を認めようとしなくなる傾向がある．その一方で何らかの贖罪山羊を仕

第8章　*Rites of Passage*——PopeとColeridgeの象徴的和解　　141

立て上げ，言語としての階級を手段としてその贖罪山羊に自ら認めたくない「俗」を押しつけることになる．こうして社会の中の人間を語るための階級という言語は，その語る対象としての人間の本質を的確に捉え伝達するには遠く及ばず，単にその本質を曖昧化するに過ぎない．*Lord of the Flies* における排泄物，*Free Fall* におけるスラム，*The Spire* における泥水，或いは *Darkness Visible* における公衆便所等，俗な人間の腐敗した不浄な本質は Golding の作品中ではしばしば「悪臭」というイメージで示される．先に言及した *Rites of Passage* における船底，船室の悪臭もまた，このように階級の境界線を越えて共有される人間の俗性をシンボライズしているのである．Colly よりも Talbot がそれを耐え難く感じる（4, 15, 119, 140 etc.）のは，後者がそれによって暗示される人間の本質を自分の内面に認めていない故である．即ち彼は悪臭の原因を無意識下で外在化し，自己を神聖化しようとしているのである．Summers に促され昏睡状態にある Colly の部屋を訪れた彼がその臭気に耐えられない（152）のも，自分が無意識に Colly を贖罪山羊化していたという事実を目の前に突きつけられたことに耐えられないからであろう．

　このように階級という言語によって曖昧化される人間の俗性は，*Lord of the Flies* の中で「蝿の王」という形で具現化されている人間の原罪と通底する．旧約聖書や中世道徳劇が言うように原罪の根源は傲慢であり，Golding 自身はそれを「我執」と言い換えているが[36]，自己を神聖化するのもまた紛れもなく傲慢である．さらに自分の俗性を贖罪山羊に押しつけることは傲慢に他ならない．人間に内在する「蝿の王」をそれまでの「原罪」という宗教的レヴェルから，*Rites of Passage* に至っては「俗性」という日常的レヴェルに還元して描いているとも言えよう．その「日常的レヴェルにおける蝿の王」の存在を自己の内面に認めることは，痛みとしての恥を伴うことである．Lewis はまた，恥は感情としてではなく，その結果の洞察に意味があるとも言っている[37]．

4．結論――「儀式」の意味

　Colly の死は明確に語られないままに，「恥」がその死因であることが最後に暗示されるに過ぎない（278）。船長はあくまでも死因を無力熱（low fever）と断定したがるが（257），迫害された孤独と屈辱に，酒に酔った上での過ち（同性愛的行為）の記憶から来る恥が複雑に錯綜して彼を死に追いやったことは疑うべくもない。しかしながら彼の死は，自殺と言うほどに能動的に選択されたものではなかろう。恥と屈辱という「痛み」に押しつぶされた彼は，おそらく単に無気力に生を放棄しただけなのだろう。それは前作の主人公のような，神に対する自己譲渡と言うほど神聖なものでもない。それでも彼の死は，少なくとも Talbot に真実の一部を伝えたことになる。

　そうなると問題は，この主人公が小説中で語る経験のすべて，また Colly の書簡を読むという経験のすべてを通して，どの程度成長しているかということになろう。先に触れたように，このことをめぐっては批評家の間でも見解の相違が見られ，また作者自身も主人公の成長を全面的には肯定していない。それでも Talbot は，少なくとも自らの無知を認識するという「恥」「痛み」を最終的に経験している。このことが，Colly の死という代償によって実現された主人公の成長の意味である。Crompton はそれを，*The Pyramid* における主人公 Oliver のそれと同様遅すぎ，その代償が高すぎると言ってはいるが[38]。

　表題 'Rites of Passage' には少なくとも三つの意味が考えられる。作品中に最も明確な形で提示されているのは，赤道を越える異教的な儀式即ち字義通り「通過の儀式」である。また表題の「儀式」が複数形であることに注目すれば，太陽で方向を定める「儀式」（37），Colly が（Talbot の言葉を借りれば）「垂直に射す太陽の下では単に愚かとしか思われない」法衣を身につけて下級船員，移民達を相手に行おうとした「宗教的儀式」（105），Talbot が Zenobia を相手に行う「性の儀式」[39]（86），或いは Colly の遺体を海に帰す「海軍式葬儀」（259）等，航海の途上で執り行われる諸々の儀式を含んでいるものと思われる。また冒頭で触れたとおり，この物語は二つの時代，二つの世界観の狭間

第8章 *Rites of Passage*——PopeとColeridgeの象徴的和解

の「危機的状況」における，時代，世界観の移行，推移の象徴的「儀式」についてである．さらにこの表題は同時に熟語として文字通り「通過儀礼」の意味をも明確に伝えている．この意味において，この主人公はある程度成長しているものと考えて良かろう．Collyを通して痛みとしての恥を経験すること，即ち自らの無知，不完全性，俗性を容認することが，Talbotの成長過程における通過儀礼なのである．Collyの書簡を読み終えた彼はその通過儀礼を経験し，少なくともCollyに対して同情心を持つに至っている (182)．そして結果的に彼は，Whitleyの説明によれば「真実は厳しく，人を狂わせることもあり得るので，通常の社会の構成員からは隠匿すべきであると気づいている．」[40] このためTalbotは，Collyの姉に終始嘘で固めた手紙を書くことを決意している (277)．彼はここに至って初めて「ノブレス・オブリージュ」の意味を彼なりに理解したようで，人間の不完全さ，不浄さ，俗性を認識し恥と痛みに苦しむのは，そのような機会を与えられた「特定の」「選ばれた」者だけでよいと考えているのである．このように主人公の理解は未だ不十分であり，成長はごく僅かな前進に過ぎない．彼はこの期に及んでも「ある言語の才は別な言語に翻訳が不可能である」というMiss Grahamに対して，「私の後見人はラシーヌを完全な英語の韻文に翻訳し」「原典を超えた箇所さえある」と反論している (275)．しかしながらこのことを理由に，主人公の成長を全面的に否定することもできない．

　Collyは終始一貫してTalbotを敬愛し，結果的にこの主人公の精神を救済する．そうなるとCollyがそれほどまでにこの人物を慕った理由は，その屈折した階級意識故の貴族への憧れや，決して酒に酔った故だけではない同性愛的性向 (212) だけなのであろうか．彼はTalbotを「平信徒」と信じ (215)，「宗教の真の友」(211) であると断定し，彼を救うことは自分の義務であり深い喜びであると考える (229)．このようなCollyとTalbotの関係に読者は，*Pincher Martin*における主人公によって贖罪山羊化された友人Nathanielと主人公Christopher Martinとの関係，或いは*Darkness Visible*におけるMattyと彼を迫害した教師Pedigreeとの関係を想起するかも知れない．

Nathaniel はおそらく Martin を全面的な悪人とは見なさず，この主人公に潜在する善性を見抜いていた故に彼を救おうとしたと考えられる[41]．Matty もまた Pedegree を，自分と同じ痛みを共有する人間と考えていた[42]．Colly もまた，上昇志向や同性愛だけでなく，Crompton の言う Talbot の「内に秘めた良識」[43] を洞察していたのではないか．

　Talbot が代表する18世紀的 Pope 的世界観と，Colly の体現する19世紀的 Coleridge 的世界観のいずれもが，人間の真理を解明するには限界があることは既に触れた．しかしながら，「痛みとしての恥」の知覚には後者の方が若干優れ，前者が後者によって修正されることで，新しい時代に別な価値を持ち得るということをこの結末は暗示しているのであろう．言い換えればここでは，二つの時代を「和解」させることを試みているということになる．しかもそれは，ある特定の時代を描く歴史小説としてではなく，Neil McEwan の言葉を借りれば「現在を描くための過去の利用」[44] であり，また Julia Briggs によればこの小説は「大抵の人間が大抵の時代に生きる『通常の世界』における生を扱っている．」[45] これまでの作品で Golding は善と悪，聖と俗といった二極同士が実は相補的な関係であったことを示してきているが，この作品に至っては二つの前後する時代，その時代の世界観がやはり互いに排除し合う関係ではなく，連続的相補的に存在するということを強調しているのである．

註

1) William Golding, *Rites of Passage* (London: Faber and Faber, 1982)．テクストからの引用はこの版の頁数を本文中に（ ）で示す．
2) Donald W. Crompton, 'Biblical and Classical Metaphor in *Darkness Visible*', pp. 197-8; Crompton, *A View from the Spire*, p. 99.
3) ホセ・オルテガ-イ-ガセー『危機の本質——ガリレイをめぐって』『オルテガ著作集 4』，前田敬作，井上正 訳（東京：白水社，1998），pp. 113-4.
4) *Darkness Visible* におけるこの主題については本書第 7 章第 4 節を参照のこと．

第8章　*Rites of Passage*——PopeとColeridgeの象徴的和解　145

5) James Gindin, 'The Historical Imagination in William Golding's Later Novels', p. 116.
6) Crompton, *A View from the Spire*, p. 141.
7) Kevin McCarron, *William Golding*, p. 52.
8) S. J. BoydはCollyについて，卑屈さと尊大さの混合という点で，AustenのPride and Prejudiceの登場人物の一人Collinsを彷彿とさせると述べているが (Boyd, *The Novels of William Golding*, p. 169.)，Collyという姓から読者はむしろColeridgeを連想する方が自然であろう．
9) Boyd, op. cit., p. 157.
10) Golding, 'A Touch of Insomnia' in *The Hot Gates*, p. 135.
11) William Boyd, 'Mariner and Albatross', p. 92.
12) Crompton, *A View from the Spire*, p. 141.
13) Malcolm Bradbury, *The Modern British Novel*, p. 328; Crompton, op. cit., p. 129; Gindin, *William Golding*, p. 106; Philip Redpath, *William Golding*, p. 57 他．但しBradburyに関しては後続作品 *Close Quarters, Fire Down Below* を含めた三部作としての評価である．またGolding自身が，*The Inheritors* や *The Spire* ではなくこの作品が英国では *Lord of the Flies* に次いで高く評価されていることに，1981年6月5日に彼の自宅で収録されたJames R. Bakerとの対談で言及している．Baker, 'An Interview with William Golding', p. 137.
14) Crompton, op. cit., p. 139. またMalcolm Bradburyはこの作品の主題を，「一つのヴィジョンから別なヴィジョンへの移行という，最も困難な『一線を越えること』」としている．Bradbury, 'Crossing the Line', p. 344. 同様にSteven Connor も *Rites of Passage* が「一線を越えること」の多様な実例を示していると述べている．Connor, *The English Novel in History*, p. 152.
15) McCarron, op. cit., p. 51.
16) J. H. Stape, 'Fiction in the Wild, Modern Manner', p. 227.
17) John S. Whitley, '"Furor Scribendi": Writing about Writing in Later Novels of William Golding', in *Critical Essays on William Golding*, p. 188.
18) Gindin, 'Historical Imagination', p. 119.
19) John Haffenden, *Novelists in Interview*, pp. 101-2.
20) Stilbourne は「淀んだ小川」の意であり，この架空の地名自体が既に停滞を意味している．詳しくは本書第6章第1節を参照．

21) S. T. Coleridge, *Coleridge: Poems and Prose*, Kathleen Raine ed. (Harmondsworth: Penguin, 1957), pp. 40-44.
22) Whitley, op. cit., p. 184.
23) McCarron, op. cit., p. 52.
24) Redpath, op. cit., p. 58.
25) *Darkness Visible* におけるこの問題については本書第7章第1節を参照のこと．
26) Crompton, *A View from the Spire*, p. 144.
27) C. S. Lewis, *The Problem of Pain* (Glasgow: Fount, 1977), p. 31.
28) Ibid., p. 45.
29) Whitley, op. cit., p. 186.
30) John Haffenden, *Novelists in Interview*, p. 100.
31) S. J. Boyd, op. cit., p. 165.
32) Ibid., p. 164.
33) Ibid., p. 143.
34) Golding, *Darkness Visible* (London: Faber and Faber, 1980), p. 258.
35) Crompton, *A View from the Spire*, p. 129.
36) John Carey ed., *William Golding*, p. 174.
37) Lewis, op. cit., p. 53.
38) Crompton, *A View from the Spire*, p. 139.
39) 坂本公延『現代の黙示録』p. 186 でこれを「第二の儀式」としている．
40) Whitley, op. cit., p. 188.
41) このことについては本書第3章第5節を参照のこと．
42) 本書第7章第3節参照のこと．
43) Crompton, *A View from the Spire*, p. 137.
44) Neil McEwan, *Perspective in British Historical Fiction Today*, p. 170.
45) Julia Briggs, '*The Paper Men*', in Crompton, op. cit., p. 157.

第9章　*The Paper Men*
――作者の死と再生

　The Paper Men (1984)[1] は文字通り，象徴的いずれの意味においても「作者の死」についての小説であるが，後期作品群を代表するいわゆる「海洋三部作」(1980-89) の狭間に発表されたこともあり，Golding の作品の中では亜流に位置づけされることも少なくない．例えば Malcolm Bradbury は，「*Lord of the Flies* の作者が扱う主題というよりはむしろ Beckett や Spark の主題である」と述べ[2]，Kevin McCarron も書評，学術研究双方においてこの作品の評判が芳しくないことに触れている[3]．一方で McCarron 自身は「二つの語りのレヴェルの調和」を理由にこの小説を高く評価し[4]，また David Lodge も「初めに読んだ時には失望したが，再読で見直した」と証言している[5]．さらに Philip Redpath は，多くの批評家がこの小説を誤読していると主張して憚らない[6]．実際 Redpath が言うように，読者，批評家は *The Paper Men* の主人公と Golding 自身を同一視したがるあまり，作品の重要な点を見落としていると言えよう．「作者の死」を扱ったこの作品においては，作者の影は当然作品の背後から抹消されるべきであり，主人公と作者が如何に類似しているかなど作品解釈をめぐっていささかの重要性も持ち得ない．しかしながら一方で，*The Paper Men* の中には *Pincher Martin* や *Rites of Passage* 等，他の Golding 作品へのアリュージョンが散見される．そうなるとこれらの作品を結びつける要素として，作者の存在を意識しないわけには行かない．本章ではこの作品が主題として扱う「作者の死」の意味を考えると同時に，この問題と作者の他の作品との関係をも考えたい．

1．作者の死が意味するもの
　The Paper Men は小説家である主人公 Wilfred Barclay が語る一人称小説

である．アメリカから来た若い英文学者 Rick L. Tucker をこの主人公が自宅でもてなす場面から語りが始まる．Tucker は Barclay を研究するが，古い手紙を漁り出すなど小説家の個人的な問題の詮索に終始する．Tucker が引き起こした誤解が元で Barclay の妻 Elizabeth は家を出ることになり，小説家はこの研究者から逃げ出し十年あまりも各国を転々とする．この逃亡が前半部分の中心を構成する．

後半では主人公の内面に焦点が移行し，この人物が自己の孤立，非寛容を自覚してある種の「回心」に至る過程が語られる．彼は Julia Briggs の言葉を借りれば「自分について書くことからしか最早学ぶことができない」のであり[7]，S. J. Boyd が言うように「自分の小説を書くという事実によって，世界や自分の過去と対峙する」のである[8]．最終的に彼はタイプライターを前に執筆している最中に Tucker によって銃殺される．Redpath によれば，Barclay が自分を殺させるよう，Tucker を仕向けているという[9]．ロラン・バルト (Roland Barthes) はエッセイ「作者の死」(1968) の中で，「読者の誕生には，作者の死という代償を払わねばならない」と述べている[10]が，The Paper Men の場合読者の代表としての批評家が，結果的に自らの意志で作者を抹殺していると言える．そしてそれは，作者自身が「回心」の結果として，自己の放棄即ち「死」を志向しているとも言えるのである．

Julian Barnes は *Flaubert's Parrot* (1984)[11] の中で，作者フローベールの影を追い求める一人の読者の悲喜劇を描いている．フローベールは作品を解放して作者は消滅するべきと主張した小説家の一人であり[12]，自らの死後にも作品以外何も残らないことを望んだ[13]．それに対して Barnes の主人公の医師 Geoffrey Braithwaite は，妻を失った自らの境遇を『ボヴァリー夫人』の医師シャルル・ボヴァリーと重ね合わせ，フローベールがこの小説を執筆するに当たって机上に飾っていた鸚鵡の剝製の「本物」を探し求める．最終的に主人公の努力は，事情を知っているとの情報を得て面会した老人の「作者が事実通り書いたとは限らない」との一言[14]によって水泡に帰す．これは The Paper Men と同じ問題を，読者の側から見た作品であると言えよう．

第9章　*The Paper Men*——作者の死と再生　149

　バルトによれば，テクストに「作者」をあてがうことはテクストに歯止めをかけることであり，即ちエクリチュールを閉ざすことであるという[15]．現代の作者はテクストと同時に誕生し，エクリチュールに先行することもエクリチュールを超えることもない[16]．にもかかわらず批評家は作品の背後に作者を発見したがり，それは即ち作者の発見が批評家の勝利だからであるという[17]．ミシェル・フーコー（Michel Foucault）はエクリチュールという概念自体が作者の存在を保護し[18]，作者名は必ずテクスト解釈に関与する[19]が，作者が書いたものは必ずしも作者に送り返されるとは限らない，と主張している[20]．現代のテクスト，言い換えれば少なくともフローベール以降の作品においては，言うまでもなく作者も語り手も作品世界の中で全知全能の「神」ではあり得ないのであり，テクスト解釈はより開かれた形で読者に提示されなければならない．それでもなお読者，批評家は作者の声に関心を持つこともまた事実であり，作者がテクストに関して発言すればそれはテクスト解釈を大きく左右する可能性があることも否定できない．「作者」Golding が作品 *Darkness Visible* に関して一切の言及を拒絶していること[21]も，このことと無関係ではなかろう．

　Darkness Visible で示された「言語」の問題は，媒介としての言語が預言者の言葉即ち神の言葉を正確に伝達し得ないということである．この場合の「神」と「言葉」の関係を，そのまま「作者」と「テクスト」の関係に置き換えると判りやすい．神的な作者も神的な語り手も現代文学には原則として存在し得ないにもかかわらず，作者の発言は必ず何らかの形で読者，特に批評家の作品解釈に影響を与え，即ち読者を殺しエクリチュールを閉ざすことになる．現代における神の不在，或いは神の声の伝達の困難さを問題にした *Darkness Visible* に関しては，作者が沈黙を守ることによってテクスト解釈が読者の「自由意志」に対して開かれているのであろう．Barnes の小説において Braithwaite は「全能の神が死んだ故，神に等しい作者も死んだ」というサルトル或いはカミュの主張に対して反論を試みるが[22]，作者の死はやはり神という「中心」の喪失に深く関わっていると言えよう．作者の言葉もまた，作者の手を離れた瞬間に読者の「自由意志」に委ねられるしかない．中心を失った

以上，作者の言葉もそれほどの力をいかなる読者に対しても持ち得ないのである．

そうなると作品研究をめぐって作者を追い回すTuckerから逃げるBarclayと，読者［批評家］であるTuckerに対して主従関係，言い換えれば自分のある種の神的優位性を前提として振る舞うBarclayの行動は矛盾することになろう．この主人公は一方で作者の立場を消滅させようとし，一方で神としての作者の立場を主張しているように見受けられる．作者Goldingもまた，1976年5月にルーアンで行われた講演 'A Moving Target' の中で，「テーマを決めて作品を書き始めることも，作品を書き始めてからテーマを決めることも，いずれも試したことがありいずれも成功した．（中略）作者は主題を選ばない，主題が作者を選ぶ」と，作者の主題に対する優位性を否定している[23]．その一方で彼は，生きている作者は「動く標的」である故，学術的研究の対象にすることは危険であると主張している[24]．このことはつまり，出版と同時に作者から切り離されたはずのテクストに対しての，作者の存在を肯定している発言とも解釈できよう．この矛盾した主張がそのまま，*The Paper Men* の主題を構成しているとも考えられる．作者の存在が本当に作品から切り離されたものであれば，「標的」としての作者が如何に動こうとも作品研究とは無関係のはずである．（或いはGoldingは，作品を細かく吟味することなく作者のみを研究対象とすることに対して警告を発しているのかもしれない．）バルトよりも40年以上前に，E. M. Forsterはエッセイ 'Anonymity: An Inquiry' (1925) の中で，文学作品における「作者の死」を指摘している．文学作品には署名のいものになろうとする性質があり，作者の表層的な実人生と作品との関係にばかり注目した文学研究は危険であると，Forsterは主張する[25]．

一方で作者の文字通りの死は，同時に作者の「復活」「再生」を意味する．*The Paper Men* 第15章で，ロンドンのクラブ 'the Random' にBarclayを追って現れたTuckerが，壁に飾られた英文学史上著名な作家達の肖像画の中にBarclayのそれがないことを訝る件があるが，それに対してこの小説家は「まだ死んでいないからだ．時間をくれ．」と答える (178)．ここでの作者の実生

活における死は，その作者の「古典的作家」へのイニシエイションを意味する．言い換えれば作者はその「通過儀礼」としての「死」によって，より作者としての地位を高め，おそらくは読者によって「神話化」され，早晩伝記が書かれるなどして作品解釈においてもより強く意識されるようになるのであろう．神話，伝承文学などの「特殊な」（或いは Forster の見解に当てはめれば文学本来の）例を除いて，作者の完全な死は事実上不可能に近い．

第14章の最後で死期の近い Elizabeth は Barclay に対して，彼と Tucker が互いを破壊し合っていることを指摘する（175）．しかしながらこの小説における作者の死は，批評家による破壊という単純な図式だけではなく，作者と批評家のアンビヴァレントな関係を含んでいると言えよう．この前の場面で Elizabeth は，主人公が必要としているものは「再建（reconstruction）」であると言うが（172），彼の再建の最終段階を遂行したのは Tucker が放った弾丸であるとも言えるのである．

2．笑劇のネメシス

Darkness Visible において，Boyd の言葉を借りれば「世俗的ヒューマニストの世界観」[26]を代表する古書店主 Sim Goodchild は，作品中の経験から「我々は無垢ではない．我々は罪人であるよりももっと悪い．我々は単に滑稽なのだ」[27]という認識に至っている．Barclay もまた限りなく滑稽に描かれ，しかも本人は自分が滑稽であることに対して常に強迫観念を抱いている．彼は笑劇のスピリットを自分の逃れられないネメシスと認識し（11），妻と威厳を同時に失う危険を実感し，自己を「蠅取り紙についた蠅」に喩える（16）．自分の人生が笑劇に墜ちるのではないかというこの主人公の恐怖は McCarron によれば，自分の人生が真剣さ，重要性を欠くことに対する危惧である[28]．これはそのまま主人公の自意識の強さであり，威厳への執着は彼の傲慢を意味すると言えよう．

この作品では，Barclay と Tucker 双方が「滑稽なる者たち」の代表として提示される．滑稽なる者たちは例えば Matty のような「グロテスクなる者た

ち」と違って，俗性を超越したアウトサイダーになることがない．前作 *Rites of Passage* における Colly が「滑稽」と「グロテスク」の両方の要素を併せ持っていたが，*The Paper Men* に至っては最早俗性を超越したアウトサイダーとしての「グロテスクなる者」は登場しない．物語の中心をなす二人の人物は，対照ではなく同類として描かれる．主人公がこのアメリカ人を嫌うのは明らかに近親憎悪であり，Barclay が認めたくない Barclay 自身の実像を Tucker が体現しているからに他ならない．この意味において，Tucker は Barclay の内面でのみ，例えば Matty が Pedigree に対して持っていた「真実を知覚せしめるグロテスク」としての意味を持つ．そのため Barclay は，Tucker を観察するに当たって，大柄で色白だが全身を覆う「森林のごとき体毛」，「髭の剃り跡」，「左より濃い右の鼻毛」など，できる限り獣的なほどにグロテスクで滑稽な姿に描こうとする（79-82）．自分が滑稽であるという危惧から逃れるために，彼は滑稽さをこの人物に押しつけているのである．このような Tucker の持つ贖罪山羊的機能もまた，これまでの Golding の小説に登場する様々な贖罪山羊達と共通していると言えよう．Boyd もこの人物の贖罪山羊としての側面に注目していて，主人公が自分自身の罪のためにこの人物を罰していることに触れている[29]．Briggs もまた，Tucker が Barclay に対して，Barclay 自身の過去と現在双方の真実の姿を知らしめていることを指摘している[30]．

　Tucker を贖罪山羊化すると同時に Barclay は，自分が滑稽であることの原因をもこの人物に帰属させようとしている．冒頭での，Tucker のパジャマをはだけて傷口を調べている刹那に Barclay のパジャマのズボンが下がり妻に同性愛的行為と誤解される場面（13）に代表されるとおり，この批評家に追われている限り小説家は常に笑劇的事件に巻き込まれる．冒頭の事件のおよそ十年後には，スイスの山岳地帯で崖から落下した Barclay は，濃霧のため落下して宙づりになった際に足下の僅か数フィート下が地面であったことに気づかなかった（87-89）．この笑劇は Tucker が Barclay に対して「命の恩人」として恩を売って「公認伝記作家」としての地位を得るために仕組んだものであ

るが，Barclay が真実を知ったときには当然 Tucker に対しての怒りを増長させることになる（135）．前者の後者に対する怒り，憎悪はつまるところ，後者が前者にとって常に自分の笑劇的真理を暴露する存在であるからであろう．

しかしながら Tucker が Barclay の鏡像であると同様，ともすれば Tucker と思われる Barclay の笑劇の動因もまた Barclay 自身に他ならない．この主人公が常に読者に対して滑稽に映るのは，この人物自身の傲慢，自意識或いは強欲の故なのである．彼は Tucker から逃げ回っているようで，この追手が彼に意図的に近づけようとする，追手自身の妻である美女 Mary Lou に対してはある種の邪念を抱く（例えば31）．また Barclay が隠匿したがっている自分の過去には，十歳年上の女 Lucinda との倒錯的な情交（51），或いは銀行員時代のラグビーの練習終了後，仲間達と試した催淫剤のために勃起がおさまらず，翌日その状態のまま出勤したこと（48-49）等，その情欲に起因する笑劇的な事件ばかりが回想される．そしてこれらの回想を通して主人公は，年齢と共に心に思う言葉と舌先に現れる言葉とがかけ離れて行くことを実感する（50）．

語り手 Barclay は，滑稽なばかりでなくこのように「信頼すべからざる語り手」の一人である．読者が彼を信頼できないのは勿論，この語り手が常に意識する自身の笑劇のネメシスと密接に関係する．何故なら，彼が自己をめぐる真実の多くを語りたがらないのは，或いは語ることができないのは，常に笑劇に苛まれる彼の過去と現在を隠匿したい故に他ならないからである．自分の過去，現在の真実の自己の双方に背を向け，敢えて孤独な状態に自分を置いているこの主人公を，（彼によれば）似非古典学者（112）の友人 Johnny は「甲殻類」と称する（114）が，読者は当然 *Pincher Martin* の中で繰り返される「ロブスター」という，主人公 Martin の真実の姿を示す暗喩[31]を思い出さずにはいられない．この作品における Martin とロブスターの共通項は，Martin の 'Pincher' という渾名が示すとおり，「貪欲に摑み取る手［鋏］」というイメージである．*The Paper Men* においても，主人公の「強欲」という罪は Martin と共通しているものの，さらに「外殻を閉ざして，他者及び自己との対峙の一切を拒む」という意味が付加されている．Briggs はこれを，「大切な

自我に対するあらゆる脅威からの自己防衛」と解読し[32]，John S. Whitley はこの主人公が「死の直前に自分の外側の世界に関するある種の知覚に向かう」までは「Pincher Martin と同様，自己への没頭というパターンの中で暗礁に乗り上げたままである」ことを指摘している[33]．主人公が自己の殻に閉じこもることは，即ち真実の自己との対峙を避けることは，結局のところ笑劇のネメシスからの逃避に他ならない．Redpath は彼が回心に当たって，現在の自己はそれまでの過去の累積的産物であることを認識していることを指摘しているが[34]，このように彼が現在の自己との対峙を拒むことと自分の過去を隠匿しようとすることは同じことであり，Tucker は彼に対してこの双方の試みを妨げる存在であると言えよう．研究者としての Tucker が彼の過去を詮索し，人間としてのこの人物が鏡像として，またこの人物に接することを通して，彼の現在の姿を彼自身に突きつける．彼自身自覚しているように，この主人公が常に伝記の対象にされることをおそれているのは，一つには「絶えず過去の生傷に心がたじろいでいる」(99) からなのである．

3．Barclay の回心

Martin と同様，Barclay の「罪」もまた傲慢と強欲である．彼の傲慢は結局のところ，読者［批評家］である Tucker に対して，自分が「神」であろうとしたことであると言える．教授昇格のための業績にするべく Tucker は，Barclay の公認伝記作家として Barclay の半生を執筆したがる (46) が，Barclay は Tucker を「公認」する気もないままに常にこの批評家に対しての絶対的優位性を前提として振る舞う．Redpath はこの主人公の罪を，「悪意に満ちた利己的な人間であること」としているが[35]，むしろ彼の罪は神になろうとした Satan のそれに等しい．神であるためには威厳が不可欠であり，彼の強欲はそれを必死に守り抜こうと試みるのであり，その意味で彼の笑劇的であることに対する危惧，過去の隠匿，そして自己との対峙からの逃避などは，神であろうとする傲慢という罪に起因すると言える．

一方で Barclay の鏡像としての Tucker もまた，この主人公と同様の罪を

第9章 *The Paper Men*——作者の死と再生　155

背負っていることになる．読者はおそらく，Tucker という名前自体に，「強欲に貪る者，仕舞い込む者」という，'Pincher' と通底する意味を読み取るであろう．Martin と Barclay の類似性については既に触れたが，Barclay の鏡像である Tucker もまた，主人公の贖罪山羊でありながら同時に Martin 的要素を顕著に有する．この批評家は確かに，初めから「神であること」を志向しているわけではないが，この人物の行動は名誉欲，上昇志向といった「強欲」に動かされていると言えよう．Barclay の回心とは対照的に，作品の後半で彼は次第に作者の（彼が信じるところの）「神的な」立場を傲慢にも越えようと試み，さらにおそらくは Barclay を「古典作家」にエントリーさせる意図もあり，この作家を射殺することになる．*Flaubert's Parrot* の主人公もまた，「批評家は密かに作者を殺したがっている」という「あるイタリア人」の言葉を引いて，文学の独裁者として権威を持って語りたがる批評家の性向について言及している[36]．Tucker にとっては Barclay が自己の過去と現在と対峙するために書き始めた「自伝」は批評家，伝記作家としての自分の業績を妨げる存在であり，抹消すべき存在である．作者を殺すことによってこの批評家は，Barclay 文学の「独裁者」になろうとしているのである．さらに言えば，そのためには「作者」Barclay の文壇における地位が高いほど彼にとっては望ましいのであり，その意味で作者を殺すことによって「古典」の仲間入りをさせようとした彼の意図は，彼の傲慢，強欲と通底することになる．

　このように Barclay と Tucker は，いわば Pincher Martin を対称軸として線対称をなすのであり，旧友 Johnny が Barclay に対して指摘するとおり，「長年自己を全く知ることなく過ごしてきた」(115) この主人公は，自己を知るという「回心」の最重要部分を Tucker を通して遂行したことになる．Golding の後期作品においては，「非道な行為」を通して真実に到達することが多いという事実を，McCarron は指摘している[37]．Briggs が言うように，Barclay は自己を知るために「悪」を志向している[38]のであり，例えば「新たに発見した自分の本性に最もふさわしい行為は Johnny の犬を殺すこと」という Barclay の認識 (129) は，Briggs が同じ箇所で述べているとおり，「非寛容，

悪への通過儀礼」である．Tuckerに対する憎悪，非寛容はこのような形で主人公の傲慢を典型的に示すものであり，自己の本性を認識した彼は真の自己の在り方を顕在化させるためにTuckerを犬に見立てた「通過儀礼」（rites of passage）としての「儀式」を執り行おうとする（146-151）．ここで読者は当然，前作 *Rites of Passage* を想起せずにはいられない．前作で主人公Talbotは，贖罪山羊として自分の「俗性」を押しつけ，嘲笑の的としていたCollyを通してある種の真理の知覚に至っている[39]．このTalbotとCollyの関係は，BarclayとTuckerの関係とアナロジーをなすと言えよう．Talbotの成長がCollyの死という代償を伴ったように，Barclayの「書くこと」を通しての自己との対峙は，そのまま伝記作家，批評家としてのTuckerを象徴的に「殺すこと」につながる．

「非寛容」はGoldingの小説でしばしば扱われる主題であり，*The Paper Men* においても主人公の傲慢の一つの局面として提示されている．Briggsもまた，自己の置かれた立場，自己の本性を知ることと，自分の非寛容を実感することとの関係が，Goldingの重要なテーマの一つであることを指摘している[40]．BarclayはTuckerの「頑強さ，体温，体臭」に対して嫌悪を覚え，「怒り，憎悪，恐怖」を感じている（93）．このような主人公の非寛容という問題は，*Darkness Visible*, *Rites of Passage* 等これまでの作品で提示されてきたのと同様，寛容することができない対象の中に自己の真の姿が映し出されている，或いは対象の中に自己の真の姿を見ることを無意識に避けている故に生じるものである．主人公が寛容できない要素の中に，その主人公の本質が含まれていると言える．Goldingの小説の中で繰り返し言及される「悪臭」[41]が *The Paper Men* においてもTuckerの体臭，スイスの山岳地帯に漂う排泄物の臭い（89）という形で提示されているが，これも他の作品におけるそれらと同様，人間の不浄さ，原罪，俗性の暗喩であり，それは処女作において「蝿の王」として具現化されているものと同一である．これまでの主人公達と同じように，Barclayもまた物語中の経験を通して自らの中にこの要素を認め，非寛容を克服し，そのことが「回心」の重要な根幹をなす．

第9章　*The Paper Men*——作者の死と再生　157

　主人公の回心を促した重要な事件として，第11章全体を通して語られるイタリア，特にシチリアの離島のいくつかで彼が経験した事実を見落としてはならない．最初の島で目撃したマフィアに撃たれる警察官 (118)，次の島の窓のない廃墟の回廊で見た数々の着飾った死体 (119)，或いはその島での途切れることのない群発地震 (119-120) 等である．初めの二つの事件は Barclay に死のイメージを喚起した．Martin や *The Spire* の主人公 Jocelin と同様，彼もまた死のイメージから人間の不完全性，脆弱性，非合理性を知るのである．また地震は彼に，例えばイングランドではあまり経験できない種類の，自然の脅威を実感させた．彼は既に，アルプスでの転落事故の直前の場面で，「山は人間に岩を投げつけることもある」と Tucker に述べている (85)．しかしながらこの時の彼の言葉は，後に知るような自然の脅威を知った上での発言ではなく，Tucker の高所恐怖症 (81)，「自分の身の安全に対する異常なまでの深い関心」(86) によって鏡像的に暗示される，Barclay の我執を現しているに過ぎない．Briggs はこの主人公の高所恐怖症が，「高い地位を望むが，高所に登る危険という代償を払う気はなく……その勇気と自信の欠如は Jocelin の恐れを知らぬ尖塔への上昇と対照をなす」ことを指摘している[42]．語り手 Barclay は「高さに耐えられない人もいれば，汚物に耐えられない人もいる」(82) と語っているが，このことは自己保存本能という形で現れる我執，言い換えれば死の恐怖と，先に触れた非寛容が同根であることを暗示している．Barclay が自然の脅威を認識できるようになるのは，それに先行する二つの事件によって死のイメージを認識するのを待たなければならない．シチリアでの地震に対する恐怖は，単なる死の恐怖だけではなく，自然の脅威に対して自分が如何に無力であり，取るに足らぬ存在であるかを理解したことから来る畏怖なのである．

　群発地震の一夜を過ごした翌朝主人公は丘に登り，地震が活火山のせいであるとの「合理的」説明をつけ (120)，「丘の上にいたなら島ごと沈んでも気にならなかった」などと嘯いている (121)．死のイメージと自然の脅威を実感しつつも，未だ彼の回心は不完全な段階にある．彼もまた信頼すべからざる語り手であることを考え合わせれば，このような彼の行動や発言は，それまで自分

を神格化し，孤高の位置にいたつもりになっていた状態から，突如死のイメージや自己の無力さを突きつけられたことに対する当惑とも読みとれよう．この後 Barclay は大聖堂を訪れ，キリストと思われる銀の像と向かい合い，その威厳に圧倒され自分の「宇宙的非寛容」と自分の「創造主」を知らされ，気を失って倒れる（122-23）．Redpath はこの場面を主人公の自己理解，回心の場面と考えているが[43]，それは勿論これまでの物語，特に上に挙げた三つの事件が誘因となって，この場面における回心への一応の到達があるという意味であろう．McCarron はこの小説の主題を，先の暴力的経験とここでの美のヴィジョン，即ち地獄のヴィジョンと天国のヴィジョンが，実は同一であることを示すことだと述べている[44]．これは *Darkness Visible* の主題でもある「善と悪の相互依存」という問題にもつながる．

　彼の回心は結局のところ，神的でない，笑劇的な，卑小な自己を認め，傲慢，非寛容を自覚することなのである．この後大聖堂関係者に介抱され気がついた Barclay は，自分が「おぞましき非寛容によって，その非寛容それ自体の姿に創造された」存在であると考える（124）．この章の末尾で彼は自分の罪を認識するが，それはつまり，自分の存在自体が罪であるということである（127）．小説前半での主人公は，「孤独」を「孤高」と取り違え，俗な人間社会にかかわらないことによって自らを神の位置に高めようとしていたところがある．そのために彼は，自分の過去，現在の自分を取り巻く世界から離れる必要があった．そうすることによって彼は，自らの威厳を保ち，笑劇的本質を排除したつもりだった．しかしながら後半，特に大聖堂での経験の後，彼の孤独は「痛み」として認識されるようになって行く．14章冒頭で Barclay は引用符付きの 'home' 即ちイングランド，自宅，自分が所属する場所，さらにいえば Elizabeth がいるところ，慰め，癒しが得られる場所に，帰りたいと思うようになる（164）．彼の痛みとしての孤独はこの後，Elizabeth の病死によって最高点に達する．痛みは死と同様，人間の不完全性，脆弱性，非合理性をも意味する．

　後半で主人公はいくつかの身体的な「痛み」を経験するが，これらは勿論彼

第9章　*The Paper Men*——作者の死と再生　159

の，自己の本質を受け入れることに伴う内面的「痛み」を象徴的に示す．ローマの街を徘徊した際に，かつて戦争で得た足の古傷が腫れ上がり，「気を失うほどの痛み」に彼は襲われる（160）．戦争の古傷は彼が過去に持っている「傷」の代表であり，その現在における痛みは現在の彼と過去の彼の連続性，また過去から現在に続く「罪」を認めることの「痛み」の暗喩である．Barclay はまた，この後日記を書こうとして手の痛みを覚えるが，これは Briggs が指摘しているように，「作家であることの罪悪感」を表す[45]．彼の罪悪感は，彼の語るところによれば，「正しい者としての責任，神聖であろうとする下劣な恐怖感」からの自由，「自分が罪人であることを知っていることから得られる平和と安寧」（188）を意味する．既に触れたように主人公は「書くこと」によってのみ自己と対峙できるのであり，即ち書くことによってのみ自己の「再建」或いは「再生」が可能となるのである．その意味で彼の手の痛みは，回心の痛み，再生の痛みであると言えよう．

4．結論——作者の再生

　表題 'the Paper Men' には例によって多義的な意味が含まれる．作品中に，批評家も作者も人間について何も知らず，ただ紙（の上の人間）について知っているだけ，という Barclay の語りがあるが（76），そこから自分はただの「紙の上の人間」（paper man）であると考えるに至る（77）．小説家 Barclay の洞察力，人間観察力には確かに限界があり，例えば彼が逃亡中に執筆し出版した小説 *Horses and the Spring* には Mary Lou を部分的にモデルにした女主人公 Helen Davenant を登場させているが，この人物に彼は Mary Lou の「ある種のぎこちない善性」「完全な無垢」を描いている（100）．またここでいう 'paper man' は Barclay が「紙の上に書かれた人間」であることをも同時に意味している．語り手 Barclay の言葉は信頼できず，そもそも前二作で問題にしているとおり，媒体としての言語それ自体が不完全であり，その伝達能力には極めて低い限界がある．そうなると，紙の上に，信頼すべからざる語り手が，不完全な言語で描いている主人公 Barclay もまた，単に紙の上の信頼

すべからざる存在であると言えよう．そして表題が複数形であることを考えれば，この人物の鏡像であるTuckerもまた紙に描かれた男に過ぎないことは言うまでもない．

　表題のこの意味のレヴェルの深層に，もう一つの意味のレヴェルがあることに多くの読者は気づくかもしれない．即ち，この小説の主題が「神的でない」「笑劇的な」「取るに足らない卑小な」人間という真理を示すことだとすれば，'the paper men'は「紙の如き男達」「紙一枚の重さに等しい，卑小な男達」という，BarclayとTuckerの真の姿，及びそこから帰納法的に適用される人間一般の本質ということになる．前作の主人公Talbotは小説の結末で，自己の無知，不完全性，俗性を認知している．Barclayもまた，これに近いところに到達していると言えよう．

　Barclayは神格化された作者としての地位から降りることによって，即ち作者として「死ぬ」ことによって，ある意味で「再生」を果たしたと言える．しかしながらその後には，批評家によって文字通り「殺される」ことを通して，文学史の中に組み込まれ伝説化された作者として再び誕生することになる．小説全体を通して作者と批評家は，「追う者」と「追われる者」の関係を時に逆転させつつ，Elizabethが言うように「互いを破壊し合っている」のである．しかしながらこの小説の中心にあるのは，実のところ作者と批評家の相互依存という関係ではないのだろうか．これまでの作品でも繰り返しGoldingは，善と悪，聖と俗といった両極同士の相互依存，相補性を扱ってきた．この関係が *The Paper Men* においては作者と批評家なのであろう．作者がア・プリオリに存在しなければ批評家の存在があり得ないことは言うまでもない．しかしバルトの言うとおり神としての作者が存在し得ない現代文学においては，作品の完成と同時に作者は死ななければならないのであり，テクスト解釈は読者，批評家に対して開かれていなければならない．一方で言語を媒介とするあらゆるエクリチュールは，神という中心を持たないポストモダン的世界の宿命として，媒介としての言語が持つ限界故に正しく伝達されないことも多々あろう．ここに現代の批評家の存在理由の一部があるが，同時に批評家の言葉もまた完

全でないことは言うまでもなく，また作者が作品から抹消されているなら批評家の言葉が作者のそれと同一でなければならない理由もない．批評家は読者の代表として，作者の影を喪失したはずの不完全な作品を完成へと近づけようとするのであるが，その段階で多くの批評家は作者の影を抹消したがるのと同時に作者の存在を意識し，作者を復活させたがる．ここに，作者と批評家のアンビヴァレントな関係性がある．Barclay と Tucker は，或いは少なくとも前者は，相互依存を意識するところまでは到達し得たが，和解するには至っていない．この両者の理想的な関係は，互いに対して神であろうとしている限り成立し得ないのである．作者，批評家共に，不完全で脆弱で卑小な一人の人間に過ぎないという事実を，この小説は伝えているのであろう．また批評家は一般読者に対しても，神的な威厳を持とうとしてはならないということを，同時に警告しているものと考えることも出来よう．

　本章においても，作品 The Paper Men を解読するに当たって，敢えて作者 Golding を主人公 Barclay と重ね合わせることを避けてきた．しかしながら同時に，Pincher Martin, Darkness Visible 或いは Rites of Passage といった先行作品を絶えず参照したということは，やはり作者 Golding の存在をその中心に意識していることになろう．たとえ現代文学においても，作者が完全に死ぬことは極めて困難であり，批評家は（Forster が言うように）作者の個人的問題を詮索するのではなく作品を分析することを通して，作品に何らかの意味づけをして一度死んだ作者を再生させるのに荷担することになるのであろう．

註

1) William Golding, *The Paper Men* (London: Faber and Faber, 1985). 作品からの引用はこの版の頁数を本文中に（ ）で示す．
2) Malcolm Bradbury, 'Crossing the Lines', p. 344.
3) Kevin McCarron, *William Golding*, p. 45.
4) Ibid., p. 46.

5) David Lodge, 'Life Between Covers', p. 174.
6) Philip Redpath, *William Golding*, p. 182.
7) Julia Briggs, '*The Paper Men*', in Don Crompton, *A View from the Spire*, p. 174.
8) S. J. Boyd, *The Novels of William Golding*, p. 214.
9) Redpath, op. cit., p. 196.
10) Roland Barthes, 'The Death of the Author', *Image—Music—Text*, trans. Stephen Heath (New York: Hill and Wang, 1977), p. 148；ロラン・バルト『物語の構造分析』花輪 光 訳 (東京：みすず書房, 1979), p. 89.
11) Julian Barnes, *Flaubert's Parrot* (London and Basingstoke: Picador, 1985).
12) Ibid., p. 86.
13) Ibid., p. 12.
14) Ibid., p. 188.
15) Barthes, op. cit., p. 147；バルト, op. cit., p. 87.
16) Ibid., p. 145; p. 84.
17) Ibid., p. 147; p. 87.
18) ミシェル・フーコー『作者とは何か？』清水徹, 豊崎光一訳 (東京：哲学書房, 1990), p. 27.
19) Ibid., p. 36.
20) Ibid., p. 48.
21) John Haffenden, *Novelists in Interview*, pp. 107-8.
22) Barnes, op. cit., pp. 88-9.
23) Golding, 'A Moving Target', *A Moving Target*, pp. 167-8.
24) Ibid., pp. 169-170.
25) E. M. Forster, 'Anonymity: An Inquiry', *Two Cheers for Democracy* (Harmondsworth: Penguin, 1965), pp. 92-3.
26) Boyd, op. cit., p. 143.
27) Golding, *Darkness Visible* (London: Faber and Faber, 1980), p. 258.
28) McCarron, op. cit., p. 49.
29) Boyd, op. cit., p. 207.
30) Briggs, op. cit., p. 160.

31) このことについては本書第3章第3節を参照のこと．
32) Briggs, op. cit., p. 173.
33) John S. Whitley, '"Furor Scribendi": Writing about Writing in the Later Novels of William Golding', in James R. Baker ed., *Critical Essays on William Golding*, p. 191.
34) Redpath, op. cit., p. 192.
35) Ibid., p. 192.
36) Barnes, op. cit., pp. 97-8.
37) McCarron, op. cit., p. 51.
38) Briggs, op. cit., p. 178.
39) このことについては本書第8章第3節を参照されたい．
40) Briggs, op. cit., p. 177.
41) 例えば Golding, *Darkness Visible*, p. 143; *Rites of Passage* (London: Faber and Faber, 1982), p. 4.
42) Briggs, op. cit., p. 170.
43) Redpath, op. cit., p. 192.
44) McCarron, op. cit., p. 47.
45) Briggs, op. cit., pp. 162-3.

第10章　*Close Quarters*
——痛みをめぐる悲喜劇

　Close Quarters [1] (1987) は *Rites of Passage* の続編であり，続く *Fire Down Below* (1989) と共に「海洋三部作」(*To the Ends of the Earth: A Sea Trilogy*) を構成する．前編に続き植民地提督補佐就任のため老朽化した客船で豪州に向かう Edmund Talbot の航海日記という設定ではあるが，異なる点は今回の日記は後見人に宛てられていないということである．語りは洋上で出会ったインド行きの英国船 'Alcyone' との交流（特にそこで出会った少女 Miss Cholmondeley への主人公の片恋）をめぐる前半部分と，破損した上檣と船体に付着した海藻に悪天候が相俟っての危険に晒された航海を綴る後半部分に分かれる．全体として繰り返されるモティーフは主人公の「涙」と「痛み」である．*Rites of Passage* で古典主義的世界観から浪漫主義的世界観への移行，即ちオルテガ-イ-ガセーの言う「歴史的危機」[2] の一つを扱っていたのに対して，*Close Quarters* は James Gindin が言うように「変遷の不確実な過程の最中にある世界における内面的調整を表している」[3]．言い換えれば前者では人間の世界の枠組みとしての「時代」の推移を主題とし，後者ではその推移への対応としての人間の内面の変化，修正を描いているのである．本章でも主人公 Talbot の内面的変化に焦点を当て，特にその変化，成長に関与する「痛み」の意味を考察することによって，前編ばかりでなく他の Golding の先行作品との関係をも明らかにしたい．

1．最も信頼すべからざる語り手

　多くの現代小説の例に漏れず，Talbot もまた「信頼すべからざる語り手」の一人である．Pincher Martin や *The Paper Men* の Barclay 等，Golding のこれまでの語り手も信用できかねる人物が多かったが，*Close Quarters* の語

第10章 *Close Quarters*——痛みをめぐる悲喜劇　165

り手は彼ら以上に胡散臭く，また同一人物でありながら *Rites of Passage* の Talbot よりも読者の立場からは遙かに信用できない．何故なら彼は第1章末尾近くで，この日記を自分以外は誰も読まないものと決め，以前の後見人宛の日記において自分は「正直すぎた」とまで明言している (14)．また第2章の暴風の場面で彼は頭部を強打しているが，これを境に思考が正気でなくなっている可能性を後に自覚している (191)．さらにこの語り手は，小説の結末近くになって，これまで船内で日記として書いていたことを装っていたが実は後になってから遡って書いたこともあったと告白している (279)．この箇所に至って思い出されるのは，Talbot に日記帳を売ったパーサーの Mr Jones に対して，小説の半ばを過ぎたあたりで日記執筆が混乱して進んでいないことを話している (166) という事実である．*Rites of Passage* においても例えば対話の部分などは，一字一句実際に話された通りではあり得ないことを，読者は念頭に置いていたであろう．しかしながら *Close Quarters* に至っては最早語りの真偽を判定することが不可能に近くなっている．この小説の語りは，自分が偽証していると明言した人物の証言を聞くこととあまり異なるところがない．しかも中心をなすのが主人公の内面の問題である以上，事件の客観的描写以上に語り手が偽りを述べている可能性が高い要素の中に主題の重要な部分がある．読者は主人公と他の人物との関係の中から，彼の内面に関する真実を推測するしかなかろう．

「海洋三部作」全体が Talbot の成長の物語であることは言うまでもないが，多くの批評家が指摘するようにその成長に応じて，前作で死んだ Robert James Colly を始めとする周囲の人物達の彼にとっての意味が変わる[4]．Colly に対して前作で Talbot は，自分より下の階級に属する滑稽な人物として，常に距離を置いて冷笑的な目で見ていた．それがこの作品に至って，彼がある種の真理を伝える熟達した語り手であり (69, 133)，優れた英語の使い手であった (280) ことを理解したばかりでなく，この人物が自分の鏡像であったことをも認めていることが暗示されている (108)．Golding の小説中最も信頼すべからざる語り手であるこの作品の Talbot は，Miss Cholmondeley への片恋を

めぐる自己の内面の複雑さ，また自分の愚行を言語化することができない．この時に Colly が姉への手紙で示した生来の描写技術を彼は切望するのである．

　Rites of Passage において生まれついた階級から上への移動を果たした者として主人公が尊敬していた一等大尉 Charles Summers は Colly とは逆に，*Close Quarters* では主人公の内面においての地位が下降する．冒頭で Talbot は彼を密かに「親友」と称し (3)，面と向かっては 'Mr Summers' と呼びかけるも日記の中では 'Charles' と呼ぶ (9)．このように前作で Colly が Talbot を慕った如くに Talbot は Summers を敬愛するのであるが，後にこの一等大尉は霧の中を遠方から接近しつつある *Alcyone* を「英国船ではあり得ない」と誤認し (36)，酒癖の悪い大尉 Deverel と交換され *Alcyone* から乗り移ってきた大尉 Benét に対して「女性的な弱さ」即ち嫉妬を示し (244)，実は以前から Talbot に対して自分の後援者となることを望んでいたことが明らかになる (268)．Summers は Talbot を実際よりも遙かに年上と認識していたのであり (270)，要するにこの両者の関係は互いを過大評価することによって成立していたと言える．この誤解が氷解したときに，彼らの間には対等な友人関係ができ上がる．

　Colly と Summers 両者が主人公に対して持つ意味の変化は，そのまま主人公の内面的成長を反映していると言ってよい．前作で18世紀の新古典主義的世界観から19世紀の浪漫主義的世界観への移行を扱った際に，旧来の世界観を代表するのが Pope でありまた Talbot であり，来たるべきそれを代表するのが Coleridge であり Colly であった．この移行はしかしながら，古い世界観を完全に捨象することによって遂行されるのではなく，双方の世界観同士の連続性，相補性を認識することを通して，両者を和解させることによって成立するのである[5]．そうなると前作では必ずしも明確に描かれてはいないものの，Talbot にとっては自己と Colly との鏡像関係，即ち対照的である分だけ類似した，相補的要素を認識した上で，この人物の真価を認めこの人物が到達しようとしていた所へ到達することを目指すのが，その成長の重要な局面となろう．*Close Quarters* の語りに暗示されるこの主人公の成長は，このような意味で Colly

第10章　*Close Quarters*——痛みをめぐる悲喜劇　　167

の価値を彼が認めるようになるという事実によって立証されるのである．一方の Summers については，Talbot がこの人物を過大評価していた理由が階級意識に他ならない故，この人物を盲目的に尊敬している主人公には，人間の本質に対する理解の不十分さが常に暗示されている．*Rites of Passage* においては船内の階級的世界の境界線である主檣の下に引かれた「白線」が終始語りの中で意識されていたことが如実に示すように，主人公は階級によってすべての人間を評価していたと言っても過言ではない．Summers の弱い面が見えるようになったという事実は，この語り手が階級という言語によって曖昧化されていたその人物の本質的部分に注目できるようになったことを意味している．

　Talbot が信頼すべからざる語り手であるもう一つの理由は，語りの内容が言語によって伝達され得ないような複雑性を含んでいるということである．この意味でこの小説の主題は，媒介としての言語の限界，不完全さという，*Darkness Visible* や *The Paper Men* で扱われた問題と関連してくる．*Close Quarters* においては，語り手の言葉は語り手自身の経験の複雑性を表現しきれず，殊にそれが恋愛感情をめぐる問題になると，語り手自身がそれを表現できていないことを自覚する（90, 133）．Gindin はこの作品で Talbot が前作においてよりも言葉それ自体に対してより懐疑的になっていることを指摘している[6]．J. H. Stape もまた Talbot の言葉に対する無垢な信頼，論理性に対する過大評価，自信と一途な野望が，それらと同じくらい偏った感傷性へと移行していることに言及している[7]．18世紀的合理主義者 Talbot にとっては，人間の感情もまた言語によって合理的，理論的に表現され伝達され得るはずであった．前作で彼はある言語から別な言語への完全な翻訳は可能であると断言しているが[8]，これは彼が言語の複雑性，多様性，恣意性，不規則性に気づいていないことを示す．実際に Cholmondeley への片想いの心痛を経験して初めて彼は，その痛みを完全に表現することのできない言語の不完全性を認識するのである．

　彼は内面の感情ばかりでなく，Cholmondeley 本人をも言葉で描写することができない（90）．自分が彼女に魅惑される理由はあらゆる合理性を超越して

いる故，それを論理的に説明することができないのである．初めに彼は *Alcyone* との合同舞踏会の計画を話し合っている場面で，病弱な孤児でありインドに永住する予定の彼女がピアノを弾くことになっている旨を聞かされる (66) が，この場面について書いている時に彼女の姓「チャムリー」をこの語り手は 'Chumley' と表記する．後に *Alcyone* 船長夫人 Lady Sommerset からの手紙に 'Miss Cholmondeley' と記されているのを読んだ (211) にもかかわらず，彼は終始 'Miss Chumley' と書き続ける．この綴りの相違はそのまま，真実の彼女と Talbot が認識している彼女とのずれを象徴する．Stape も言及しているように，彼女は Cinderella, Juliet, 或いは Dryden の Cleopatra として語り手に認識され，血と肉を持ったリアリティとして認識されない[9]．Kevin McCarron もまた，彼女が語り手によって崇拝され，神格化されていることに触れている[10]．前作で娼婦的な Zenobia と性的要素が欠如したガヴァネス Miss Granham という二極化した女性像が提示されたが，後者が合理主義的自由思想家 Mr Prettiman と婚約したことにより意外な女らしさ，さらにいえば人間らしさを示すようになったこと (62 etc.) で，この人物は主人公の内面において前者の対極に位置しなくなった．そこで今度は娼婦 Zenobia に対して処女，聖女 'Miss Chumley' が対照として配置されるのである．現実の Cholmondeley は Benét が言うように「未熟な」(218)「ただの女子高校生」(208) なのであろうが，Talbot はあくまでもこれを認めない．ここに現実の不完全な人間としての 'Cholmondeley' と Talbot によって理想化された 'Chumley' の相違がある．また 'Cholmondeley' という姓は，George Bernard Shaw の指摘する 'ghoti' (fish) と共に，英語の音声と綴りの関係の不規則性を説明するのに最も頻繁に引き合いに出される例である．この不規則性は，表音文字としての英語の綴りの不完全性を物語るものであり，即ちここでは伝達媒体としての英語という言語の，或いは英語に限らずあらゆる言語の，限界を象徴しているとも解釈できよう．

Benét は Talbot との対話の中で，「最も繊細で最も傷つきやすい者とコミュニケイトする必要に直面した場合，詩だけがその繋がりを作り得る」と述べ

ている (206). 冒頭で語り手は Lord Byron の「詩の力」に感嘆し，自分もいずれそれを試してみたい旨を語っている (5). Pope こそが最も偉大な詩人と考えている彼が Byron を模範としていること，またそもそも彼が詩を試そうと思っていること自体，この件が Cholmondeley との出逢いの後で書かれていることを暗示しているが，いずれにせよそれまで自分を散文向きの人間と思っていた Talbot (212) を詩の創作へと向かわせた動因が恋愛感情であったことは事実である．さらにこの冒頭の件で，詩の力を行使して真理を伝達することを Colly であれば遂行できたはずであったと，この語り手は考えている．さらに Benét ばかりでなく Cholmondeley も詩の「中毒患者」であると語り手は言い，彼女の作品について「Pope でもここまではできなかった」と考える (212). ここで既に Talbot は，18世紀的合理主義の限界に気づき，浪漫主義的な方向に傾倒し始めていることが明確になろう．それまでも彼は多くの詩を読んではいたが，それは「自分の合理主義，冷淡さ故に，自分に対して閉ざされていた生の一側面を理解するため」であった (215). 彼は 'Miss Chumley' の心への一番の近道として「詩人になること」を選択する (212-3) が，それは Pope に代表される新古典主義的な詩ではなく，Coleridge, Byron に代表される浪漫主義的な詩であったに違いない．何故なら彼はここで，「我々は皆狂人」という航海長 Smiles の言葉を真実と理解していることからも判るとおり，詩を書くという行為それ自体も理性によって行われるのではなくある種の狂気によって遂行されることを実感しているからである．それ故彼は詩が法則ではなく魅惑によるものであることを理解し，それが神的な愚行であるとまで認識している (216).

　この認識は *Pincher Martin* の主人公が一度試みて到達し得なかった認識である．Martin は意中の女性 Mary への募る想いによって，また彼女の魅力という「酸」によって，自分のプライドが浸食されて行き，それまで絶対視していた合理主義によって説明することができない種類の感情を経験する．そしてこの経験を，詩ではなく戯曲という形であるが，作品化しようとしていたのである[11]．Martin の中では最終的に愛が傲慢を凌駕することはなく，この主人

公は死の直前まで（或いは肉体の死の後に魂の死が訪れる直前まで）合理主義者であり続けた[12]。このMartinが達し得なかったところに，Talbotは到達しているのである．

　しかしながらTalbotの認識もまた完全ではない．彼はChumleyへの「我が真実なる情熱の詩」をラテン語で書き始め，二行目を書いたところでそれを英訳している（214-5）が，これは前作で繰り返されていたように彼が完全な翻訳を信じていたからである．英訳してみて彼は，当初の努力が薄れたような気分になる（215）．合理的にとらえることのできない自分の感情を母国語である英語で表現できないこと自体，この語り手がCollyには未だ遠く及ばないことを意味している．当然この信頼すべからざる語り手が散文で語る言葉には，その内面の複雑性が十分に表現されているとはとても言えない．

2．小宇宙としての老朽客船

　McCarronはこの作品が *Rites of Passage* よりも閉所恐怖症的であることを指摘している[13]．表題に既に暗示されているように，小説の舞台となる船内は「閉ざされた空間」である．Alcyoneとの交流の件で語り手は双方の船の甲板が「隣り合った二つの通り」であり，船全体が「荒れ果てた未開地に孤立する一つの村」のようだと語る（72）．そこでは人々が「幼い子供の如く，ごっこ遊びの世界に入りきっている」と言う（73）．さらにこの「あらゆる場所から1000マイル離れた異常な村」（74）で語り手の認識は「このどこでもない洋上が想像しうる全世界，歴史の隘路，最大の戦争の終わり，最も長い旅路の中間であり，無である」という実感に至るが，その認識を伝えるべく「英語という言語を自分の努力にねじ伏せてみるが失敗する」（75）．後に彼は，船内の火が消えたことで温かい食事はおろか熱湯でさえ手に入らなくなるという「簡単な事実」から，船が完全に自己完結的な宇宙空間であることを改めて実感する（185-86）．また「後記」の章でTalbotは，船内における閉ざされた共同社会に特有の「興奮状態」（hysteria）に言及している（275）．前作の最終章でも彼は，航海中人々は互いに近づきすぎている故にいささかの精神異常を来たす，

第10章 *Close Quarters*——痛みをめぐる悲喜劇　171

と述べているが，閉ざされた世界における狂気は *Lord of the Flies* 以降 Golding の作品でしばしば繰り返されるモティーフである．これが合理主義で説明することのできない人間の感情の非合理性，不規則性，多様性の一例であることは言うまでもない．

　前作に引き続き，この閉ざされた空間は英国社会の縮図として機能する．そうなるとこの種の狂気は，社会全体の腐敗という問題と結びつくであろう．前作ではこれが，船内に立ちこめる「悪臭」というイメージで提示されていた．*Close Quarters* においてこのイメージに呼応するのは，船体に付着した「海藻」である．海藻は船体の木材を腐らせ，航海の妨げにさえなる．船は後方に何ヤードもカーペットのように海藻を引きずって進むが，Talbot はこれを「不快な」光景だと言う (253-54)．ここではこれまでの Golding の小説で度々繰り返されてきた「排泄物」「汚水」或いは「悪臭」といったイメージと，この海藻との繋がりが明確に示されていると言えよう．これらは皆原罪としての「蠅の王」即ち人間に内在する「不浄なるもの」のシンボルであり，それは各々の作品で「我執」「傲慢」或いは「俗性」と同一視されてきた．いずれも合理主義でとらえることのできない非合理的な要素である．

　しかしながら Talbot は，このような非合理的局面をただ不快なものとして徒に退けているだけではない．海藻を船体から剥がす方法を船長 Anderson と Benét が話し合う場面でそれを小耳に挟んだ Talbot は，海藻を剥がせば船体の木材をも剥がすことになるのではないかと危惧する (251) が，このことは即ち彼が，「蠅の王」の存在を自らの内面に認めた上で，それを人間の生にとって必要なものとして認識していることを暗示する．これは *Darkness Visible* で扱われた，善と悪，聖と俗の「相互依存」という主題[15]につながる．この認識もまた Talbot の成長の一つの局面を明確に示すものであろう．

　「歴史的危機」の後の「内的危機」を象徴するかのように，閉鎖的宇宙としての船は荒れ狂う洋上で揺れ続ける．この船は第2章前半で既に転覆しかけ (18)，その後も逆風を受け続け (27)，やがては直立するのも困難な程となる (146)．また沈没の可能性についても時折言及される (195, 37 etc.)．荒れ狂

う波もまた，閉鎖的小宇宙を取り囲む世界の非合理性，不規則性，多様性を表す．船内のすべての者たちは，この非合理性を受け入れその動揺に耐えるより他に為すすべがない．*Rites of Passage* の最終章で Talbot は，生は形のない営みであり，それを形に嵌め込もうと試みる点で文学は間違っていると，Summers に対して語っていた[16]．これが前作でのこの主人公の成長における一応の到達点であり，生の非合理性不規則性，言語の不完全性を彼が認識し始めた兆候である．*Close Quarters* における老朽船の動揺は，恋の痛みと同様，Talbot のこの認識をさらに前進させたと言ってよかろう．

この閉鎖社会における主人公の位置もまた，その成長と共に変化する．Gindin によれば Talbot はこの作品に至って船内の世界により深くかかわることになり，それによってそれまでの孤高の位置，自分の能力の幻想を喪失しているという[17]．これは *The Paper Men* で主人公 Barclay が辿った過程と非常に似ている．彼は友人から「甲殻類」と形容されるほどに自己の殻に閉じこもり，「孤独」を「孤高」とはき違え，俗な人間社会に極力かかわらないことによって自らを「神」の位置にまで高めようとしていた．この主人公の「回心」は，真の自己と対峙することを通して，「孤高」の位置から降りて俗な者たちを，自分もその一員と認めることで寛容することによってのみ達成される[18]．Talbot もまた，当初は貴族としての選民意識を振りかざし，常に「白線」を強く意識していたが，度重なる荒波によって白線が洗い流され消滅する頃になると，彼もまた線の向こう側にいたはずの移民たちとでさえ交流するようになる (276-77)．作品の冒頭で彼は自分の高慢な振舞い，自分の価値に対する自意識を既に治療したと述懐している (3) 一方で，Summers との雑談の中で自分は支配的立場の政治家になると豪語し，参政権は知的，血統的に「正統」な者に限定すべきであるという意見を述べている (9-11)．この矛盾はしかしながら，この日記が後記に書いているように時間を経てから書いたということが真実だとすれば，矛盾ではなく彼の一定の変化を明らかに示すものである．

船内において主人公の位置に有形無形の影響力を持つ人物の一人として客室乗務員 Wheeler を忘れてはならない．この人物は前作の最終章で甲板から海

第10章 *Close Quarters*——痛みをめぐる悲喜劇　173

に転落死したはずであった．それがこの作品に至って，*Alcyone* に乗って Talbot の元に再び戻ってくる（52）．前作で彼は確かに，Talbot の様々な雑用を的確にこなし，船内の事情にも通じた有能な乗務員であった．彼を失ったとき Talbot は，Phillips では彼の代わりは務まらないと，その「死」を惜しんでいる[19]．それが *Close Quarters* では，Talbot はしばしばこの人物を邪険に扱い，自分の船室から追い払う（68, 210, 219, 262 etc.）．彼が Talbot に疎ましく思われるほど頻繁に船室を訪れていたことは当然，Talbot に伝えるべき何か，しかも伝えることが困難な何かを内に秘めていたのであろうが，それは読者にも語り手にも直接的には明かされないままに彼は謎めいた自殺を遂げる（262）．Wheeler が Talbot に冷遇されるようになった理由の一つは，Colly がいなくなったことでそれまで Colly が Talbot をはじめとするこの閉鎖社会の人間たちに対して果たしていたある種の役割が（少なくとも Talbot にとっては）Wheeler に移行したことであると推測できよう．その役割とは即ち悪，俗性，不浄さ，滑稽さといった，人間が自分の中には認めたくない「好ましからざる要素」を押しつける対象としての，贖罪山羊的役割である．前作では Colly が滑稽でグロテスクな存在として，主人公が自己の内面には認めたくない俗性，不完全さ，非合理性などを外在化させる対象であった．Colly という贖罪山羊を失ったこの小世界において，Talbot にとってその代わりとなる可能性を秘めた人物は（白線の向こう側を除けば）Wheeler しかいない．彼の自殺の場面のグロテスクさ（262-64）は，*Lord of the Flies* でこの贖罪山羊の位置にいた Piggy の死の場面を彷彿とさせる．

3．痛みと死のヴィジョン

　Close Quarters における Talbot の経験の中で，特に読者の印象に残るのは先に触れたとおり涙，痛みであろう．Cholmondeley と初めて出逢い，会話を取り交わした場面において，この主人公の目には涙が浮かぶ．この信頼すべからざる語り手は日記を書いている時点でも，「大人の，正気の，実際かなり冷淡な，政界に影響力さえ持つ人物」が涙を流した理由が判らないと述べている

(95)．この後の合同舞踏会が始まる場面では，難病を抱え余生が長くない Mrs East の歌に一同が静まり返るが，この時にも Talbot は涙を禁じ得ない．そしてその涙を，悲しみでも喜びでもない，「会得の涙」であると述べている (116-17)．さらに舞踏会が終わり，Cholmondeley と別れた後で彼は，一人で涙を流している (128)．これが彼女との会話，Mrs East の歌何れを思い起こしての涙であるかは明言されていないが，何れにしても根底にある意味は同じであろう．何故なら何れの場合も，死のイメージに結びついているからである．Mrs East ばかりでなく Cholmondeley もまた，病気で衰弱しつつあり自分の生に対して絶望している (104)．死を直視することは *Pincher Martin* や *The Spire* でも扱われた主題であるが，この作品でも主人公の成長の中核をなしていると言える．

「痛み」は *Rites of Passage* でも勿論重要な主題の一つではあったが，痛みの経験は Colly に主に与えられ，Talbot は Colly を通して最終的に痛みを知覚するに至るのであった．*Close Quarters* ではその結果として Talbot が経験する痛みが主題の中心に来る．前作でも主人公の身体的な痛みへの言及は度々見受けられた[20]が，この作品ではその頻度が前作とは比較にならない．Summers との会話の中で Talbot が頭痛持ちであることが判るが (17)，それが時には執筆中の日記を中断してそのまま 3 日間も再開できない程となる (16)．また時化により船が揺れて転倒した場面では，*The Spire* における主人公 Jocelin の症状を思い起こさせるように「背中に痛みという悪魔」を知覚し (19)，また頭部を強打して「刺すような痛み」を感じる (21)．その後も激しい頭痛で突然目覚め (39)，その頭痛と眩暈がおさまらず (45)，また転倒の際の頭部の負傷の痛みもその後も続く (96)．このような身体的な痛みは，主人公が理解しつつある人間の脆弱性，不完全性，非合理性の暗喩であり，同時にそのような要素を自己の内面に認めるに際しての心理的痛みの暗喩でもある．彼は子供が成長する際に知覚する様々な身体的痛みについて触れているが (194)，彼が感じている痛みもまた成長の痛みでもある．*Pincher Martin* においても主人公が知覚する痛みは，具体的なものから抽象的なものへと移行して

第10章　*Close Quarters*——痛みをめぐる悲喜劇　175

行ったが，Talbot の痛みもまた最終的には抽象的な痛みとなる．常に我々につきまとう「悪しきもの」の存在を忘れてはいけない，という Jones は，同時に「この洋上にいても，自分は痛みの床に横たわっている」と述べている (256)．ここで言う「痛み」こそが，主人公が到達する途上にある自己認識のメタファーである．Wheeler の死後 Talbot は「荒涼とした喪失感と，その喪失感が痛みに変わる予感」を知覚している (266)．

　もとより頭痛持ちであった Talbot に，悪魔にたとえられるほどの痛みをもたらしたものは不規則で多様で予測できない波のうねりであった．これを自然の脅威と言い換えても良いかも知れない．何れにせよ，理性，合理主義ではとらえきれないものであり，文明国イングランドで貴族として生活していては認識できなかったものである．さらにこの波は，船全体を「生死にかかわる危険」に晒す (234)．主人公の痛みが結局の所，自らの完全性という幻想を棄てて，その脆弱性，不完全性，非合理性を受け入れることであり，それが彼の成長であるとすれば，最終的にはその痛みは死のヴィジョンを受け入れることであると言えよう．将来を有望視されていた Talbot は，当初その将来の先に「死」を認識していなかった．それが幾度か生命の危機を経験することによって，その将来より手前にさえ死が待ち受けている可能性を否定できなくなった．小宇宙としての船の内部を支配しているのは，すべての老若男女に共有される，自分たちが置かれた「悲しむべき状況」(275) という共通認識である．船が沈めば死を黙って受け入れるしかなく，自然の脅威を前にしての人間の卑小さをあからさまに示されるこの状況は，実は洋上に限らずあらゆる人間が置かれた状況の暗喩であり，そのことを理解する苦しみが即ち「痛み」なのである．

　Talbot の成長は勿論未だその途上にあり，そのことを裏付けるかのように *Close Quarters* の結末では彼自身が続編の存在の可能性に幾度か言及している (279 ff)．到達すべき過程を残したこの主人公は，突きつけられた死のヴィジョンを即座に受け入れているわけではない．このことが，彼が Wheeler を避けているもう一つの理由であろう．一度死んだはずの Wheeler の存在は，Talbot にとっては死のヴィジョンを体現した存在に他ならないのである．彼

がWheelerを度々自室から追い出すという事実は，死のヴィジョンを受け入れることを拒絶しているという意味に解釈できよう．ある時Talbotの部屋で彼の帰りを待ち受けていたWheelerは，いつもと違ったただならぬ様子で，自分は今地獄にいると言う．この時Talbotは「それまで戦い続けてきた振り子の揺れに負けて」傍らにあったバケツに顔を埋め嘔吐する（183）．この「揺れ」による嘔吐が単なる船酔いでないことは明らかであり，主人公はこの乗務員が伝えようとしていた死のヴィジョンを嫌悪し拒絶しているのである．後にこの人物が目の前でピストル自殺を遂行した時，即ち結果としてより直接的に死のヴィジョンを彼に突きつけた時，Talbotはデッキに飛び出し，やはり嘔吐している（262）．この後気を失った主人公が目を覚ました際に見る，手にこびり付いた「干からびた血と脳」（264）は，人間に内在するグロテスクさの象徴であろう．

　主人公が異常なまでに恋に苦しむことそれ自体，閉鎖的世界における一時的狂気と頭部負傷による脳の障害の何れか，或いは両方に起因することは容易に想像できよう．しかしながら，彼がこの物語を通して読者に突きつける問いは，「正常であること」にどの程度の信憑性があり得るのか，ということでもある．「正気である」と思われる者が語る言葉が「正しく」伝達されるとは限らない状況の中で，正常であることにどれだけの意味があるのか，或いは正常であることを証明することが可能なのか，さらに言えば純粋に正常であることは可能なのか，ということをこの主人公は読者に考えさせる．死の恐怖という，合理的に回避することのできない感情を経験したときに，彼は恋愛感情という最も不規則的で非合理的な，ある種の「狂気」に慰めを求めることになる．この狂気は従って，決して「間違った」状態ではなく，通常の人間の日常的な感情の一部でもある．何故なら非合理的な死のヴィジョンは意識的にせよ無意識的にせよ通常の人間から離れることがない．

4．結論——悲劇と喜劇の狭間

　表題 'Close Quarters' は熟語として考えれば「接近（戦）」の意であり，主

第10章　*Close Quarters*――痛みをめぐる悲喜劇　177

人公は異空間としての *Alcyone*, Cholmondeley をはじめとする様々なものと「接近」するが，最終的には「死のヴィジョンの接近」を意味することになる．「接近戦」の意味ではそのヴィジョンとの内面的な格闘ということになろう．また字義通りには「狭い場所」「密閉された場所」という意味を伝える故，これは当然閉ざされた小宇宙としての船内，また後に少しずつ開かれはするが閉ざされていた Talbot の内面をも想起させる．一方 'quarter' には「船尾側」という意味もあるので，表題は「息苦しい船尾側（白線の手前側，主人公たちがいる側）」という意味にもなる．これは Talbot の内面と同様，後に解放されることになるが．この意味では，腐敗した英国階級社会というイメージにつながる．

　Stephen Medcalf は *Times Literary Supplement* 紙上で，海洋三部作とダンテの『神曲』との類似を指摘している[21]．そうなると第二作 *Close Quarters* は「煉獄篇」ということになる．Talbot の痛みの経験は，煉獄の炎の意味を持ち，彼の内面の「蠅の王」を「浄化」する．これは *Pincher Martin* における主人公の痛みの意味と同一視できよう．但し全体的な調子は *Pincher Martin* 程形而上的でも悲劇的でもない．Golding の後期作品の多くの例に漏れず，*Close Quarters* でも生の本質は悲喜劇であるという認識に至っている．三部作の航海は当初の「闇の核心」からロマンス，コメディへと変調しているが，これは Golding の小説が辿った系譜と似ていると Boyd は言う[22]．確かに初期の寓話的悲劇から，後期の小説的悲喜劇へと，この小説家の作風は変化している．*Close Quarters* もまた，死のヴィジョンを突きつけられた閉鎖的世界の中の人間たちを，徒に悲劇的雰囲気に陥ることなくむしろ喜劇的に描いている．このような状況の中で，人々の間で取るに足らぬ事柄をめぐって抑制のできない笑いが生じることに，語り手は触れている（275）．また Wheeler の自殺の後の場面で，動揺する Talbot を Summers が介抱している時に，二人の間に存在する「ある種の喜劇性」に語り手は気づかずにはいられない．衝撃と喪失感に落ち着かない Talbot と，劣等感と自己嫌悪に苦しむ Summers の関係は，「極めて深刻である故に」喜劇的にならざるを得ないのである（269）．また主

人公が陸軍将校Oldmeadowと泥酔した状態で「生の意味」について語り合う場面（220）にも，この種の喜劇性が垣間見られる．

　Talbotは引きずられた藻の中に「レビヤタン（Leviathan）の顔か拳か前腕のような何か」を見て，しかもその光景が繰り返し夢に現れる（256-57）．旧約聖書において海獣（ヨブ記40：25-32，41：1-26）或いは蛇（イザヤ書27：1）として描かれるレビヤタンは「悪の化身」として，「蝿の王」に通底する意味を持つ．それを見据えるTalbotの痛みは，この物語における彼の到達点を明らかに示すものであろう．しかしながらこの直後に船長AndersonとBenétの対話の中で言及されるように，彼が見たレビヤタンの顔，拳もしくは前腕は，実のところ腐食して剥がれ落ちた船底前頭部の安定材であったらしい（258）．結果として主人公は到達すべき認識に至ってはいるが，本人の悲劇的な痛みとは対照的に客観的には極めて喜劇的であることを否定できない．

註

1) William Golding, *Close Quarters* (London: Faber and Faber, 1988). テクストからの引用はこの版の頁数を本文中に（　）で示す．
2) ホセ・オルテガ-イ-ガセー『危機の本質――ガリレイをめぐって』『オルテガ著作集4』，前田敬作，井上正訳（東京：白水社，1998），pp. 113-4.
3) James Gindin, 'The Historical Imagination in William Golding's Later Fiction', p. 120.
4) Ibid., p. 119; S. J. Boyd, *The Novels of William Golding*, pp. 181, 191.
5) *Rites of Passage*におけるこの主題については本書第8章第4節を参照のこと．
6) Gindin, op. cit., p. 119.
7) J. H. Stape, '"Fiction in the Wild, Modern Manner": Metanarrative Gesture in William Golding's *To the End of the Earth Trilogy*', p. 232.
8) Golding, *Rites of Passage* (London: Faber and Faber, 1982), p. 125.
9) Stape, op. cit., p. 231.
10) Kevin McCarron, *William Golding*, p. 55.

11) Golding, *Pincher Martin* (London: Faber and Faber, 1956), pp. 103-4.
12) *Pincher Martin* におけるこの問題については本書第3章第5節参照.
13) McCarron, op. cit., p. 54.
14) Golding, *Rites of Passage*, p. 278.
15) *Darkness Visible* におけるこの主題については本書第7章第4節参照.
16) Golding, *Rites of Passage*, p. 265.
17) Gindin, op. cit., p. 120.
18) *The Paper Men* におけるこの主題については本書第9章第3節参照.
19) Golding, *Rites of Passage*, p. 265.
20) Ibid., pp. 12, 71, 138 etc.
21) 引用は Boyd, op. cit., pp. 185-6.
22) Ibid., p. 179.

第11章　*Fire Down Below*
　　　　──痛みをめぐる喜劇

　Fire Down Below (1989)[1] は *Rites of Passage, Close Quarters* の続編であり，即ち「海洋三部作」の最終巻である．豪州に向けての航海は続き，老朽客船はあたかも妻アルキオーネと遠く離れて荒海を行くケーユクスの如く荒れ狂う海に翻弄され続け，乗船客，船員たちは幾度も生命の危険に晒される．主人公 Talbot の「親友」である一等大尉 Summers と前作で *Alcyone* から転籍した詩人でもある大尉 Benêt は暴風雨に翻弄された結果破損したマストの支柱の修理と経度の測定方法をめぐって対立する．この両者の物語と並行して *Close Quarters* で転倒し重傷を負ったユートピア主義的社会改良家 Mr Prettiman[2] の痛ましい闘病生活が綴られる．船はやがてシドニー・コゥヴに無事到着するが，その後さらに Talbot の後見人と Summers の死，'Miss Chumley' こと Miss Cholmondeley との再会，留守中の本国での国会議員当選，Cholmondeley との結婚など，小説的リアリティを無視するかのような急展開ののち物語は幕を閉じる．悲劇的な *Rites of Passage*，悲喜劇的な *Close Quarters* という流れを受けて *Fire Down Below* は，作中人物達の痛みとは裏腹に極めて喜劇的な印象を読者に与える作品であることが否定できない．本章では主人公と Prettiman 双方の経験を通して扱われる痛みという主題とこの作品の喜劇性の関係を，三部作全体を通しての Talbot の成長の意味をも視野に入れて考えたい．

1．二つの世界観
　James Gindin は *Fire Down Below* の世界が「歴史の変動における転換点」を示していると言う[3]．J. H. Stape もまたこの作品が「転移の瞬間」即ち古い体制が崩壊に向かい，新しい体制が地位を得る瞬間を扱っていると評してい

第11章　*Fire Down Below*──痛みをめぐる喜劇　　181

る[4]．*Rites of Passage* において時代背景となる合理主義的新古典主義的世界観から浪漫主義的世界観への変遷，またその二つの世界観の連続性相補性が描かれ，続く *Close Quarters* で新たな世界観へ移行するに際しての個人の内面が描かれた．そして *Fire Down Below* では，荒れ狂う海に弄ばれつつ航海を続ける船齢74年の老朽船が象徴するように，世界観は未だ変動の途上にあり，方向性を見失った状態即ち「歴史的危機」の最中にある．この作品で示される二つの世界観は Summers に代表される伝統的信仰に基づいた世界観と，Benét に代表される近代科学に基づいたそれである．この両者の対立は本来なら穏やかな性格の Summers が怒りを露わにするほどに激しいものであり，一方の Benét は大工 Gibbs と鍛冶屋 Coombs を従えて勝ち誇った様子を見せている（19）．度重なる暴風雨でマストが破壊されたために船の速度が落ちていることから次第に食糧，燃料の不足が懸念されるようになり，Benét はその対策として船底で Gibbs と Coombs に鉄を鋳造させマスト支柱の修理を行おうとする（21）．それに対して Summers は船底で火を使うことの危険性を指摘し，この計画に反対する（22）．Summers の反対を無視してこの計画は実行に移されるが，この船底で燃えている炎の持つ破壊の危険性が表題 'Fire Down Below' の第一の意味である．これは前作で Captain Anderson と Talbot が *Alcyone* の船長夫妻や Miss Cholmondeley らと歓談している場面で，新たに発明された蒸気船の動力に言及した船長 Sir Henry Somerset に対して Anderson が，船底にそれほど多くの火が燃えていることの危険性（'There is too much fire below'）を指摘した場面[5]を彷彿とさせる．

　Summers と Benét の対立は次第に後者が優勢となり（116），Summers は自己嫌悪に陥る（132）．S. J. Boyd はこの二人の対立を *Lord of the Flies* における Simon と Piggy の対照に重ね合わせて，処女作ではより魅力のないものとして描かれるのは科学を代表する Piggy の方であったが，*Fire Down Below* では Benét が信仰の側からあらゆる魅力を奪い取っていると指摘している[6]．しかしながら Talbot は当然の如く親友 Summers 側についていて，彼もまた小さな事件がきっかけで Benét と仲違いを起こし（142），このフラ

ンス人がイングランド人一般を侮辱したこと (145) からこの対立も決定的となる．当初 Talbot にとっては Summers の論敵である Benét が唯一の Cholmondeley との「接点」であったためこの人物を完全に敵と見なすことはできず (20)，しかも *Alcyone* 船長夫人に恋心を抱く Benét は Talbot にしてみれば意中の人と離れている痛みを共有する「同志」であった (34)．

経度を測定するのに際しても，伝統的な経線儀を用いた方法を唯一絶対的なものと考える Summers とそれを使わない「斬新な」方法を採る Benét とが対立する (186 ff.)．しかしながら氷山に遭遇し沈没の危険が目前に迫り，その最大の危機を乗り越えたのちにはこの両者も「紳士的に」議論するようになる (252)．Anderson 船長はこの両者の測定結果を見比べ，単にそのままの方向に進み続けるよう指示を与え，その僅か数時間後に陸が見え始める (259)．二つの世界観の相違は客観的に見れば大した違いではなく，ここでは人間の生命を簡単に左右する自然の脅威即ち風と波の不規則性，不可知性，脅威と比べれば取るに足らないほどの問題をめぐって真剣に対立していたこの二人の喜劇性が強調されたに過ぎない．

しかしながら Summers が代表する伝統的宗教的世界観と Benét が代表する近代科学に基づいた世界観の対立はここで完全な和解に至ったわけではない．シドニー・コゥヴの港に停泊中船底で燃え続けていたこの炎は木造の船体に引火し，爆発事故を引き起こし船全体を炎上させ Summers を焼死させるに至る (278-81)．科学の破壊力としての側面は中編小説 'Envoy Extraordinary' でも扱われている主題であるが，破壊力としての科学によって伝統的世界観を体現するこの人物が死ぬという展開はかつて *Free Fall* で主人公が最終的に到達した，Nick Shales と Rowena Pringles という二人の人物が示す二つの世界を結ぶ「橋」があり得ないという認識を読者に思い起こさせる．Talbot は Summers の死を「これ以上の悲しみはあり得ない」と語る (282) が，主人公のこの悲しみは異国の地で親友を失った喪失感と同時に，歴史的危機を乗り越えるために新たな世界観を受け入れざるを得ず，従来の世界に後戻りすることができないことを認識した痛みを表わす．Stape はこの主人公が「個人による操

作が不可能な二つの論説の間で哀れなほどに揺れ動いている」と述べている[7]が，Talbot もまた *Free Fall* の主人公と同様，二つの世界の狭間で「自由落下」状態のまま放置されるのであり，物語はこの後 Miss Cholmondeley との再会，結婚という「幸福な結末」に続いてはいるものの，主人公にとって根源的な問題は未解決のまま保留されている．

2．喜劇としての痛み

Fire Down Below のもう一人の中心人物は Mr Prettiman である．彼は新世界に「理想郷」を創設するべく豪州に向かっていて，ガヴァネスの Miss Granham と *Rites of Passage* 最終章で既に婚約していて[8]，本作品で寝たきりの状態のまま船内で挙式が執り行われる (99-104)．そして既に言及したように，*Close Quarters* で転倒による負傷から一時は危険な状態に陥る．主人公のこの人物に対する第一印象は「背が低くずんぐりとした，機嫌の悪そうな紳士」ということであり[9]，その後もアホウドリを撃とうとしてデッキで銃を構えるなどの奇行が繰り返され[10]，危険で近寄り難い喜劇的人物として位置づけられていた．*Fire Down Below* に至って初めて彼が物語の中心に置かれることになるが，生死の淵をさまようこの人物が「痛み」と格闘している様子が，結果的に Talbot に痛みの経験を客観視する機会を与えているという意味を持つ．語り手 Talbot は船室で激痛に叫び声を上げる Prettiman を「我らが喜劇的哲学者」と称している (17) が，苦痛の表情を浮かべて熟睡している彼を見て Talbot は「喜劇的な者たちでも，そうでない者たちと同様に苦しむことができる」という事実に驚きを禁じ得ない (18)．痛みの経験は当事者にとっては悲劇であるが第三者にとっては喜劇に過ぎないということを主人公はこの人物を通して認識しているのである．オルテガ-イ-ガセーは悲劇を「われわれの住んでいる地上と同じ平面には生じない」ものと考え[11]，悲劇的人物を現実世界へ引き戻せば即座に喜劇的性格に転じると述べている[12]．

Rites of Passage においては牧師 Robert James Colly がある種の「Coleridge 的な人物」として描かれていた[13]が，*Fire Down Below* では新世界に理想

的国家を作り上げようとしている点でPrettimanがColeridge的，或いはSouthey的人物として読者の目に映るであろう[14]．この人物の内面に燃えている理想主義的情熱が表題'Fire Down Below'のもう一つの意味である．彼はTalbotに自分の夢を語るに際して「心の奥底の炎」(a fire down below)という言葉を使っていて，怪我の後遺症として足が不自由になるであろうことを自覚しつつも「内面の炎が治癒力となるだろう」と確信している（219）．Gindinはこの表題の意味を「深部からの絶え間ない力の暗示」と解読していて，PrettimanとGranhamが語る「神的な火」をその一つとして挙げている[15]．Boydもまたこの人物の慣習的社会の拒絶，新たなコミュニティ発見の試みに人間が「社会の鎧，偏見，利己的野望を捨てる可能性」を見出しているが[16]，同時に彼の平等主義的社会主義的理想は実を結ぶ可能性がなく，むしろ理想的社会への最も確実な道は個人の幸福を探求することであるという現実的な世界観がこの作品では示されていると指摘している[17]．この批評家はまたPrettimanの炎が理想主義的であるが利己的ではなく，その意味でこの人物が「聖なる道化」であるとも言っている[18]．Prettimanの計画はBoydの言葉を借りれば「現実の基盤が欠如していて，人間の本質に関する理想主義的楽観を前提としている」[19]故に成功することはあり得ないが，彼の作品世界の内部での存在意義は哲学者，改革家としてではなくTalbotに影響を与える人物としてである．

　PrettimanがTalbotに自分たちの結婚の証人となることを依頼したことから，この物語では主人公が彼の船室を頻繁に訪れることになる．TalbotがあまりにPrettimanと親しくしているためにSummersが嫉妬するという場面もある（210）．当初主人公はGranhamに頼まれたこともあり気が進まないままにPrettimanの船室を訪ねるが，大抵この哲学者は昏睡状態にあり，しかもその寝息は鎮痛剤を服用しているために耐え難い悪臭を発する（68, 76 etc.）．ここでもこれまでの作品と同様，人間の本質のメタファーとして「悪臭」が使われている．Prettimanの痛みは肉体的な痛みであると同時に，理想的な社会を構想する上で明らかな障害となる人間の本性即ち「蝿の王」と格闘

している兆候でもある．上に引用した Boyd の見解ではこの人物には人間の本質についての現実的認識が欠落していることになるが，ここではむしろこの人物は人間の本質の認識という痛みと戦い，その先の理想主義，楽観主義を志向していると考えたい．そのように考えても勿論，彼の理想的社会が現実には成功する見込みがあまりないという事実に変わりはないが，少なくとも先行作品における Colly, Wheeler と同様この作品では Prettiman が主人公に人間の状態を教える役割を持っているのである．そして彼は眠っていながらもなお「奇人性」を発揮してはいるが (67)，病気による体力消耗によってその喜劇性のかなりの部分が取り除かれている (69)．やがて目覚めた彼は Granham と結婚する予定であることを Talbot に告げるが，この時に自分の死期が近いことにも言及する．ただの骨折に過ぎないと反論してそれを否定する主人公に対して Prettiman はさらに反論して自分はもうすぐ死ぬと叫び，その絶叫とともに苦痛の悲鳴を上げる (72)．結果的に Talbot は Prettiman をより苦しめることになったと考え，自分の「破壊力」(68) をより一層自覚することになる．この箇所では曖昧にしか語られていないが，この時 Talbot は Prettiman の上に転倒して彼の状態をさらに悪化させたことをのちに Summers に告白している (155)．この後 Prettiman の病状悪化のため取り乱した Granham は Talbot に向かって「彼を殺したのはあなただ」と怒鳴る (147)．これによって罪悪感という痛みをさらに強めた Talbot は「Prettiman のためではなく，いくらかは Prettiman 未亡人のため，しかし大部分は Edmund Talbot のため」に船室で一人祈る (148)．Granham は Prettiman の苦しみを「歴史に残る悲劇」だと言い，Talbot を「死の使者」とまで称する (151)．Talbot が Prettiman の痛みをさらに悪化させているという図式が意味するのは，Prettiman の理想的社会の青写真においてその障害となる人間の本質を Talbot が最も明確に具現化して見せているという事実である．それにも関わらず彼が Talbot との対話を試みているのは，その理想主義に基づく楽観主義でこれまでの Talbot の変化，成長を観察しているからであろう．

　Granham は絶望し Talbot を非難するがそれでもこの哲学者は死ぬことも

なく，のちに氷山に遭遇した際には自らを犠牲にして妻とTalbotを助けようとする（237）．TalbotはPrettimanを通してヴォルテールを知り，また彼によって自分の無知を理解させられる（203）．そして彼によって新たな世界を開かれ，その世界を前景にするとSummersの存在が霞む（211）．Prettimanは理想的社会の建設にTalbotをも勧誘するが（219），それに同意できない主人公は自己を恥じ入る（220）．この主人公はイングランドのために豪州で全力を尽くす決意をしており，彼の認識によればイングランドのためということは即ち全世界のためということである（221）．このように主人公は一方では今だ偏狭な帝国主義者であり続けてはいるが，それでもPrettimanという人物の意味を理解できる程度には成長している．彼はPrettimanの「痛ましい存在」が自分にとって必要であるということを実感しており，それがなければ自分が「知覚したこと」を「再創造」できないと判っている（221）．主人公はこの箇所に至って，Boydの言葉を借りれば「芸術的偉業は痛みを通して達成される」[20]という事実を，Prettimanとの出会いを通して理解しているのである．またStapeはPrettiman夫妻がTalbotに「安定した統制された社会が実は不正確で不安定であることを教えている」と指摘している[21]．

　Collyの真実を見る目，またそれを表現する言語能力などにTalbotが気づいたのはこの牧師が死んだ後のことであった[22]．それまでの間Talbotにとってこの人物は単なる贖罪山羊的な存在として，Talbot自身の俗性，上昇志向，自己愛といった「蝿の王」を投影する対象に過ぎなかった．*Rites of Passage*におけるCollyの位置と*Fire Down Below*におけるPrettimanの位置は似ているが，しかしながら*Fire Down Below*では前二作の経験を通して主人公がそれなりに成長しているため，彼はPrettimanの存在意義をある程度理解できているのである．語り手としてのTalbotは読者の側から見ればGoldingの諸作品の語り手の中でも最も信頼できない語り手の一人ではあるが，Prettimanに対する彼の見解はこの主人公の成長を裏付けていると言えよう．

3．Talbot の内面的危機

　Talbot はこの三部作全体を通して周囲のさまざまな人間の影響から，Stape の言葉を借りれば「物知りぶった自信過剰の自己扇動者から Coleridge 的な賢者に」成長している[23]．Kevin McCarron もまた三部作を通して「上流階級気取りで傲慢で虚栄に満ちた貴族の代表」であった Talbot が「次第に思慮深く哀れみ深くなって行く」過程に言及している[24]．背景となる時代は18世紀的合理主義，新古典主義から19世紀的ロマン主義に移行する過渡期にあるが，主人公の内面でもそれまでの合理主義的な確信，人間の完全性や言語の伝達力に対する過信が崩壊し，新たな世界観人間観へと移行する狭間のいわば「歴史的危機」とも言うべき状況にある．暴風雨に荒れた大海原で力無く揺れ続ける老朽船は彼の内面のこのような不安定な状態を象徴する．

　Close Quarters 第8章で Talbot は「Miss Chumley をこの船に迎えるため」と称して自分の船室を明け渡し，かつて Colly が使用していた部屋に移動する．その後彼の以前の船室は重病に陥った Zenobia が使うことになるが，第17章に至って新しい Talbot の部屋で Wheeler がピストル自殺を遂げたことから，この主人公は一時的に士官室で寝起きすることになった．*Fire Down Below* の冒頭で Talbot は自分の船室に戻りたいと言うが Summers は部屋の改装が終わるまで戻らない方がよいと告げる（12-13）．数日後に部屋に戻ってみると壁は白く塗られているが Wheeler が死んだときの弾丸で出来た窪みが残っている（44）．彼は士官室執事の Webber が止めるのも聞かずに再びその部屋で寝起きすることにする（45）．この時の Talbot は早くこの部屋に戻らねば自分が Wheeler の霊や死のヴィジョンを恐れていると思われ船内で，さらにはニュー・サウス・ウェイルズ中で臆病者として嘲笑されるのではないかという危惧があった（44）．しかしながら彼は次第にその部屋にある特殊な「雰囲気」を知覚し（60），突然の恐怖にベッドから飛び起きて「呼吸をして言葉を話す，体温のある生きている者なら誰でもよい」からと，誰かを求めて部屋を飛び出す（62）．同時に彼は，いかに恐ろしくともその部屋にいようと決意する．

Colly と Wheeler の死, またそれに対する罪悪感という痛みの経験から危機を迎えた Talbot の内面は, ここに至って少しずつ回復しはじめたと言えよう.

主人公は *Rites of Passage* での経験を通して自らの無知, 自意識, 俗性を認識させられるという痛みによってある程度成長し, また *Close Quarters* では人間の生の本質は非合理的で喜劇的であるという認識に至っている. *Fire Down Below* の第6章冒頭で彼は「自己を知る悲しみ」に言及している (64) が, これは彼が確かに新たな人間観に移行し, 人間の悲しむべき状態を認識していることを示す. しかも Talbot はこの箇所で, この悲しみでさえも空腹感には影響しないという事実にも言及しているが, これは自分が人間の本質を認識する痛みでさえ空腹という基本的な欲求を凌駕することはなく, その痛みも傍目には単なる喜劇の一要素に過ぎないということを彼が確かに意識していることを表している.

また前作から引き続き主人公は報われない片恋に苦しむこととなるが (例えば91), 彼女に手紙を書こうと思っても自分の想いを言葉で伝えることが出来ない (82). 前作で同様に恋の苦しみを言語化できない彼は Colly の表現力を羨む[25]が, 本作ではこのことが詩人でもある Benét への劣等感につながっている. さらに彼は船が直面しつつある「危険とより大きな試練」に対する「荒涼とした自覚」という「空腹でも船酔いでもない」「大きな疲労感」を持つに至る (128) が, その暴風雨の中で見た「光」を記憶してはいるが言葉で説明することは出来ない (138). 三部作の当初は言語の伝達力を過信していた Talbot が, 人間の本質やその感情の複雑性といった言語では表現できない真理に直面したことによって, 第二巻あたりから次第に言語の不完全性を意識するようになってきたが, この最終巻でもこの問題は引き続き扱われている. 例えば暴風雨が収束し始めた夜明け前の場面で語り手 Talbot は,「この昼と夜の間の保留地点で起こったことを描写すべく適切な言葉を探そうと思う」と述べている (181) が, この保留状態は時代背景, 船が今置かれている状況, Talbot の内面の三者を象徴するものであり, その状態を言語を媒介として伝達することはおそらく不可能であるとこの語り手は気づいている. 読者はここ

第11章　*Fire Down Below*——痛みをめぐる喜劇

で *Free Fall* において提示された，二つの世界から等しい重力で引き寄せられその中間で「自由落下状態」に置かれている主人公の立場を思い起こすかも知れない．この状態が Talbot にとっての「危機」である．自分が現在ある状況は理解できてもその状況を表現，伝達することはできないと自覚した語り手は，「自分が伝えようとしているポイントを次第に見失いつつある」故に語りが細かい事柄に深入りしていると告白している (186)．Samuel Mountjoy や Matty, 或いは Colly よりも遙かに凡庸なこの主人公は確かに彼らほどの伝達能力を持たない．しかしながら彼は結果として言語の限界を意識しつつもいくつかの真理を伝達していることになる．Prettiman の死が近いことを予期した彼は自分がこの哲学者を殺したこと，また自分が殺したのは Colly, Wheeler に続いて三人目であることを Summers に語っている (154)．この箇所でこの語り手は確かに罪悪感という痛みを表現し伝達している．彼がここで語っているのは人間の原罪の一部としての破壊力を自覚する痛みである．

　語り手 Talbot が伝達する真理はそれだけではない．彼は Prettiman 夫人に自分が 'Nature'（ここでは船や彼らの運命を翻弄する「自然」の脅威を意味すると同時に，人間の「本質」を意味することは言うまでもない）を理解するあらゆる努力を放棄したと語っている (250) が，ここで彼は自らの能力の限界に気づいているのみならず，人間が 'Nature' を理解しようとすることはもとより不可能であり，それが可能であると思いこんで努力することそれ自体が人間の原罪の一部としての傲慢であるという事実を確かに伝達している．Sammuel のような芸術家でもなければ Matty のような預言者でもない Talbot にとってはこのように Nature を捉えきることができないという認識それ自体がひとつの到達すべき点なのであろう．凡人による「芸術的偉業」としてはここまでが限界ということになる．Talbot は *Rites of Passage* 冒頭から一貫して船員たちが使う海洋用語に興味を示している[26]が，*Fire Down Below* に至ってそれが海の動きは全く予想できないことの連続であるという認識を前提として成立していることに気づく (128)．この小説は自然の脅威，人間の本質に対する主人公の降伏の物語であり，この主人公は降伏することによって人

間の完全性や自己の重要性に対する過信を克服しているのである．

4．結論——現実世界の喜劇性

　船が無事豪州の港に着岸したのもある意味では自然の気まぐれの結果であったと言える．人間の運命を含め自然界の万物の動きが如何に恣意的で不規則で不可知的であるかということをこの物語は豪州上陸後も繰り返し強調し続ける．冒頭で触れたとおり到着後すぐに Talbot は後見人の死を知らされ，それに続いて Summers の焼死，*Alcyone* 来港と Miss Cholmondeley との奇跡の再会，英国本国での Talbot の議員当選，Cholmondeley とのインドでの結婚など，主人公は既に理解することを放棄した自分の意志を超えた何らかの大きな力に弄ばれ続ける．ここで同時に問題にしているのは語りの信憑性ということであろう．Byron は *Don Juan* の中で「真実は常に奇妙なもの，虚構よりも奇妙なもの」と謳っている[27]が，Talbot もまた第22章冒頭で「事実は虚構よりも奇妙である故，より信頼できない」と述べている（283）．虚構の語りは信憑性や真実味を持たせる必要からあまり非現実的な展開にできないという制約を受けるが，現実世界はその制約に支配されず自然の恣意性，不規則性，不可知性のままに思いがけない事件が発生し，自然に対して無力な人間がそれに振り回される．*Fire Down Below* の最後の4章が問題提起しているのはこのことであり，小説の語りが本当の意味で現実世界を写し取ろうとするなら信憑性や真実味のための制約を受けるべきではないということをこの小説の最後の展開は読者に考えさせる．小説が現実性を重視するのであればただ自然の成り行きに翻弄される人間の喜劇的な姿を提示するだけでよい．

　この小説はまた絵空事的なロマンス小説に対しても独自のアンティテーゼを示している．意中の相手との再会から結婚に至る予定調和的な流れの中で，そのロマンティックなはずの場面には常に無数の蝿が飛び交っており，美しいヒロインは絶えずその蝿を掌で追い払い続けていなければならない（290-91, 296）．*Alcyone* 船長夫人 Lady Somerset が再登場する場面でも，この上品な婦人は苛立たしげに「雲のようにたかる」蝿を払いのけている（293）．読者は

第11章　*Fire Down Below*——痛みをめぐる喜劇　191

　これらの場面で *Lord of the Flies* におけるパラシュートを背負ったまま死んだ兵士の腐敗した遺体に集まる蝿，或いは文字通り「蝿の王」の具現化である豚の頭と臓物を覆い尽くす蝿を思い出すであろう．腐乱死体や獣の腐った内臓を現実世界の文脈で書き改めたのが現実の人間としての *Fire Down Below* の登場人物達である．幻想的なハッピーエンディングを迎えるはずのヒーローとヒロインもまた腐敗した内面を持つ俗な人間であり，腐敗したものに好んで集まる蝿を呼び集めるような悪臭を放つ存在なのである．この小説は悲劇ばかりでなくロマンスをも喜劇的な現実世界へと引きずり降ろす．

　Talbot は終始一貫して彼女を 'Miss Chumley' と称するが，既に指摘したとおりこのことは彼の中で理想化されている彼女の肖像と現実の Miss Cholmondeley とのずれを意味する[28]．語り手 Talbot によれば病弱だったはずの彼女が，第22章以降の特に馬車で出かける場面では意外なほどに活動的な印象を読者に与える．彼女は「人はいつでも Shakespeare 劇のヒロインであるべき」であり，「いつでも（Shakespeare 喜劇の）第5幕にいるよう注意するべき」だと言う (290)．第5幕とは即ち秩序の崩壊から生じた喜劇的状態が解決し本来の秩序が取り戻された状態であり，馬車で出かけるに際しても彼女がなるべく海から遠ざかりたがっていること (295) からも判るとおり彼女はこれ以上 Nature と関わることなく Talbot との結婚という「問題解決」を内心望んでいる．海に近づかないことや安定した状態にいることが即ち Nature との関わりを断ち切って本来の秩序を保っている状態だと考えている点でこのヒロインの現実認識は Talbot のそれに比べても今だ未熟な状態であることが明白であろう．少なくとも Talbot は，陸上における通常の生活の中でも「正体不明の」Nature に弄ばれ続けるであろうことに気づいている．

　三部作全体を通して Talbot が多少なりとも成長していることは間違いない．当初の自意識や言語の表現力に対する過信を喪失している点は勿論のこと，Nature を理解することもその支配から逃れることも不可能であるという事実に気づいたこと，さらには如何に悲劇的英雄であろうとしても卑小な人間の痛みは単なる喜劇に過ぎないということを認識したことなど，必ずしも直線的に

ではないがこの主人公は確かに変化している．自らの痛みを英雄的悲劇ではなく卑小な喜劇と認識することは即ち自己に対する過度の関心を捨て去ることであり，自然の恣意性或いは神の意志に対する自己譲渡につながるのである．

註

1) William Golding, *Fire Down Below* (London: Faber and Faber, 1990). 作品からの引用はこの版の頁数を本文中に（ ）で示す．
2) Golding, *Close Quarters* (London: Faber and Faber, 1988), p. 192.
3) James Gindin, 'The Historical Imagination in William Golding's Later Fiction', p. 122.
4) J. H. Stape, '"Fiction in the Wild, Modern Manner": Metanarrative Gesture in William Golding's *To the End of the Earth Trilogy*', p. 237.
5) Golding, *Close Quarters*, p. 99.
6) S. J. Boyd, *The Novels of William Golding*, p. 194.
7) Stape, op. cit., p. 237.
8) Golding, *Rites of Passage* (London: Faber and Faber, 1982), p. 270.
9) Ibid., p. 56.
10) Ibid., pp. 86, 95 etc.
11) ホセ・オルテガ-イ-ガセー『ドン・キホーテをめぐる省察』(1914) 長南実，井上正訳『オルテガ著作集 1』(東京：白水社，1998), p. 163.
12) Ibid., p. 166.
13) S. J. Boyd はこの人物について，卑屈さと尊大さが混ざり合っているという点で Austen の *Pride and Prejudice* の登場人物の一人 Collins を彷彿とさせると述べている（Boyd, op. cit., p. 169）が，この人物の持つヴィジョンを言語で表現する詩人としての能力を考えればむしろ Colly という姓から Collins ではなく Coleridge を連想する方が自然である．
14) この小説は1812-13年頃に設定されているが，Coleridge と Southey がニュー・イングランドに「パンティソクラシー」建設を計画したのは1794年のことであった．
15) Gindin, op. cit., p. 121.

16) Boyd, op. cit., p. 186.
17) Ibid., p. 190.
18) Ibid., pp. 196-8.
19) Ibid., p. 191.
20) Ibid., p. 191.
21) Stape, op. cit., p. 228.
22) Golding, *Close Quarters*, p. 69.
23) Stape, op. cit., p. 227.
24) Kevin McCarron, *William Golding*, p. 51.
25) Golding, *Close Quarters*, p. 133.
26) Golding, *Rites of Passage*, p. 8 ff.
27) George Gordon, Lord Byron, *Don Juan* (New York: Modern Library, 1949), p. 456.
28) 本書第10章第1節参照.

第12章　*The Double Tongue*
　　　──知られざる神

　The Double Tongue (1995)[1] は Golding の遺作である．テクストの巻頭に添えられた編集者による注意書きによれば1993年6月の作者の急逝の後二種類の原稿が遺されていて，さらに第三稿に取りかかろうとしていたところだったという．全8章のうち第4章のみ途中で原稿が途切れている．表題はこの作品を執筆中に Golding 自身が日記の中で使っていたものであり，手書き原稿の冒頭にはこれ以外にいくつかのタイトルの候補が走り書きされていた．しかしながら特に *Darkness Visible* 以降の後期作品においてしばしば扱われていた言語の曖昧性という問題を考えると，'The Double Tongue' という表題はこの作家の後期の主題を総括するに相応しいものであると言えよう．
　この作品は古代ギリシアを舞台とし，老境に至り引退したデルフィの神託のピュティア Arieka が回想を語る一人称小説である．第5章に若き日の Julius Caesar が脇役として登場することから時代は紀元前1世紀前半であることが判る．Golding の長編小説としては初めての，女性を語り手としてその内面を綴った作品である．一方で神の声を伝達する媒体としての言語の限界，痛みの経験を通しての神への自己譲渡，或いは組織化された宗教ではなく個人の内面における救済の探求など，これまでの作品と共通する問題意識が作品の中心にあることも疑いない．

1．言語の曖昧性

　Darkness Visible において Golding は神の声を伝える媒体としての言語の不完全性を問題提起し，また「海洋三部作」特に *Rites of Passage* と *Close Quarters* でも言語の曖昧性，その限界を扱っていた．*The Double Tongue* においてもその表題が示すとおり，神の預言の伝達手段としての言語の曖昧性が

示されている．本文中で言及されているように，デルフィの神託におけるアポロンの預言の言葉は，その場所でアポロンが殺した巨大蛇ピュトン (Python) から受け継いだ二枚舌で話す (8) 故に多義的で曖昧な表現に終始して，結果としてその「予言」は決して外れることがない．Seamus Heaney は Golding に献呈した詩 'Parable Island' (1986) に「自分たち自身が信じていないことを装っている予言を繰り返す二枚舌の原住民」を登場させている[2]が，これは図らずも *The Double Tongue* の主題を「予言」していたことになろう．*Darkness Visible* では神が死んだと言われる20世紀のポストモダン的状況における弱体化した預言の言葉の限界を扱っていたが，*The Double Tongue* においてはこの問題がポストモダン的世界に限定された問題ではなく，古代ギリシアの昔から人間の言語に常につきまとっていた問題であることを示しているのである．出版直後の書評で Mary Lefkowitz はこの作品を「歴史小説」と称し，その歴史的検証の甘さ故に「歴史小説としては説得力に欠ける」ものとして批判している[3]．しかしながらこの小説は純粋な意味で歴史小説と言えるだろうか．むしろ Neil McEwan が *Rites of Passage* について言っている，歴史的次元は二次的関心に過ぎず現在を描くための過去の利用に過ぎないという見解[4]は *The Double Tongue* にもそのまま当てはまるように見受けられる．作品中に歴史上の人物が何人か登場するが，彼らの内面やその時代とのかかわり方が詳しく描写されることはない．ここでは確かに過去の世界の問題を描いてはいるが，それは常に現在の問題と参照されるべく提示されているのであり，さらに言えば現在と過去の問題の共通性の方に作品，読者双方の主な関心があると言えよう．

このような意味で，この作品では古代ギリシアに内包される「現代性」即ち現代との共通性が繰り返し強調される．Arieka の後見人となる若い高僧 Ionides は極めて商業主義的に神託を運営し，例えば冬の二ヶ月間は寒冷な気候と観光客の不在を理由に預言を行なわず，観光客が増加する夏至の頃には見せ物としての特別な預言を行なう (64)．この高僧は神がピュティアを通して語ることを「望んで」いるが「信じて」はいない (83)．彼は預言を生活の手

段としか考えておらず (92)，天気が悪く相談者が少ない日には休業したがる (99)．Goldingは1967年8月に *Holiday* 誌上に発表したデルフィに関する紀行文の中で，観光地化された現在のデルフィに対する失望とともに，神秘的な霧に包まれているはずの古代デルフィの裏事情即ち神託のブレインの存在，贈収賄などに言及している[5]．神託もまた通常の人間によって運営されていたのであり，そこではあらゆる時代に通常の人間が抱えている普遍的な問題が同様に存在していたということである．従って古代ギリシアを舞台としたこの遺作もまた，さまざまな時代，場所に設定された他のGoldingの作品と共有される問題を扱っていると言えるのである．

組織化された宗教における信仰の形骸化という問題は *The Spire, Darkness Visible* などでも扱われていたが，*The Double Tongue* においても中心的主題の一つとなる．あらゆる意味で「現代的」なIonidesによって運営される神託所は本来の信仰を取り戻す以前のJocelinの大聖堂やMattyを失望させた教会と変わらない．ピュティアは六歩格 (hexameters) の定型詩で預言を語ることを求められるが，これも相談者や観光客に対して威厳を持たせるためである．また政治に関する相談については鳩を使った通信手段によって収集した情報をもとにIonidesが曖昧な解答を作り上げることもある (84)．アポロンの神殿はパルナソス山の岩肌の割れ目から蒸気が噴出する所にあるが，ピュティアはこの蒸気によってある種の中毒症状を起こし，その状態を「神による強姦」と考えていたという．Ariekaもまた初めての預言に際して一種の狂気の中で無意識に語っていたことを述懐している (88)．

Darkness Visible では語るべき真実を知覚したMattyが語ることに困難を覚え，また彼の言葉を聞くべき者たちが神を持たない故に彼の言葉は影響力を持ち得ない．Mattyは幼い頃から発話する度に口の中から「ゴルフボール状のもの」を取り出すような痛みを感じ[6]，学校で周囲から迫害されたことも手伝って彼は寡黙になって行く．*The Double Tongue* においてAriekaは，話すことに慣れていないため，「舌の上に牛」がいるような感覚を持つ (26, 77)．彼女は女であるが故に思考することを教えられなかった (9) が，それ故に言

第12章 *The Double Tongue*――知られざる神　197

語を論理的に使うこともできない．しかしながらこのことは女であるが故の彼女の限界ではなく，真実の神を発見する過程への伏線となる．

2．女であることの痛み

　Lefkowitz が既に指摘しているとおり Arieka の人生の最大の特徴は受動性であり，あらゆる決定は男たちによってなされる故彼女の唯一の選択肢は耐えることである[7]．冒頭で語り手としての彼女は「記憶以前の記憶」として乳児の頃に失禁した場面を回想するが，ここで陽光に包まれた自分の下腹部を漠然と眺めている彼女は，両脚の間に存在する「ささやかな亀裂」を自分が「ここにいる理由」と感じている（3）．また彼女は邸の中で生まれた奴隷の境遇が女に生まれることに似ていると述べている（5）．ある日 Arieka は水槽から取り出された魚が油に沈められて料理されるのを眺めていて，魚が感じているであろう痛みを自分も知覚して悲鳴を上げる（5）．この時の彼女は自分の意志で逃げることができない魚の境遇を女である自分の境遇と重ね合わせ，その痛みを感じているのである．彼女はこの事件以降の記憶は連続していると述懐しているが（9），この時が彼女にとって，*Free Fall* で Samuel が探求していた「無垢喪失」の瞬間であろう．*The Inheritors* でも無垢な旧人類は思考，記憶に連続性がなかったが，無垢を喪失したことによって物事の因果関係を理解できるようになった．無垢とは痛みに対する無自覚であり，論理的な思考能力を得るということは痛みを実感すること，即ち無垢を喪失することなのである．彼女の「痛み」とは自分の無力さの実感であり，女であるが故に奪われている自由への叶えられることのない切望である．兄 Demetrios が16歳でシシリーへ旅立ったときに残していった教科書を独習して彼女はオデュッセウス物語を読めるまでになるが，半年後に帰省した兄は彼女のことを覚えていず，またすぐに旅立って行く（10）．彼女は自分がいかに取るに足らぬ存在であるかを痛感し（13），男装して竪琴を抱え世界を歩くことに憧れる（11）．

　成長とともに彼女は性的にも抑圧され続け，隣の家の少年 Leptides との無意識に性的な遊びを咎められ監禁されたり（12），また発情期を迎えた雄のロ

バ Pittacus の様子を見て興奮しているところを父親に見つかり，やはり監禁されている（16-17）．また両親からの要求が多く，「女は，たとえ自由な身分の女であっても，決して自由ではないということを思い出させるような」さまざまな儀式を強制され，女であることは囚人であることに等しいとの認識に至る（17）．Arieka にとって唯一の慰めは毎月一定期間「不浄な者」として隔離されているときの「自由」であった[8]．

彼女はやがて自分が思ったよりも痩せていたこと，また自分の顔が左右非対称であることを知る（11）が，同様に痩せている Leptides にとってそのことは全く欠点とならないこと（同頁）と対照的に，彼女が持つ自分の外見に関する劣等感は彼女が女である故にひとつの痛みとなる．しかしながら彼女は同時に，美に恵まれなかった少女が身につける「言葉で説明することが不可能な」「不幸で奇妙な能力」（15）を自覚する．これは他者に対して「如何に隠匿し，如何に主張し，如何に偽装し回避し二枚舌で語るか」を心得ること（16）である．これは後にそのまま彼女のピュティアとしての能力になっているばかりでなく，美貌に恵まれなかったことと性的な遊びや家出の経歴のある「傷物」であったことによって，通常の縁談をあきらめた父親が彼女をピュティアにするべく Ionides に託している．女としての痛みが結果として彼女に神との出会いを提供しているということである．

当初 Arieka の内面には聖職に就くことに対する不安があり，彼女は自分が「宗教的なのではなく恐れているだけ」だと語るが，それに対して Ionides は「長い目で見れば同じこと」と言う（36）．不安と同時に彼女は父親の管理下から解放された喜びを禁じ得ない．彼女は「目の前に広がる紺碧の湾，遙か遠くに空に向かって雪を被った頂を持ち上げるペロポネサスの山並み」という初めて見る風景に心を奪われている（37）が，古代ギリシア人がこのような自然の風景に感銘を受けるという事実があったか否かは疑問である．ただこの種のアナクロニズムは既に述べたとおりこの作品を歴史小説ではなく過去を利用して現代を描いたものと考えれば必ずしも作品の「欠点」ではない．*The Double Tongue* の舞台となる虚構の古代ギリシアでは，後にルソーが『告白』の中で

述懐したように荒涼とした自然の風景に積極的に美を見出す[9]のであると考えれば良かろう． *Lord of the Flies* における「Piggy の眼鏡」と同様の，「許される誤り」である．いずれにせよここで重要なことは，不安と共存する彼女の喜びに他ならない．自然の風景に対する感銘はその喜びの象徴である．デルフィに到着した Arieka は自分のために用意された部屋，すべての書物が集められた書庫，そしてその部屋で書物を読むことを期待されているという事実などに，「悲しみか幸福感か不安か判らない」涙を流している (44-48)．これは彼女が初めて自分の居場所，自分のするべき仕事を与えられたこと，即ち自分の存在が肯定され求められているという実感による感涙であろう．このことは同時に彼女にとって女であるが故に因習に囚われ自由を奪われていた状態からの解放を意味するが，それは新たな束縛の始まりでもある．

　この主人公はここでも依然として男性原理の支配下に置かれていることに変わりはない．預言を行なうに際して Ionides は彼女に日々六歩格の練習を課す．やがて彼女は六歩格で彼との日常会話ができるほどに上達する (61) が，このことは同時に彼女が自分自身の言葉で語る機会を奪われていることをも意味する．またここでは女性であるピュティアが男神アポロンに利用されているに過ぎず，このことから彼女は「女は神や男の道具に過ぎない」と考えるに至る (68)．

　神託の歴史について書物を読んだ Arieka は古代宗教が女性原理によるものであったことを知る (78)．Golding 自身も旅行記の中で，アポロンは単にデルフィの「看板男」に過ぎず，古代ギリシアの宗教は母性を崇拝したものであったと記している[10]．ここでいう男性原理は Ionides に代表される近代ヨーロッパ的な合理主義の先駆となる世界観であり，その対極の女性原理は合理主義では説明できない何かを含む非合理的世界観である．彼女は預言を行なっているときには無意識の状態にあり，のちに頭痛で目覚めた際には預言の記憶が一切ない (91)．Ionides は彼女が確かに預言を語っていたと証言している (92) が，彼女が無意識に行なった「神との交合」は彼の合理的な理解の範疇を遙かに超えている．合理的な世界観と非合理的なそれとの対立は *Free Fall* で扱わ

れた主題であるが，それがここで再び男性原理と女性原理という対照で示されている．そしてここでもまた，後者の痛みを伴った認識が贖罪への道なのである．この箇所で Arieka はまた，生け贄の雌山羊と自分を「利用され，明らかにある種の能力を讃えられつつも，それに対する報酬はない」という点で同一視している（93）．

　主人公自身は自分が行なっている無意識の預言即ち「神との交合」という奇跡を一種のヒステリーと考えている．語り手としての彼女は，女性は時としてヒステリカルになり奇妙な言動をするがその奇妙な言動の中に生の真実があるのだと語る（118）．これは神に所有された状態であり，神が求めていない反応には果てしない痛みが伴うと彼女は言う（118-19）．彼女の預言は神に対する自己譲渡を通して行なわれるものであり，ヒステリーとはこの場合通常の自己を忘却した状態を意味する．神に対する自己譲渡は *Pincher Martin* の主題でもあるが，Arieka の場合は男性原理によって束縛された自己を忘却することによって精神を解放するための無意識の反応と解読できよう．この時点で彼女自身はそのような忘我的状態の中でアポロンではない元来の神の言葉を語っていることをもちろん認識していない．George MacDonald は短編童話 'The Golden Key'（1867）において「空想」を「神への自己譲渡」と同一視しているが，冒頭で虹の美しさに忘我的恍惚に至る主人公 Mossy の姿にそれが典型的に描かれている[11]．この経験を通じて Mossy は神の国への扉を開く「黄金の鍵」を手に入れる．MacDonald のこの作品では主人公 Mossy，女主人公 Tangle のいずれも本名が最後まで明かされないが，このこともまた彼らの自我の捨象，神への自己譲渡を意味する．*The Double Tongue* においても神託のピュティアは本名で呼ばれてはならないことになっていて，Arieka の名前も忘れ去られなければならないと当初の First Lady から教えられる（55）．

　男性原理によって「神との交合」と考えられている忘我的状態は既に触れたとおり，現実世界の文脈ではパルナソス山から噴出する火山性の蒸気による中毒症状に過ぎない．少なくともアポロンに対して，或いは Ionides に代表される男性原理に対して常に一抹の疑惑を持ち続ける Arieka にとっては，アポロ

ンとの交合によって恍惚状態に到達しているということではなかった．この症状によって自我を喪失することで，彼女らは多義に解釈できる曖昧な「神の言葉」を呟き，それが多義的であるが故に決して外れることのない予言になるのである．Arieka が Ionides に連れられアテネに金策に行っている間に預言を担当していた美少女 Menesthia は「奇妙な感覚」(funny feeling) を知覚して預言を語っていたという (156)．この少女はやがてこの奇妙な感覚を得られなくなり，本人の希望で父親の許に帰されることになるが，後任の Second Lady として派遣された真面目で信心深い少女 Meroe も Arieka 自身もこの感覚を経験したことはなかった．男性原理に対して疑惑を持たなかった Menesthia は「アポロンとの交合」で性的絶頂感を得ていたということであり，次第に疑惑が芽生えるに従ってそれが得られなくなったということであろう．この感覚は女性性を抑圧されていた Arieka やおそらくは信仰心によって性を罪悪視していた Meroe には決して知覚できない．Arieka はローマ軍に捕らえられた Ionides の生還を祈る際して，アポロンの姿は心に浮かばず最終的には見知らぬ女神に向かって祈っている (163)．

　この作品では男性原理によって自由を奪われている女性の立場，またアポロンによって本来の神の座を奪われている女神と，ローマ帝国の支配下に置かれたギリシアとがアナロジーをなして描かれている．この意味においてギリシアの自由を回復すべくエピルスで謀議を執り行っていた Ionides と，婚約破棄という形で男性原理の支配に抵抗しアポロンという男性原理の神に対する疑惑から旧来の女性原理の神を発見した Arieka との鏡像関係が明確になろう．

3．己を知ること

　「汝自身を知れ」(Know thyself) とは紀元前6世紀頃にデルフィのアポロンの神殿に刻印された金言である．Peter Green は1963年に発表した論文の中で，Golding の作品が伝えている信条はデルフィの神託のそれと同じ「汝自身を知れ」ということであると述べている[12]．Ralph, Tuami, Martin, Samuel, Jocelin, Oliver, Matty, Talbot 或いは Barclay らは皆「真実の自己を知る」

痛ましい過程を辿っている．そして彼らが自己を理解するのは常に「神のメガフォン」としての痛みを経験することを通してであった．Arieka の痛みは一見したところ，女であるが故に自由を奪われていることを実感する痛みであるが，一方で自己の卑小さに対する実感の痛みでもある．自由でもなく美貌にも恵まれず，取るに足らない存在であるという実感 (13) が彼女の「自己を知る」痛みなのである．

　支配者である Ionides もまた，同時にローマ帝国に支配される被支配者でもあり，ローマ軍によって投獄され「屈辱的な」取り調べを受ける (159) という痛みを経験することによって不完全で卑小な自己を知るに至っている．現代的で合理主義的な彼はそれまで，例えば *Pincher Martin* で主人公がそうしたように，真実の自己との対峙を合理的に回避してきた．高僧としての地位が与えられていた彼には，自己を卑小な存在として認識する機会がなかったのである．「真実の恥」を経験した Ionides は「自分自身から隠れる場所」を探して静かに死を迎える (163)．

　この小説は同時に，デルフィが「自己を知る」物語でもある．この聖地は「世界の中心」と信じられ，「ストンヘンジからアスワンにまで知れ渡っている」(130) ことになっている．しかしながら神託への謝礼金の額が次第に少なくなったことから財政難に陥り，老朽化した大広間の屋根の修理もままならない (127)．Ionides と Arieka がアテネへの金策旅行から帰ると，図書室の屋根も雪の重さで全壊している (151)．神殿もまた人間の作品に過ぎず，不完全で有限な存在に過ぎないということである．金策に失敗したことからも判るとおり，デルフィの名声は実際 Ionides が思っていたほどではなく，極めて限定されたものに過ぎなかった．崩壊した屋根はデルフィが自己を知る痛み，即ち世界の中心ではなくアテネにおいてさえそれほど重要視されていないという事実を Ionides らが認識する痛みを表わす．

　デルフィの金言「汝自身を知れ」はまた人間の傲慢を戒める警句としても解釈できよう．即ち，神をではなく，汝自身を知れということである．神の姿を人間が知ることはできず，知ろうとすることそれ自体が人間の原罪の中核をな

す「傲慢」という罪である．*The Double Tongue* の最後で Arieka の長年に亘るピュティアとしての業績を讃えて彼女の像を建立することが決定されるが，彼女はそれに対して自分の像ではなく石碑を建て，そこに「知られざる神に」(to the unknown god) と刻印するよう提案する (165)．Ionides を失ってから彼の存在の大きさを認識し，その喪失の痛みを経験した Arieka は，最終的に神の姿を知ろうとすることは傲慢であるということに気づいたのである．「知られざる神に」とは新約聖書「使徒行伝」第17章23節の言葉である．アテネにおける偶像の多さに怒りを覚えたパウロが祭壇に刻まれたこの言葉を見て，アテネの民衆が実際は信仰に厚いということを知る．Arieka は Ionides の生還を祈るときに，アポロンに対して祈っているにもかかわらず彼女の心にはアポロンではなくモンスター，即ちアポロンが殺したピュトンしか思い浮かばなかった．ピュティアの多義的な預言はピュトンから受け継いだ「二枚舌」によるものであり，語源学的にも 'pythia' は 'python' から派生している．現代英語ではニシキヘビを意味する 'python' は同時に「(人にとりついて予言をさせる) 心霊」，さらに転じて「予言者」をも意味する．この語の女性形である 'pythoness' は「女予言者」を意味するが，Byron は *Don Juan* 第6編でこれを明らかにデルフィのピュティアの意味で用いている[13]．ピュトンとはアポロン以前にデルフィの神託に祭られていた女神が姿を変えて語り継がれたものであり，Arieka はその女神の姿をそこに見ているのである．Ionides の死に際しても，彼女は祈りの中で明らかに女性の姿をした何者かの姿を見ている (163)．この箇所で彼女が曖昧に語っているように，この女神は実際のところ神ではなく彼女自身なのであろう．アポロンに殺されたピュトンと男性原理によって抑圧され続けた彼女自身とが，この時初めて彼女の中で一致したのである．

4．結論——二つの世界の架け橋

　James R. Baker は，*Free Fall* で否定された「二つの世界を結ぶ橋」の可能性に対する楽観的見解が *The Double Tongue* に見られると指摘している[14]．

この遺作において二つの世界は男性原理と女性原理という形で示されている．Ariekaは当初Ionidesに対する疑惑を否定することができなかったが，最終的には自分にとっての彼の意味を理解するに至っている．自分の言葉で語ることを禁じられ自由を奪われていた彼女は，自分を束縛する張本人である男の存在を自身が必要としていたという事実に気づいている．二人はそれぞれに痛みの経験を通して，最終的に同じような自己認識に到達することによって和解していると言えよう．結末近くでAriekaはIonidesが遺した「銀の鍵」で神殿の隠された扉を開くが，この扉の向こうには山の岩肌が立ちはだかっているだけであった（164-65）．これはつまりIonidesが体現する男性原理に助けられてもなお神の許に到達することはできないということである．これによって彼女は「知られざる神」に祈るという結論に到達した．彼女にとって新たに発見された神とは男性原理によるアポロンでも女性原理によるピュトンでもない．男性原理と女性原理はそれぞれ単独ではどこにも到達することはできないが，痛みの経験を通しての両者の和解によって，神の姿を知ることはできないという事実，また知られざる神に祈ることという，地上的な人間の営みの中で到達できる最大限の所までは到達できているということである．

　Anthony StorrはThe Paper Menまでの作品が出版されていた時点で，Goldingの神に対するヴィジョンがキリスト教のそれではなく古代ギリシアのそれに近いと述べている[15]．またLefkowitzは，結末でAriekaが未来におけるキリスト教の到来を予期していることを作者が暗示しているかも知れないが，古代ギリシアにおいては一神教という概念自体があり得なかったと言う[16]．しかしながら既に述べたとおりThe Double Tongueは必ずしも古代ギリシアを描いた歴史小説ではない．Storrが指摘するとおりGoldingのいずれの作品にもギリシア悲劇の影響が見られることは事実であるが，The Double Tongueのテーマは古代ギリシアの信仰を描くことだけでは勿論ない．E. M. Forsterも米国版Lord of the Fliesの序文において，Goldingは「救済者」（Redeemer）を描いていないことから彼の態度はキリスト教的ではないと主張している[17]が，「神のメガフォン」としての「痛み」の経験を通して「蝿の

王」即ち「原罪」を認識するに至るという,これまでのすべての作品で繰り返されてきた過程は,聖書から中世文学に続く伝統的なキリスト教的テーマの系譜に属することは明白である.同時にそれは,我執の放棄と他者に対する寛容という基本的な部分に集約される故に,非キリスト教徒に対しても説得力を持つものである.

　Golding は *The Scorpion God* に収録されている「歴史の転換期」を扱った3編の中編小説について,「進化」ではなく「変化」を描いていると述べている[18].この箇所で彼は「進化」という言葉に伴う「進歩」「改良」という意味合いを嫌ってこのように言っている.古代ギリシアに設定された *The Double Tongue* と摂政時代を背景とする「海洋三部作」,それに同時代のイングランドを舞台とする *Darkness Visible* のいずれもが言語の限界,自己を知る痛みという同じ問題を扱っていることからも判るとおり,人間は「変化」こそするが「進化」はしないという主張がそこに読みとれよう.この作者は一作毎に全く異なった世界を描いているが,それぞれの多様な世界において常に人間の普遍的な問題である「蝿の王」と自己の内面にそれを認める「痛み」の共通性が結果として強調されている.

　Golding 的悲観主義は如何なる世界の人間もこの問題から自由ではあり得ないことを繰り返し提示するが,同時に Golding 的楽観主義は人間が何らかの痛みの経験を通して「エルサレムへの道」を歩み始める可能性を決して否定しない.David B. Morris は,痛みが人間の身体の危険を知らせる兆候であることから,痛みを「神の恩寵」と称しているが[19],身体的な痛みばかりでなく贖罪への動因という意味においては「神のメガフォン」としての内的な「痛み」もまた神の恩寵に他ならない.*The Double Tongue* において組織としてのデルフィの神託は本来あるべき形の信仰を失っていたが,個人としての Arieka がそれを回復している.Golding の「普遍的悲観主義」は人間の堕罪やその文明の破壊力に対して極めて悲観的な見解を示しているが,彼の「宇宙的楽観主義」は少数の個人が痛みの経験から贖罪に至る可能性を確信しているばかりでなく,その可能性は如何なる個人に対しても閉じられていないという

ことを，例えば *Pincher Martin* の結末のような形で，暗示しているのである．Golding の宇宙的楽観主義はそれだけに留まらない．すべての人間に内在する原罪としての「蠅の王」でさえも，そのような意味で個人の成長の原動力となり得る故に肯定されるべきものであると考えられる余地が，いずれの作品にも等しく暗示されているのである．

註

1) William Golding, *The Double Tongue* (London: Faber and Faber, 1996). 作品からの引用はこの版の頁数を本文中に（　）で示す．
2) Seamus Heaney, 'Parable Island', in John Carey ed., *William Golding : The Man and his Books*, p. 169.
3) Mary Lefkowitz, 'A Dish for the Gods', p. 25.
4) Neil McEwan, *Perspective in British Historical Fiction Today*, pp. 169-170.
5) Golding, 'Delphi', in *A Moving Target* (London: Faber and Faber, 1984), pp. 40-41.
6) Golding, *Darkness Visible* (London: Faber and Faber, 1980), p. 18.
7) Lefkowitz, op. cit., p. 25.
8) この箇所を Lefkowitz は歴史的事実に反するものとして指摘している．古代ギリシアには月経中の女性を不浄と考える習慣はなかったという．Ibid., p. 25.
9) ルソーは1728年にトリノへ向かう行程でアルプスを越えた際の場面を述懐する件で，「景色の壮大さ，多様性，真の美しさ」に対する感銘を綴っている．ルソー『告白（上）』桑原武夫訳（東京：岩波書店，1965), p. 85.
10) Golding, 'Delphi', p. 37.
11) George MacDonald, 'The Golden Key', in *The Light Princess and Other Tales* (Edinburgh: Canongate, 1987), p. 212.
12) Peter Green, 'The World of William Golding', in Norman Page ed. *William Golding : Novels, 1954-67*, p. 78.
13) George Gordon, Lord Byron, *Don Juan* (New York: Modern Library, 1949), p. 250.
14) James R. Baker, 'Golding and Huxley: The Fables of Demonic Posses-

sion', p. 325. この箇所で Baker は，*Darkness Visible* にもそれが見られると述べている．
15) Anthony Storr, 'Intimations of Mystery', in John Carey ed., *William Golding : The Man and His Books*, p. 141.
16) Lefkowitz, op. cit., p. 25.
17) Forster, 'Introduction', p. viii.
18) Baker, 'An Interview with William Golding', p. 158.
19) David B. Morris, *The Culture of Pain*, デイヴィッド・B・モリス『痛みの文化史』渡邉勉，鈴木牧彦訳（東京：紀伊国屋書店，1998），p. 23.

参考文献 (Golding 関係)

阿部義雄『ウィリアム・ゴールディング研究』(東京:成美堂, 1992).

Babb, Howard S., *The Novels of William Golding* (Columbus: Ohio State University Press, 1970).

Baker, James R., 'An Interview with William Golding', in *Twentieth-Century Literature: A Scholarly and Critical Journal*, Vol. 28, No. 2 (Hempstead: Hofstra University, 1982), pp. 130-170.

———— ed., *Critical Essays on William Golding* (Boston: G. K. Hall & Co., 1988).

————, 'Golding and Huxley: The Fables of Demonic Possession', in *Twentieth-Century Literature: A Scholarly and Critical Journal*, Vol. 46, No. 3 (Hempstead: Hofstra University, 2000), pp. 311-327.

Boyd, S. J., *The Novels of William Golding* (London: Harvester Wheatsheaf, 1990).

Boyd, William, 'Mariner and Albatross', in *London Magazine*, February-March 1981, pp. 89-94.

Bradbury, Malcolm, *The Modern British Novel* (London: Penguin, 1994).

————, 'Crossing the Lines', in *No, Not Bloomsbury* (London: Arena, 1989), pp. 341-5.

Carey, John ed., *William Golding: The Man and His Book* (London: Faber and Faber, 1986).

Chakoo, B. L., *William Golding Revisited: A Collection of Original Essays* (Bangalore: Arnold Publishers, 1989).

Connor, Steven, *The English Novel in History: 1950-1995* (London: Routledge, 1996).

Crompton, Donald W., 'Biblical and Classical Metaphor in *Darkness Visible*', in *Twentieth-Century Literature: A Scholarly and Critical Journal* Vol. 28, No. 2 (Hempstead: Hofstra University, 1982), pp. 195-215.

————, *A View from the Spire: William Golding's Later Novels* (Oxford:

Basil Blackwell, 1986).

Dickson, L. L., *The Modern Allegories of William Golding* (Tampa: University of South Florida Press, 1990).

Fitzgerald, John F. and John R. Kayser, 'Golding's *Lord of the Flies*: Pride as Original Sin', in *Studies in the Novel* Vol. XXIV, Spring 1992, pp. 78-88.

Forster, E. M., 'Introduction' (1962), in William Golding, *Lord of the Flies* (New York: Riverhead, 1997), pp. v-ix.

Friedman, Lawrence S., *William Golding* (New York: Continuum, 1993).

Gindin, James, *Postwar British Fiction: New Accents and Attitudes* (London: Cambridge University Press, 1962).

―――, *William Golding* (Basingstoke: Macmillan, 1988).

―――, 'The Historical Imagination in William Golding's Later Novels', in James Acheson ed., *The British and Irish Novels since 1960* (London and Basingstoke: Macmillan, 1991), pp. 109-125.

Haffenden, John, *Novelists in Interview* (London: Methuen, 1985).

Hawlin, Stefan, 'The Savages in the Forest: Decolonising William Golding', in *Critical Survey*, Vol. 7, No. 2 (Oxford: Oxford University Press, 1995), pp. 125-135.

Hodson, Leighton, *William Golding* (Edinburgh: Oliver and Boyd, 1969).

Hynes, Samuel, *William Golding* (New York: Columbia University Press, 1968).

岩崎宗治『イギリスの小説と詩――ゴールディングからヒーニーまで』(東京:研究社出版, 1996).

Johnston, Arnold, *Of Earth and Darkness: The Novels of William Golding* (Columbia: University of Missouri Press, 1980).

Karl, Frederic R., *A Reader's Guide to the Contemporary English Novel* (London: Thames and Hudson, 1963).

Kendall, Tim, '"Joy, Fire, Joy": Blaise Pascal's "Memorial" and the Visionary Explorations of T. S. Eliot, Aldous Huxley and William Golding', in *Literature and Theology*, Vol. 11, No. 3, September 1997 (Oxford: Oxford University Press, 1997), pp. 299-312.

Kermode, Frank, 'William Golding', in Karl Miller ed., *Writing in England*

Today: The Last Fifteen Years (Harmondsworth: Penguin, 1968), pp. 131-146.

Kinkead-Weekes, Mark and Ian Gregor, *William Golding: A Critical Study* (London: Faber and Faber, 1967; revised in 1984).

Lefkowitz, Mary, 'A Dish for the Gods', in *The Times Literary Supplement*, June 23 1995, p. 25.

Lodge, David, *The Art of Fiction* (London: Penguin, 1992).

―――, 'Life between Covers', in *Write On* (London: Penguin, 1988), pp. 174-179.

McCarron, Kevin, *William Golding* (Plymouth: Northcote House, 1994).

McEwan, Neil, *Perspective in British Historical Fiction Today* (Basingstoke: Macmillan, 1987).

Miyahara, Kazunari, 'One Redeemer for Each Sinner: Individual Salvations in *Darkness Visible*', 『英語英文学論叢』第45集（福岡：九州大学英語英文学研究会, 1995), pp. 65-82.

Nelson, William, 'The Grotesque in *Darkness Visible* and *Rites of Passage*, in *Twentieth-Century Literature: A Scholarly and Critical Journal*, Vol. 28, No. 2 (Hempstead: Hofstra University, 1982), pp. 181-194.

Page, Norman ed., *William Golding: Novels, 1954-67* (London: Macmillan, 1985).

Redpath, Philip, *William Golding: A Structural Reading of His Fiction* (London: Vision, 1986).

Reilly, Patrick, *The Literature of Guilt: From Gulliver to Golding* (Basingstoke: Macmillan, 1988).

―――, *Lord of the Flies: Fathers and Sons* (New York: Twayne Publishers, 1992).

Stape, J. H., 'Fiction in the Wild, Modern Manner: Metanarrative Gesture in William Golding's *To the End of the Earth Trilogy*, in *The Twentieth Century Literature: A Scholarly and Critical Journal*, Vol. 38, No. 2 (Hempstead: Hofstra University, 1992), pp. 226-39.

坂本公延『現代の黙示録――ウィリアム・ゴールディング』（東京：研究社出版, 1983).

Stevenson, Randall, *A Reader's Guide to the Twentieth-Century Novel in Britain* (Hemel Hempstead: Harvester Wheatsheaf, 1993).

Subbarao, V. V., *William Golding: A Study* (New Delhi: Sterling Publishers, 1987).

Tebbutt, Glorie, 'Reading and Righting: Metafiction and Metaphysics in William Golding's *Darkness Visible*', in *Twentieth-Century Literature: A Scholarly and Critical Journal*, Vol. 39, No. 1, Spring 1993 (Hempstead: Hofstra University, 1993), pp. 47-58.

Waterhouse, Michael, 'Golding's Secret Element of Gusto', in *Essays in Criticism*, Vol. XXXI, No. 1 (Oxford and Cambridge: Stephen Wall and Christopher Ricks, 1981), pp. 1-14.

Waugh, Patricia, *The Harvest of the Sixties: English Literature and Its Background 1960-1990* (Oxford: Oxford University Press, 1995).

Whitley, John S., *Golding: Lord of the Flies* (London: Edward Arnold, 1970).

吉田徹夫，宮原一成（編著）『ウィリアム・ゴールディングの視線——その作品世界』（東京：開文社出版，1998）．

初　出　一　覧

第 1 章　書き下ろし．
第 2 章　『言語と文化』第 4 号（愛知大学語学教育研究室，2000年12月）．
第 3 章　『武蔵野女子大学紀要』第32号（武蔵野女子大学，1997年 2 月）．
第 4 章　『武蔵野女子大学紀要』第31号（1996年 2 月）．
第 5 章　『武蔵野女子大学紀要』第33号（1998年 2 月）．
第 6 章　書き下ろし．
第 7 章　『一般教育論集』第16号（愛知大学一般教育研究室，1999年 2 月）．
第 8 章　『文学論叢』第120号（愛知大学文学会，1999年12月）．
第 9 章　『言語と文化』第 2 号（2000年 2 月）．
第10章　『文学論叢』第121号（2000年 2 月）．
第11章　『文学論叢』第124号（2001年 7 月）．
第12章　書き下ろし．

索　引

アウグスティヌス，アウレリウス　　13
Babb, Howard S.　　45, 75
Baker, James R.　　12, 31, 37, 203
Ballantyne, R. M.　　1
　Coral Island, The　　1, 4, 8, 10-11, 14, 15
Barnes, Julian　　24, 148-9
　Flaubert's Parrot　　24, 148, 155
Barrett, Anthony　　iii
バルト，ロラン　　148-150
バタイユ，ジョルジュ　　22
Beer, Gillian　　40
Boyd, S. J.　　9, 11, 18, 29, 46, 66, 77, 98, 113, 115, 117, 121, 124-6, 129, 134, 148, 177, 181
Boyd, William　　5, 113, 134
Bradbury, Malcolm　　147
Briggs, Julia　　148, 152-3, 155-7
Bufkin, E. C.　　46
Byron, George Gordon Lord　　169, 190, 203
　Don Juan　　190, 203
カミュ，アルベール　　65, 67, 81, 149
　『転落』　　65, 67
Carey, John　　13, 16, 70
Chaucer, Geoffrey　　13
　Canterbury Tales, The　　13
　'Parson's Tale, The'　　13
Coleridge, S. T.　　3, 136-7, 144, 166, 169, 187, 192
　Rime of the Ancient Mariner, The　　137
Conrad, Joseph　　18
　Heart of Darkness　　18
Cowper, William　　6
　Task, The　　6

Cox, C. B.　　2-3, 10, 20, 53
Crompton, Donald W.　　5, 44, 76, 78, 95, 97, 110, 113-5, 118, 124-5, 134-5, 142
ダンテ・アリギエーリ　　68, 177
　『神曲』　　68, 177
Darwin, Charles　　31, 37, 39-40
Defoe, Daniel　　5
　Robinson Crusoe　　5
Dickson, L. L.　　3, 9, 44, 75, 77, 86
Dryden, John　　168
Dumbar, William　　14
　'Dance of the Seven Deadly Sins, The'　　14
Everett, Barbara　　19
Everyman　　16, 19, 23
Fitzgerald, John F.　　9, 13, 81
フローベール，ギュスターヴ　　148-9
　『ボヴァリー夫人』　　148
Follett, Ken　　76, 80, 87-8
　Pillars of the Earth, The　　76, 87
Forster, E. M.　　12, 126, 129, 150, 204
　'Anonymity: An Inquiry'　　150
フーコー，ミシェル　　149
Friedman, Lawrence S.　　9
Gindin, James　　11, 18-9, 29, 31, 41, 54, 60, 67-8, 70, 94, 105, 117, 125, 134-5, 164, 167, 172, 180, 184
Golding, William
　'Billy the Kid'　　ii
　Brass Butterfly, The　　iv
　Close Quarters　　iv, 164-179, 180-81, 183, 187-8
　Darkness Visible　　iv, 10, 113-133, 134-5, 137, 140-1, 143, 149, 151, 156, 158, 161,

167, 171, 194-6, 205
Double Tongue, The　　　i, v, 194-208
Egyptian Journal, An　　　iv
'Envoy Extraordinary'　　　iv, 182
Fire Down Below　　　iv, 164, 180-193
Free Fall　　　ii, v, vi, 11, 12, 60-74, 81,
　83-4, 89, 94-5, 100-101, 111, 116, 124,
　129, 141, 182-3, 197, 203
Hot Gates, The　　　ii, iv
Inheritors, The　　　iv, 11, 20, 29-43, 51, 60,
　76, 87, 89, 94, 114, 123, 197
'Ladder and the Tree, The'　　　ii
Lord of the Flies　　　i, iii, iv, 1-28, 29, 31,
　38, 41, 51, 53, 56-7, 60-65, 69, 72, 75-6,
　81, 84, 87, 89, 90, 94-5, 113, 115, 117, 123,
　128-9, 138, 141, 147, 173, 181, 191, 199,
　204
Moving Target, A　　　iv, 150
Paper Men, The
　　　iv, 10, 73, 147-163, 164,
167, 172, 204
Pincher Martin　　　iv, 20, 44-59, 60, 72, 76,
　81, 83, 85, 89, 94, 114-5, 127-8, 143, 147,
　153-5, 161, 164, 169, 177, 200, 202, 206
Pyramid, The　　　iv, vi, 10, 29, 60, 73,
　94-112, 113-4, 117, 120-1, 137, 142
Rites of Passage　　　iv, 10, 134-146, 147,
　152, 156, 164-7, 170, 172, 174, 180-1, 183,
　186, 188-9, 194
Scorpion God, The　　　iv, 37, 43, 113, 205
Spire, The　　　iv, 10, 75-93, 94, 97, 138,
　145, 157, 174, 196
Strangers from Within　　　iv
*To the Ends of the Earth: A Sea
　Trilogy*　　　iv, 164, 180, 194
'Touch of Insomnia, A'　　　134
Green, Peter　　　3, 12, 201
Gregor, Ian　　　13, 47, 61, 69, 70, 75, 78, 94,
　101, 108, 115, 118, 128
Haffenden, John　　　17, 139

索　引　215

Hardy, Thomas　　　95
Hawlin, Stefan　　　14, 15
Heaney, Seamus　　　195
　'Parable Island'　　　195
Hodson, Leighton　　　15, 18, 51, 62, 70, 75, 88
Hughs, Ted　　　32, 33
Huxley, Aldous　　　5, 6, 47, 48
Huxley, T. H.　　　ii, 15, 21, 33, 36, 40
Hynes, Samuel　　　3, 18, 29, 44, 46, 69, 70,
　75, 81, 86, 104
池園宏　　　124
岩崎宗治　　　12
Johnston, Arnold　　　3, 9, 11, 12, 19, 29, 34,
　47, 49-51, 60, 62, 67, 75, 88, 95, 99, 106, 110,
　115, 124-128
Karl, Frederic R.　　　81
Kayser, John R.　　　9, 13, 81
Kermode, Frank　　　44, 47, 75
Kinkead-Weekes, Mark　　　13, 47,
　61, 69, 70, 75, 78, 94, 101, 108, 115, 118, 128
Lawrence, D. H.　　　95
Lefkowitz, Mary　　　195, 197
Lewis, C. S.　　　i, 2, 5, 40, 48, 53, 85, 87,
　107-8, 127, 139, 141
　Four Loves, The　　　107
　Problem of Pain, The　　　i, 48, 139
Lodge, David　　　20, 40, 57, 75, 147
MacDonald, George　　　200
　'Golden Key, The'　　　200
McCarron, Kevin　　　9, 29, 33, 39, 52, 57,
　75, 89, 94-5, 114, 118, 123, 127, 134, 137,
　147, 151, 155, 158, 168, 170, 187
McEwan, Niel　　　144, 195
Medcalf, Stephen　　　177
Milton, John　　　14, 77, 81, 83, 114
　Paradise Lost　　　14, 77, 114, 122
宮原一成　　　124
More, Thomas　　　5, 14
　Utopia　　　5
Morris, David B.　　　205

村上春樹 19
『アンダーグラウンド』 19
『ねじまき鳥クロニクル』 28
『世界の終りとハードボイルド・ワンダーランド』 27
Nelson, William 119,127
オルテガ-イ-ガセー, ホセ 114,134,164,183
Page, Norman 75
Peter, John 2,3,8,9,44
Pope, Alexander iii,122,136,144,166,169
Dunciad, The 122
Pritchett, V. S. i,2,9,44
ラシーヌ, ジャン 143
Ransom, Arthur 4
Swallows and Amazons 4
Redpath, Philip 76,113,122,127,129,133,137,147,154,158
Reilly, Patrick iii,10,18,21
ルソー, ジャン・ジャック 4,198
坂本公延 57,92
Salinger, J. D. 1
Catcher in the Rye, The 1
サルトル, ジャン・ポール 149
Shakespeare, William 5,140,191
King Lear 18
Tempest, The 5
Shaw, George Bernard 168

Smith, Eric 18,50,53,56
Southey, Robert 184,192
Spenser, Edmund 14,53
Faerie Queene, The 14,16,53
Stape, J. H. 135,167,180,182,187
Stevenson, R. L. 4
Treasure Island 4
Storr, Anthony 17,204
Subbarao, V. V. 8,11,19,20
Swift, Jonathan 5
Gulliver's Travels 5
Taffrail 45,50
Pincher Martin, O. D. 45,50
Tebbutt, Grorie 123
タイヒェルト, ヴォルフガング 89
Tillich, Paul 17
Trollope, Anthony 90
ヴォルテール, F. M. A. 186
Wells, H. G. ii,29-32,40
'Grisly Folk, The' 29-30
Short History of the World, A 29-30
Time Machine, The 31
Whitley, John S. 5,7,12,18,135,137,139,143,154
Wilson, Angus 72
Woodroofe, Kenneth 10
Wordsworth, William 5

著者略歴

安藤　聡（あんどうさとし）

1964年東京都出身．明治学院大学大学院文学研究科英文学専攻博士後期課程満期退学．愛知大学経営学部助教授．著書（いずれも共著）：『ジェンダーと歴史の境界を読む――『チャタレー夫人の恋人』考』（国文社），『英米児童文学ガイド――作品と理論』（研究社），『ことばを考える４』（あるむ）．

e-mail : sando@aichi-u.ac.jp

ウィリアム・ゴールディング
──痛みの問題──

2001年12月1日　初版印刷　　2001年12月10日　初版発行

著　者　安　藤　　聡
発行者　佐　野　英一郎

発　行　所

株式会社　成　美　堂

〒101-0052　東京都千代田区神田小川町 3—22
TEL. 03 (3291) 2261
FAX. 03 (3293) 5490
URL http://www.seibido.co.jp

定価　本体3,500円　（税別）

（落丁・乱丁本はお取替え致します）
（東洋経済印刷株式会社 印刷・秀美堂 製本）

ISBN 4-7919-6664-3